KB265009

힘내라 진달래

노회찬 지음

힘내라 진달래

2004년 10월 20일 초판 1쇄 찍음
2018년 8월 8일 초판 3쇄 펴냄

지은이 노회찬

편집팀 고하영 이승필
마케팅팀 남궁경민 김세정
디자인 가필드
펴낸이 윤철호
펴낸곳 (주)사회평론
등록번호 10-876호(1993년 10월 6일)
전화 02-326-1182
팩스 02-326-1626
주소 서울시 마포구 월드컵북로12길 17 사평빌딩
이메일 editor@sapyoung.com

ISBN 89-5602-543-6 03810

힘내라 진달래

노회찬 지음

이천사년
일월 오일부터
삼월 삼십일일까지
그 팔십칠일의 일기

사회평론

차례

 일월,

이제 시작이다

민주노동당 당원들이 달고 다니는 배지.
그것은 바로 당에 대한 사랑이다. 민주노동당원이라는 자부심이다.
민주노동당을 알려내겠다는 의지이다.
민주노동당원임을 커밍아웃하는 용기이다.
나는 민주노동당원이다.
나에게 물어보라.
나는 항상 답할 준비가 되어 있다.
그러나 이런 당원들에게 이제까지
당은 배지 하나만을 달아줬을 뿐이다.

이월,

봄이 발치까지 와 있다
2월 1일부터 2월 29일까지   107/203

이틀째 계속되는 포근한 날씨. 봄이 발치까지 와 있다.
겨울의 산발적인 저항이 당분간 이어지겠지만 봄은 곧 대세를
이룰 것이다. 사람들이 너도나도 봄이 왔다고 할 때는
이미 와 있는 봄을 뒤늦게 발견한 경우가 대부분이다.
도회지에선 특히 그렇다. 자연과 그만큼 떨어져 있기 때문이다.
철 잃은 산딸기의 짙은 연두 잎이 흰눈 속에서 잠겨 있고
고고한 매화 정도나 칼바람을 즐기는 얼어붙은 대지 위에서도
뭇나무들은 쉼 없이 봄을 준비하고 있다.

삼월,

D-Day를 세다
3월 1일부터 5일까지, 3월 15일부터 31일까지   205/282

콩나물머리만한 새싹을 틔우기까지 해바라기 씨앗은
땅속에서 4주를 기다려야 한다. 그리고 세상에 고개를 내민
해바라기 새싹은 하룻밤에 10센티미터까지도 성장하면서
여름을 준비한다.
민주노동당은 땅속에서 이미 4년을 보냈다.
하룻밤에 10미터씩 성장하는 무르익는 봄도 멀지 않았다.
새벽 한 시 당사를 나서니 여의도 윤중제 벚나무 꽃망울들은
D-3 상태로 대기하고 있다.

전태일의 영전에 바친다

2002년 12월 19일 오전 6시 36분.

야전침대에서 잠시 눈을 붙이다 전화 벨 소리에 잠을 깼다.

40대 남자 목소리.

"여기 선거공보물 보니까 무상교육 내걸었는데…… 그거 진심입니까?"

ㅡ네, 진짜 진심입니다.

"지금 투표하러 가려는데 물어보고 가려구요."

ㅡ아, 그렇습니까? 무상교육, 무상의료 모두 가능합니다. 진심입니다.

"없이 사는 노동자인데요. 애들 교육비가 걱정 돼서요."

ㅡ네…… 노동자라면 더욱 권영길 후보를 찍어야죠.

"여긴 부산인데요…… . 서민들을 위해 계속 일해주세요."

ㅡ네. 고맙습니다. 열심히 하겠습니다.

아침부터 목이 멘다.

제16대 대통령 선거운동을 모두 마치고 선대본부장실 야전침대에서 잠이 든 나를 깨운 것은 바로 이 전화였다. 첫 통화를 끝내자마자 벨이 연신 울렸다. 두 시간 동안 전화만 받았다. 난생처음 민주노동당에다 표를 찍고 스스로 대견해서 당에 전화를 걸어온 사람도 있었다.

이 감동을 일기 형식으로 기록하여 '눈물로 받은 전화' 라는 제목으로 인터넷에 올렸다.

2003년 말 제17대 국회의원 선거 선대본부장으로 임명되자 제일 먼저 생각한 것은 '일기를 쓰자'는 것이었다. 하루하루 일어난 일을 간결하고 담담하게 기록하기로 했다. 우리가 가는 길이 바로 역사이고 이를 기록하는 것은 나의 임무라 생각했다.

2004년 제17대 총선을 준비하면서 민주노동당 중앙선거대책본부의 활동을 일지로 기록함으로써 후일의 선거준비활동에 살아 있는 자료를 제출하려는 것이 제1의 목적이었다.

'선대본일기'가 중앙당 게시판에 연재되는 동안 각 지구당에서 선거운동의 일선을 맡고 있는 동지들의 호응이 컸다. 하루하루 중앙당의 소식과 고민을 알 수 있게 되었다는 것이다. 일선 당원들의 이같은 호응은 부족한 일기를 매일 써나가는 데 가장 큰 원동력이 되었다.

이 일기는 2004년 1월 5일 민주노동당 중앙선거대책위원회가 발족하던 날부터 씌어졌고 그날 그날 민주노동당 홈페이지 당원게시판에 공개되었다.

3월 6일부터 3월 14일까지 일기가 작성되지 않은 것은 당시 진행된 비례대표후보 선거운동에 영향을 미치지 않기 위해서였다. '선대본 일기'는 3월 31일까지 씌어졌다. 애초에 이 일기는 제17대 국회의원 선거 투표일인 4월 15일까지 쓸 계획이었으나 공식 선거운동이 시작된 4월 1일부터는 일기를 쓸 시간을 확보하는 것이 물리적으로 불가능하였다.

3월 6일부터 3월 14일까지, 그리고 4월 1일부터 4월 20일까지 틈틈이 상세한 메모를 하였으나 이를 기초로 사후에 일기를 쓰는 것은 올바르지 않다고 판단하였다.

1995년 11월 효창구장에서 개최된 노동자대회에 예년처럼 전태일 열사의 어머님이신 이소선 여사가 참석하여 연설을 했다.

"이제 우리 노동자들이 이렇게 성장하여 민주노총도 만들게 되었다니 너무도 감개무량하다. 우리 태일의 죽음이 헛되지 않았다는 생각을 하니 가슴이 벅차다. 그러나 25년 전 태일이가 죽을 때나 지금이나 변하지 않은 것이 하나 있다. 그 때나 지금이나 어려운 일이 생기면 우리 노동자들은 저 놈의 정당

국회의원들을 쫓아간다. 민주노총을 만들 정도로 이렇게 노동운동이 성장했는데 왜 아직도 남의 당 국회의원들이나 쫓아다니느냐."

제17대 총선에서 노동자, 농민의 정치세력화의 결실인 민주노동당은 44년 만에 국회에 진출하였다.

이 일기를 첫 원내 진출의 경과 보고서로 전태일의 영전에 바친다.

2004년 10월 18일 노회찬

일월

이제 시작이다

1월 5일부터 1월 31일까지

오전 10시, 17대 총선
선거대책위원회 발족식을 가지다

1월 5일 월요일 맑음

오전 10시, 17대 총선 선거대책위원회 발족식을 가졌다. 권영길 대표와 천영세 부대표의 인사말은 차분했으나 어느 때보다 무겁게 들렸다.

세상의 이목이 집중되지 않는 단출한 출범식. 그러나 우린 지금 역사를 써나가고 있다. 2002년 지방선거와 대선에 이어 세 번째 맡게 된 중앙당 선대본부장. 마지막이라 생각하고 최선을 다짐한다.

정오에 가톨릭농민회 출신으로 전농 초대의장을 맡았던 권종대 선생의 빈소에 조문하다.

향년 67세. 병고만 아니었다면 아직도 현역에서 일하실 나이나. 간암 첫 수술 후 5년간 아무 이상이 없어 다들 고비를 넘겼다고 한 터였다. 여섯 번째 수술 후 급격히 병세가 악화되었다고 한다. 주치의는 옛 동무인 백 교수다.

90년대 초반 당시 농민운동가로선 보기 드물게 진보정당운동에 적극적이셨던 선생의 환한 얼굴이 영정사진에도 그대로 남아 있다. 고인의 현역 마지막 시절 연대활동을 함께한 권 대표의 소회가 깊어 보인

"

다. 장지는 경북 영덕, 발인은 6일 22시.

14시, 권 대표와 함께 시민단체 신년하례식에 참석하다.

총선을 앞둔 해라 인사하는 사람마다 민주노동당의 선전을 기대하는 덕담을 아끼지 않는다. 박원순 변호사, 김상희, 정현백 여연 공동대표, 김중배 전 참여연대 대표 등이 각별한 반가움을 표시한다. 당이 이만큼 오는 데 이들의 도움이 적지 않았다.

하승창 함께하는 시민행동 사무처장, 남인순 한국여성연합 사무총장, 서주원 환경운동연합 사무총장, 김기식 참여연대 사무처장과 인사를 나눴다. 한국의 대표적 시민운동단체에서 집행책임을 맡고 있는 이들은 모두 8, 90년대에 인천에서 노동운동을 했던 동지들이다.

이 동지들을 만날 때마다 대견하면서도 아픈 마음을 감출 수 없다. 한국에서 시민운동이 유례없이 빠른 속도로 정치적 영향력을 발휘한 데는 노동자 정치세력화의 지체, 진보정당의 늦은 출현이 한몫한 것은 분명한 사실이다.

민주노동당의 산실이었던 국민승리21이 등장하기까지, 87년 이후 10년 동안의 민중운동진영의 방황은 역사적으로 평가될 것이다.

송보경 교수가 시민단체 연대회의 공동대표 자격으로 첫 발언을 했다. 참석한 고건 총리에 대한 칭송 일색으로 연설을 끝낸다. 작년의 이 자리엔 노무현 당선자가 초청되었고 시민운동은 그들의 당선자를 감격스럽게 맞이했다.

어느새 한국의 시민운동은 관변에서 지내는 데 익숙해져 있다. 시민운동의 정치세력화를 추진하다 접고서 이번엔 당선운동을 선언한 정대화, 최열 씨가 자리를 함께했다.

《중앙일보》 기자로부터 항의성 전화를 받다.

얼마 전엔 《동아일보》 기자로부터 똑같은 항의를 전달받았다. 민주노동당은 인터넷을 포기한 거냐, 언론사들이 마련한 총선후보 인터넷 소개란에 민주노동당 후보들이 경력과 사진을 올리는 데 소극적이라는 항변이다.

중앙당에서 공문을 내려 보내고 전화로 닦달을 해도 별로 나아지지 않고 있다. 포연은 자욱한데 우리의 후보들은 너무 목가적이다.

사무실로 돌아오니 최순영 부대표와 최현숙 여성위원장이 기다리고 있다. 여성위원장은 한꺼번에 여러 곳에 탈이 난 듯하다. 종교적 헌신으로 당의 일에 매달린 결과이다. 그런데도 병가 중에 부닥칠 여성 실천단 일로 더 걱정을 한다.

정윤광 선배로부터 여러 차례 전화가 왔다. 간신히 통화하니 교수 조직화와 관련해 여러 가지 주문을 한다. 이미 추진하고 있다고 해도 성에 차지 않은 것 같다.

요즘 지하철노조 문제로 분주한데도 당의 걱정이 앞서는 것이다. 정 선배 역시 여지없는 당인(黨人)이다.

17시, 첫 상근자 회의를 주재하다.

매주 월요일 상근자 조회를 하기로 했다. 주요한 쟁점사안에 대해선 상근자 토론회를 열기로 했다. 2000년 총선과 달리 정당투표가 실시되는 첫 총선이라 중앙당은 대선과 총선을 함께 치르는 부담을 안게 된 점을 강조했다. 말도 많고 탈도 있었지만 지난 3년 간 중앙당 업무에 익숙해진 지금의 상근자들로 이 전투를 승리해야만 한다.

김해근 인터넷위원장은 커뮤니티 시스템 구축에 고민이 많다. 재정 문제로 면담을 했다. 당 사업에 사재까지 동원하려는 모습이 가상하고 안타깝다.

정초지만 선대위가 출범해서인지 늦게까지 근무하는 상근자들이 많아졌다.

밤늦게 김치를 썰다 손을 베었다. 정초부터 사소한 실수가 잦다.

아내는 엠티 가고 새벽까지 책을 보다
혼자 잠자리에 들다

1월 6일 화요일 맑음

이정식 사회민주당 대변인이 찾아왔다. 조만간 한국노총으로 복귀하여 총선기획단장을 맡게 되었다고 한다. 운동권 출신으로 한국노총에 들어간 막내세대이다. 대협위원장을 맡을 땐 각종 토론회에 출연하여 '한국노총의 입'으로 맹활약하기도 했다. 지금은 민주노동당과의 통합론자이다. 총선이 다가오니 이 통합론자의 고민도 깊어간다.

《오마이뉴스》에서 이한기 정치팀장과 이성규 기자가 찾아와 인터뷰를 하다.

《오마이뉴스》 기자는 애초 질문지에 있던 열린우리당과의 선거공조 질문을 꺼내지 않았다. 언론사 인터뷰 때마다 제기되는 이 질문은 최소한 《오마이뉴스》에선 '하나마나한 질문'으로 인식된 것이다. 물론 이 질문에 대한 답변을 게재하는 부담도 있을 수 있다.

물갈이 당선운동에 대한 질문도 있었다. 한계, 오류, 문제, 악영향, 역작용 등을 간략히 피력했다.

정대화 교수가 처음 이 문제를 제기했을 땐 이슈를 부각시키지 않으려고 대응을 자제했으나 이젠 피할 수 없다. 별도의 글을 작성할 필요를 느낀다.

선거대책본부 전체회의를 주재하다.

천영세, 김혜경, 최순영 부대표님들도 오시게 했다. 각 부서의 사업계획에 대한 발제와 토론이 있었다. 도무지 선거용이라 볼 수 없는 일상사업의 나열에 천영세 선대위원장도 우려를 표명했다.

돌은 가려내고 원석은 갈고 다듬어 새 줄에 꿰어야 한다. 총선 세부계획으로 완성되려면 1월 말이 되어야 할 것 같다.

일정이 겹쳐 대한항공조종사노조 이취임식에 가지 못하였다.

이성재 전 위원장, 하효열 전 부위원장, 이기일 부위원장 등 세 명은 여전히 해고상태다. 첫 파업으로 비행기를 세운 날 "우리도 노동자란 사실을 알리고 싶어 노동조합을 결성했다"고 외치던 이성재 전 위원장의 모습이 지금도 생생하다.

늦은 밤 손혁재 박사 부친상 빈소에 문상을 가다.

소한인데 밤공기가 차갑지 않다.

아내는 엠티 가고 새벽까지 책을 보다 혼자 잠자리에 들다.

늦은 밤, 연구공간 수유+너머 새 사무실을 방문했다

1월 7일 수요일 맑음

충북 옥천에서 안티조선운동으로 유명한 인사가 개혁당을 그만두고 10여 명을 이끌고 입당했다는 소식을 전하니 대변인은 당의 세가 붙고 있다는 징조라며 기뻐했다. 대변인실의 총알은 휘황찬란한 언변이 아니라 이같은 내용 있는 '구체적 사실'이다.

11시, 국회 앞에서 총선 D-100일을 기념하여 서울지역 출마자 기자회견이 열렸다. 김웅 관악갑 후보는 70년대 새신랑 머리를 하고 나타났다. 건너편 한나라당 당사 앞은 유아교육법 제정을 지지하는 쪽과 반대하는 쪽이 대규모 대중을 동원하여 방송전을 벌이고 있다. 6월 개원 국회가 열리고 나면 민주노동당 당사 앞에서도 이전에 보지 못한 풍경이 벌어질 것이다.

차봉천 전 공무원노조위원장이 당사를 방문했다.

오늘 일터인 국회에 사표를 제출했다고 한다. 공무원노조운동의 대표적인 인물이 입당을 하고 이번 총선에 출마하는 것은 아마도 보수 정치권에 적지 않은 충격을 줄 것이다. 공무원노조 지역지부에서 한두 명의 출마자가 더 나올 가능성도 있다. 조만간 입당 및 출마선언식을 할 예정이다.

《뉴스위크》지 한국판 박성현 기자가 인터뷰하러 왔다.

늦은 밤에 연구공간 수유+너머 새 사무실을 방문했다.

종묘 옆 골목에 있는 3층 건물 전체를 쓰고 있었다. 민주노동당에 대한 우호적인 분위기가 피부로 느껴질 정도다. 간부 한 사람은 지난 대선 때 노사모로 활동하며 50만 원 기부한 것을 후회하고 있었다. 일반회원들이 월 4만 원씩 내는 재정으로 운영된다고 한다. 마침 일반회원 한 명이 당원임을 밝힌다. 실제 사업에 참여하고 검증과 추천을 통해야 일반회원이 될 수 있다. 그래서 직장에 다니는 그는 일반회원이 되는 데 2년이 걸렸다고 한다. 조희연 교수가 얼마 전 이곳을 벤치마킹하러 다녀갔다는 이유를 알 것 같다.

2월 중으로 강의 하나를 맡기로 약속했다.

이봉진, 향년 34세

1월 8일 목요일 맑음

11시 맑은정치 여성네트워크에서 개최한 여성후보 102인 추천 행사에 참석하다.

조기숙 교수와 이오경숙 열우당 공동대표가 나의 《오마이뉴스》 인터뷰 기사를 읽었다며 '판갈이론'에 대한 관심을 표시한다. 나는 미처 읽지 못했는데 이들에겐 《오마이뉴스》가 아침 일찍부터 들르는 사이트로 보였다.

추천된 102명 중 민주노동당 당원은 9명이다. 포항의 김숙향 후보는 추천을 거부했다고 한다. 이유를 알아볼 일이다. 각 당 원내대표에게 축사가 배정되었다. 다음의 요지로 축사를 했다.

대통령선거 이후 정당 지지율이 올라간 유일한 정당 민주노동당에서 왔다. 민주노동당에 추천된 후보는 100퍼센트 받아들일 수 있다. 민주노동당은 이미 60여 명의 후보를 당원 직선으로 선출하였는데, 여성 후보와 남성 후보가 경선한 곳에선 모두 여성 후보가 선출되었다. 여성의 정치적 진출에 대해 당원들의 의지가 강하기 때문이다. 여성의 정치적 진출을 위한다면 민주노동당에 와야 한다.

그리고 각 당 주요 당직자들이 와 있기에 한 가지 제안을 하겠다.

정치권에 대한 국민의 불신이 극에 달해 있다. 국회의원 전원이 여성이었으면 차떼기도 없었고, 승용차에 50억씩 실어 나르는 일도 불가능했을 것이다. 지난 50년 간 한국정치를 망친 책임을 통감한다는 뜻에서 이번 국회는 국회의원 273명 전원이 여성으로 구성되도록 하자.

한나라당과 열린우리당이 동의한다면 나는 당선이 확실시되는 권영길 대표가 출마를 포기하도록 할 자신이 있다. 물론 나도 출마하지 않겠다. 적극 검토해 달라.

딱딱했던 기자회견장이 웃음과 박수소리로 가득 찼다.

다음주 월요일 방송위원회에 항의방문하기로 한 계획을 유보했다. 이번 총선의 방송토론 참가 기준에 대한 정개특위의 의견제출 요구에 방송위가 '원내교섭단체 혹은 직전 선거 5퍼센트'라는 회신을 보낸 것은 방송위 실무자의 의견일 뿐, 방송위원회의 공식입장이 아니라는 해명을 받았기 때문이다. 방송위 고위관계자는 민주노동당이 포함되는 방향으로 공식입장을 정하겠다고 밝혔다. 그러나 끝까지 긴장을 늦추지 말아야 한다.

이봉진 향년 34세.

퀵서비스 노동자인 그는 지난 섣달 19일 불의의 사고로 영면하였다. 10년 넘게 진보정당운동에 헌신하며 8년째 오토바이를 타고 운송노동을 하던 그는 마지막까지 사회주의자였다. 동대문 지구당 당원들이 그의 갑작스런 죽음에 더욱 비통해한 것은 그의 삶에 민주노동당보다 더 중요한 것은 없었기 때문이다. 미혼이었던 그가 적금통장까지 깨면서 당을 위해 헌신한 것은 작은 일화에 불과하다. 17대 총선을 위해 휴직하고 선거실무를 맡겠다던 그가 저 세상으로 떠난 채 그가 속했던 동대문갑 지구당에서 후보선출대회가 개최되었다. 대회장에는 이봉진 동지 대신 그의 부모님과 형제들이 참석해 있었다.

이영남 위원장과의 경선에서 이긴 김영준 후보의 수락 연설 후 진보돼지 전달식이 있었다. 이봉진 동지의 아버님과 어머님이 돼지저금통을 들고 앞으로 나오셨다. 사회자는 이 저금통이 이봉진 동지의 유품에서 발견되었다고 한다. 이봉진 동지의 아버님이 진보돼지를 전달한 후 절규하듯 말씀하신다.

"저는 못 배운 사람입니다. 그러나 봉진이가 했던 것의 10분의 1이라도 하겠습니다. 제가 당을 위해 일하게 해주십시오. 10분의 1이라도 하겠습니다."

어머님은 옆에 서서 계속 우시고 아버님은 한 번 더 반복해서 말씀하신다. 마침내 어머님의 울음소리는 통곡이 되어 대회장을 울린다.

대회가 끝나고 아버님은 나의 손을 잡고 다시 부탁한다. 수십 년의 노동으로 굵어진 뼈마디와 딱딱한 손바닥. 한동안 놓지 못했다.

언론유착을 위해 새벽까지 술자리를 지켰다

1월 9일 금요일 맑음

울산 남구의 한 당원이 전화를 걸어왔다. 예의 '베스트 11 후보'에 대한 항의이다. 지역에서 고생하는 동지들에게 찬물을 끼얹어서야 되겠냐는 것이다. 당의 공식입장이 아님을 거듭 설명하였다.

150명에 이를 후보들을 일일이 거명하는 것은 불가능하다. 그리고 보도가 영남벨트로 집중되는 것도 일장일단이 있다. 대변인실과 기조실은 이미 이같은 문제의식을 갖고 대책을 강구 중이다.

오늘은 울산 남구 갑, 을 선거구의 후보선출이 있는 날이다.

윤인섭 변호사와 김진석 위원장이 후보로 선출될 예정이다. 모두들 울산 북구의 당선 여부만 주목하던 2000년 4월, 울산 동구에선 이갑용 후보가 35퍼센트, 남구에선 최병국과 맞선 윤인섭 후보가 16퍼센트를 득표한 바 있다. 남구에선 화학단지에 있는 한국노총 계열의 지지를 확보하느냐가 관건인데 낙관적인 정보도 입수되고 있다. 윤입섭, 김진석 동지의 선전이 기대된다.

미국에 사는 지지자로부터 격려와 항의가 섞인 전화를 받다. 인터넷으로 후원금을 보내려는데 이름을 영문으로도 적게 해달라고 한다. 후원금 관련 부분은 사이트를 전면 개편할 예정이다.

기획조정회의는 일요일 14시에 정당투표선거 세부전략 수립을 위한 엠티를 갖기로 했다.

19시, 문화방송 본사 회의실에서 열린 '언론노조 중앙집행위 및 민주언론실천위회 합동수련회'에서 강의를 했다. 주제는 '17대 총선과 노동조합의 역할.' 이 수련회는 총선을 앞두고 언론노조의 활동방향을 논의하기 위한 것이다. 수련회 시작에 앞서 민주노총 임원선거에 출마한 이수호 – 이석행 후보의 인사가 있었다.

1월 1일 백기완 선생 댁에 세배 가서는 유덕상 – 전재환 후보를 만났다. 어떤 선거든 후보는 바쁘다.

어제 PD연합회는 PD 300여 명을 대상으로 실시한 여론조사 결과를 발표했다. 이 조사에서 PD들이 지지하는 정당은 열우당 22.6퍼센트, 민주노동당 13.1퍼센트, 한나라당 3.0퍼센트, 민주당 2.6퍼센트로 나타났다. 지난 연말에 《미디어오늘》이 언론사 기자 300명을 상대로 한 조사에서 열우당 23.4퍼센트, 민주노동당 16.3퍼센트, 민주당 8퍼센트, 한나라당 5.4퍼센트로 나타난 것과 대동소이하나.

민주노동당 지지율이 민주당과 한나라당을 너끈히 제친 것은 다행이나 민주노총 전체조합원의 평균지지율과 비교하면 절반 이하인 것 또한 분명하다.

총선을 앞둔 정세와 민주노동당의 진출 전망에 대해 얘기하고 특별히 두 가지를 당부했다.

그 하나는 노동자의 정치적 단결이다.

"아직도 흰 고양이니 검은 고양이니 하면서 흰 고양이가 더 낫다는 사람도 있다. 저 고양이는 눈물이 많다는 얘기도 있다. 저 고양이는 쥐 친화적 고양이다고 말하는 경우도 있다. 고양이는 고양이일 뿐이다. 쥐끼리 뭉쳐야지 쥐가 고양이 편을 들어서야 되겠느냐."

또 하나의 당부는 보도에 관한 것이다.

"9시뉴스에 매일 10초씩 나오면 민주노동당은 10명 당선된다. 1년 내내 30초씩 나오면 30명 당선되고 120초 나오면 120명 당선된다. MBC 100분토론은 지난 6개월 간 한 번도 민주노동당의 출연을 허용하지 않았다."

방송기사는 단신이 아닐 경우 120초가 기본이다. 방송문장으론 6~7개에 불과하다. 그러나 1년 내내 나올 경우 120초는 120명을 보장한다.

읍소에 가까운 강의를 했다. 강의가 끝나니 MBC 노조위원장이 몹시 미안해한다. 그가 잘못한 것이 아니다. 사실 당의 노력이 부족했다.

선거보도 준칙에 대해 설명하기로 한 언론노조 전문위원 양문석 박사가 마이크를 잡자마자 민주노동당에 대해 호된 비판을 가한다. 2002년 대선보도 토론회에서도 체험했지만 그는 원래 격정적이다. 집회에서 욕설투성이 선동연설을 하면 듣는 조합원들이 "저 사람 박사 맞아" 한다는 터프가이다.

신학림 언론노조위원장이 그의 거친 언변에 대해 공식적으로 사과했지만 그의 비판을 고맙게 수용하겠다고 응대했다.

양 박사의 비판 요지는 당의 언론대책이 소극적이라는 것이다. 어쩌다 문제가 생기면 찾아와 징징거리며 운다는 것이다. 대부분의 지역에서 지역 언론사에게 적극적인 보도요청을 안 한다는 것이다. 실제 그의 지적은 거의 타당하다.

　김종철 대변인과 김성희 부대변인은 언론유착을 위해 새벽까지 술자리를 지켰다.

김종필 총재의 10선 등극이 좌절되는 낭보를 준비 중이다

1월 10일 토요일 맑음

최장집 교수가 최신 논문 한 편을 보내왔다. 제목은 〈한국 민주주의의 제도디자인 서설〉이다. 한국 정치권의 지배적인 의제에 대해 비판적으로 분석하고 대안을 제시한 글이다. 1주일 내로 숙독하기로 하다.

대변인과 함께 KBS 노동조합을 방문했다. DTV, 방송수신료 문제 등 굵직한 현안을 안고 있는 김영삼 위원장은 임기가 1년이나 남았는데도 그만두고 싶은 심정이라 한다. 그만큼 힘든 투쟁을 잘 끌어오고 있다. 방송사 노조위원장이 사장과 동급이라는 세간의 평가는 모두 이들 노조의 투쟁의 결과이다. 노조 간부들과 점심을 함께했다. 이들은 우리가 왜 찾아왔는지 잘 알고 있다. 긴 말이 필요없었다.

17시 은평지구당 후보선출대회에 참석했다. 일산을, 덕양갑, 경기 과주, 경기 오산 화성에서도 후보선출대회가 있는 날이다. 축사의 전반부에 대선 1주년 소감을 언급했다.

대선 1주년, 민주노동당만 살아남았다

바로 1년 전 제16대 대통령선거에 나섰던 후보 7명의 근황을 보는 것은 마치 잠적 9개월 만에 지하 땅굴에서 체포된 후세인 전 이라크 대통령의 초라한 몰골을 보는 것처럼 착잡하기 이를 데 없다. 나라와 민족을 책임지겠다며 당당하게 외치던 이들은 다 어디로 갔는가?

0.1퍼센트를 얻은 사회당의 김영규 후보는 정계를 은퇴하고 학교로 돌아갔다. 0.2퍼센트를 얻은 호국당의 김길수 후보는 사기행각이 들통나 특정경제범죄가중처벌법 위반혐의로 구속되었다.

0.3퍼센트를 얻은 하나로국민연합의 이한동 후보는 한나라당, 자민련, 하나로국민연합을 거쳐 민주당을 기웃거리는 거물철새로 전락했다. 그가 올해 한 발언 중에서 유일하게 주목받은 것은 "386세대는 3.1절도 모르고, 6.25도 모르고, 8.15도 모르는 세대"라는 것이다.

중도에 후보를 사퇴한 장세동 전 안기부장은 최근 법원으로부터 수지 김씨 간첩조작 사건 책임배상 건으로 재산 10억 원 가압류 결정을 받았다.

후보단일화선언을 번복했던 정몽준 씨는 아직도 축구장 외에는 모습을 드러내기 힘든 처지이다.

이들만이 아니다. 천백만 명이 넘는 유권자의 지지를 받았던 이회창 후보는 최근 감옥에 갈 만한 죄를 지었음을 고백한 후 검찰청 포토라인 앞에 섰다. 정계를 은퇴하고 법조계에 복귀한 셈이다.

1등으로 당선된 노무현 후보도 취임 1주년이 되기도 전에 온 국민들의 '골치 아픈 대통령'이 되었다.

과거 우리 국민들은 왜곡된 선전으로 인해 김정일 위원장이 무슨 말을 할까 걱정했다. 그러나 지금 우리 국민들은 우리 대통령이 무슨 사고를 치지 않을까 불안해하고 있다.

결국 대선 후 1년이 지난 지금까지 멀쩡한 후보는 권영길밖에 없다. 대선 이후 오히려 지지율이 더 오른 후보, 유권자들에게 죄송하단 말 안 해도 되는 후보, 만나는 유권자들이 더 미안해하는 후보, 앞으로는 더 잘될 거란 말을 듣는 후보는 단 한 사람 권영길밖에 없다.

당도 마찬가지이다. 2000년 총선용으로 당명을 바꾼 한나라당은 17대 총선을 앞두고 간판이라도 바꿔 다는 신장개업을 다시 해야 할 판이다. "차 떼기 때문에 망했어"라는 최병렬 대표의 발언은 이번 총선결과에 대한 예리한 분석으로 평가받고 있다.

여당이면서 대통령으로부터 소박맞은 민주당은 총선을 거치면서 전라남도당으로 전락할 위기에 놓여 있다. 개혁을 외치며 뛰쳐나온 열린우리당은 정기국회를 통해 개혁의 걸림돌 대열에 합류하였다.

지지율 1퍼센트 대의 자민련은 17대 총선에서 3퍼센트 이상 얻어야 하는 비례대표의석을 한 석도 배당받지 못해 김종필 총재의 10선 등극이 좌절되는 낭보를 준비 중이다.

일요일 낮에 기획조정회의 엠티를 했다

1월 11일 일요일 맑음

일요일 낮에 기획조정회의 엠티를 했다. 지금 우리에게 1박을 하는 엠티는 과소비이다.

논쟁거리가 여러 개 등장했다. 지역출마 후보의 선거홍보물과 정당투표용 홍보물, 그리고 선거벽보 사이의 통일성을 어느 정도로 강제할 것인가 하는 문제. 정당투표 선거비용 15억 마련 문제. 정책설명회와 홍보대사 조직문제 등이다.

정책실과 총선공약개발단이 예정보다 좀더 빠르게 일을 진행시켜줘야 한다. 13일 전국사무처장회의 참석자들에게 자신감을 갖게 하기 위해선 상당한 보완이 필요하다. 바쁜 줄 알면서도 서두를 것을 주문했다.

저녁 6시 열린우리당 전국선거인단 대회에서 첫 당의장으로 정동영 의원이 선출되었다. 1953년생. 정계 입문 8년차인 그가 가진 것은 젊음과 개혁 이미지뿐이다. 열린우리당은 그의 정치철학과 지도력을 선택한 것이 아니라 그의 이미지를 필요로 했다. 2002년 노무현 후보를 택할 때도 마찬가지였다. 3김 정치 시대 이후 한국의 보수정치권은 이른바 이미지 정치 시대로 접어들었음을 재확인해주고 있다. 개혁 이미지와 지역주의 기반. 한국의 보수정당들은 이 둘을 다 갖추려고 한다. 그러다보니 모든 당에서 개혁과 수구는 적대적 의존관계를 맺고 있으며 둘 사이의 대립과 충돌은 당내의 일상적 전선이 되고 있다. 한나라당, 민주당에 이어 열린우리당까지 당 대표단은 비주류 개혁세력이고 실세는 수구 지역주의세력이다. 당내 불안정성은 장기간 지속될 보편적 경향이 되고 있다.

각 당 내부에 개혁과 수구의 전선이 쳐져 있는 데도 불구하고 열린우리당을 개혁으로, 한나라당을 수구로 모는 데 청와대가 앞장서고 시민운동 등 일부 운동권이 뒤따르고 있다. 유권자들을 친노와 반노로 줄 세우게 하는 것은 노무현 대통령의 선거 전략이다. 그에게 친노는 개혁이고 반노는 수구이다. 열린우리당은 개혁이고 민주노동당은 수구 좌익이다. 열린우리당의 득세가 곧 개혁의 진전이다. 중대선거구제나 도농통합선거제는 이런 인식의 소산이다.

친노가 곧 개혁이라 믿는 한 노무현 대통령의 개혁은 성공할 수 없다. 그는 이미 개혁의 걸림돌이 되고 있다

기다려라 갑신정변이 온다

1월 12일 월요일, 낮 한동안 눈 내리다

이승헌 국장 면담하다. 중앙당에서 가장 건강했던 그의 몸이 여러 군데 상한 것 같다. 지난 5개월 간 당사에서 사실상 옥살이를 해온 탓이다. 진보정당은 피와 땀으로 크는 나무이다.

상근자 조회와 선대본 전체회의를 주재했다. 정당투표대책을 집중적으로 다루었다. 중앙당의 핵심적 기능은 정책과 기획이다. 그러나 민주노동당의 정책은 기획이 부족하고 기획은 정책이 부족하다. 설날 대책으로 구전홍보지침과 평등명절 이벤트 계획을 검토했다.

참여연대에서 낙천낙선운동을 선언했다. 2000년과 달리 이번 총선에서 시민운동은 당선운동, 낙선운동, 선거감시운동 등 세 길래로 나뉘어졌다. 그만큼 파급효과도 떨어질 전망이다. 낙선운동과 당선운동의 궁극적 목표는 '시민운동의 정치적 영향력 확대'이다. 시민운동의 정치세력화는 주저하면서도 영향력 확대에는 적극적이다. 정치적 영향력 확대를 추구하면서도 정치적 책임은 지지 않는 것은 한국 시민운동의 자화상이다.

당선운동과 낙선운동의 가장 큰 병폐는 사람을 바꾸면 정치가 달라질 수 있다는 거짓말을 퍼뜨리는 데 있다. 이 운동의 과오는 유권자들로 하여금 정당과 정책이 아니라 후보를 주목하도록 유도하는 데 있다. 시민운동도 개혁대상이다.

언론노조에서 《언론노보》에 싣기로 한 칼럼 원고 독촉전화가 왔다. 약속한 원고마감일을 지킨 적이 드물다. 한 시간에 10매. 바쁘다보니 기록을 갱신했다.

갑신정변이 온다

광주 광역시장이 말했다.

"그 사람 뒤에는 조직이 있어요."

2002년 6월 지방선거에서 광주시의원으로 당선된 민주노동당 윤난실 의원을 가리키며 공무원들 앞에서 한 얘기다. 물론 조심하라는 말이다.

1인 2표 정당투표제가 처음 실시된 이 선거에서 민주노동당은 8.13퍼센트의 득표를 기록했다. 9개 광역시도에서 비례대표 1번으로 출마한 9명의 여성후보가 당선되었다. 당은 기뻐했고 주위에서도 격려가 잇따랐다.

그러나 시, 도의회에서 한 명 가지고 뭘 하겠어 하는 평가절하도 적지 않았다. 서울시의회 경우 민주노동당 시의원은 110명 중에서 한 명뿐이니 이런 말도 나올 법했다. 오직 광주 시장만이 민주노동당 의원은 1명이라도 조심해야 한다고 경고한 것이다.

모두들 이들을 잊었고 1년이 지났다. 그 사이 윤난실 광주시의원은 유권자 감시운동단체들로부터 의정활동 우수의원으로 선정됐다. 서울의 심재옥 시의원도 마찬가지였다. 전북의 김민아 도의원은 동료의원들이 뽑은 베스트 의원으로 선정됐고 전남의 전종덕 도의원은 광주의 한 일간지로부터 올해의 인물로 뽑혔다. 1년 만에 9명이 모두 1등을 한 셈이다.

각 시도의회에서 한 명에 불과한 민주노동당 의원들이 1등을 한 것은 분명한 이유가 있었다. 이들 뒤에는 조직이 있었기 때문이다. 이들 뒤에는 자발적으로 당 활동에 참여하는 진성당원으로 이뤄진 지구당이 있었고, 노동조합과 농민회가 있었고, 사안별로 연대하는 시민운동단체들이 있었다. 무엇보다도 이들 뒤에는 제대로 된 정치활동에 목말라 하는 국민들이 있었다.

학생들이 학교급식으로 집단 식중독에 걸리고 학교급식의 위탁과정이 비리투성이로 밝혀지면서 이들은 직영급식과 우리 농산물 사용을 의무화하는 학교급식조례를 제정하려 했다. 물론 다른 당의 의원들은 동조하지 않았다. 의원발의가 불가능해졌다. 그러자 지구당이 나섰고 의원들은 주민 속으로 들어갔다. 당원들까지 나서서 주민발의 운동을 전개했다. 가두에서 한 시간에 이백 명씩 서명했다. 호별방문도 했고 부녀회도 가세했다. 전교조와 시민단체들이 특히 적극적이었다.

이만 명, 삼만 명이 넘어서고 조례제정에 필요한 주민발의 수를 채우자 이번엔 다른 당 의원들이 접근해왔다. 좋은 일 혼자만 하냐. 같이 발의하자는 것이다. 학교급식조례제정운동은 이렇게 성공했다.

올 4.15 총선에서 민주노동당의 원내진입이 확실시되자 반가워하면서도 허전함을 감추지 않는 사람들이 있다. 몇 명 들어가서 무슨 힘을 발휘하겠어?

그러나 광주 시장이 말하지 않았는가? 민주노동당 의원 뒤에는 조직이 있다고.

그리고 학교급식제정운동이 보여주지 않았는가? 한 명의 힘을. 아니 한 명이 제대로 대변하는 수만 명의 힘을.

총선이 끝나고 6월에 개원 임시국회가 열리면 의사당에 처음 나타난 민주노동당 국회의원들을 가장 겁별 사람들은 동료의원들이다. 범죄소굴에 형사가 나타났는데 비상이 걸리지 않을 수 없다. 의사당만이 아니다. 밥집에서, 술집에서 국회의원들은 이제 민주노동당 의원이 근처에 있나 먼저 살필 것이다. 담합의 현장에서, 음모의 밀실에서 신경이 늘 곤두설 수밖에 없다.

게다가 이 형사들은 경찰서에 사직서까지 써놓고 나온 사람들 아닌가? 무서운 게 없고, 어디로 튈지 모르는 이 자들이 여차하면 유권자 수만 명씩 몰고 의사당 안까지 쳐들어올지도 모르는 일 아닌가. 세상이 거꾸로 도는지 의원 노릇하기도 점점 골치 아프게 된 것이다.

그렇다. 이젠 세상을 거꾸로 돌려야 한다.

차떼기로 100억, 승용차로 50억씩 주고받는 범죄집단이 끌어온 50년 썩은 정치를 거꾸로 돌려야 한다. 물갈이론 세상이 바뀌지 않는다. 하늘이 땅이 되고 땅이 하늘이 되어야 한다.

지금 정치엔 변혁이 필요하다. 마침 갑신년이지 않은가? 그렇다. 갑신년의 정치변혁.

기다려라 갑신정변이 온다.

(2004. 1. 12. 언론노보 칼럼)

오랜만에 서울대 정운찬 총장과 술자리를 함께했다. 민주노동당 10석을 확신하고 계신다. 14일 서울대에서 열리는 박종철 추모식에 반드시 참석하라고 권하니 난색을 표명한다.

거제는 지금 고민 중이다

1월 13일 화요일 맑음

나양주 후보는 백순환, 최은석 동지와 함께 대우조선 노동운동이 배출한 걸출한 노동운동가다. 그는 활동가로서만이 아니라 노동운동의 지도자로서 갖추어야 할 지도력과 능력, 품성을 고루 갖춘 보기 드문 인물이다.

1984년 9월 전북기계공고 3학년이던 그는 동기생 70명과 함께 5시간 걸리는 전세버스를 타고 절망의 조선소에 도착했다. 그후 두 번이나 노조위원장을 맡은 그는 이제 민주노동당 거제지구당 위원장을 맡으면서 절망의 한국정치에 발을 내딛었다.

12월 4일 저녁 7시 옥포만이 내려다보이는 한 극상에 작업복을 입은 시커먼 사내들이 조용히 몰려들었다. 빈 좌석 없이 극장을 꽉 메운 노동자들 앞에서 나양주 후보는 후보수락연설을 하고 있었다. 연설이 중반을 넘어가자 눈물을 감추려고 코를 훌쩍거리는 소리가 여기저기서 들렸다. 그도 저 연설문을 준비하면서 눈물을 흘렸으리란 생각이 들었다. 대회가 끝난 후 나 후보에게 연설문을 이메일로 보내달라고 부탁했다.

선출대회 사회는 거제노동조합협의회 사무처장과 거제 지구당 사무국장을 겸임하고 있는 옥세진 동지가 맡았다. 박경리 《토지》의 주요 인물인 용이를 그대로 닮은 그는 진보정치 오진아 기자의 눈에 들어 얼마 전 장가갔다.

선거관리위원장은 지난해 거제시장 보궐선거에 출마하여 19.5퍼센트라는 놀라운 득표력을 과시했던 변성준 동지가 맡았다. 삼성조선 노동자협의회 위원장을 지냈던 그는 10년이 넘는 연애 끝에 크리스마스 날 결혼하게 되었다고 자랑한다. 노동현장에서 만난 그의 부인은 여상을 나와 지금 박사과정을 밟고 있다.

백순환 금속산업연맹 위원장이 특유의 대중적 어법으로 축사를 하고 김국래 대우조선 노조위원장이 결의를 밝히는 축사를 한 뒤 김원극 삼성조선노동자협의회 위원장이 올라왔다. 그는 지난번 거제시장 보궐선거에서 변성준 후보의 기사 겸 수행비서 하느라고 연가와 월차 22개, 여름휴가 6개 등 모두 28개를 썼다고 했다. 한 달 월급을 날려버린 셈이다. 노동자들에게 그는 호소했다.

"이번 4.15선거에 연가 10개씩 씁시다."

뒤풀이 자리는 결의와 자신감으로 넘쳤다. 후보를 급조하여 한 달 동안 선거운동으로 19.5퍼센트를 얻은 시장선거의 경험이 자신감을 만들어냈다. 게다가 이번엔 김기춘 한나라당 의원에다 김현철까지 출마하니 한나라당 지지층의 분열 속에서 한번 해볼 만하다는 자신감이 넘쳤다. 또 총선후보가 거제지역 민주노동운동의 적자인 나양주란 사실도 결의를 더욱 높이고 있었다.

박동철 거제 경실련 집행위원장은 열심히 안 할 수 없는 선거라며 지원을 다짐한다. 농촌지역 표를 모으는 데 일조하겠다며 나선다.

70년대 민주노조운동의 1번지였던 원풍모방노조에서 사무국장을 지내고 원풍모방노조의 투쟁기록을 써서 《빼앗긴 일터》라는 단행본으로 출간하기도 했던 장남수 동지 역시 한몫을 단단히 할 태세이다.

나양주 후보를 뽑아놓고 가장 기뻐한 사람은 백순환 위원장이다. 술기운이 오른 그는 나양주 후보가 섹시해 보이기 때문에 아줌마 표를 많이 얻을 것이라며 열변을 토한다. 이 말을 듣고 후보를 다시 보니 정말이었다.

거제는 지금 고민 중이다. 그런데 거제에서 이 고민을 해결할 길은 없다. 오피스텔까지 얻어놓고 수소문하고 있지만 상근자를 못 구한 것이다.

옥세진 지구당 사무국장은 민주노총의 상근자이다.

나양주 후보는 2월 말까진 현장에서 일하고 3월이 되어야 휴직하기로 회사와 협의한 상태다. 3월이 되어도 후보만 있을 뿐, 단 한 명의 상근자도 없게 될 형국이다. 김원극 위원장이 연가를 10개씩 내놓으라고 소리쳤지만 그것도 법정 선거운동기간이 되어야 가능하나. 서세엔 학생운동권도 재야운동권도 없다. 80년대처럼 노동운동에 투신하러 내려오는 사람도 없다.

그래서 거제시장 보궐선거 땐 월차, 연가를 내고 선거운동에 나선 30대, 40대 아저씨들이 작업복을 입은 채 거리에서 〈바위처럼〉에 맞춰 율동하는 광경이 내내 화제였다. 어린 학생들까지 가다가 걸음을 멈추고 이 기괴한 풍경에 넋을 놓았다.

중앙당 상근자 두 명에게 선거기간 거제 파견근무 의향을 물었으나 거절당했다. 지역파견은 선대위에서 공식적으로 결정하지만 반드시 당사자의 동의를 구하기로 방침을 정한 바 있다. 거제는 지금 중앙당만 쳐다보고 있다. 공개모집이라도 해야 할 상황이다.

14시, 전국 사무처장단 회의를 주재했다.

시도지부 사무처장들을 볼 때마다 저 사람들이 당을 떠받치고 있다는 생각을 하게 된다. 늘 음지에서 일하지만 이들만큼 당의 현실을 잘 아는 사람은 없다. 그래서 이들의 판단은 예리하고 항상 균형이 잡혀 있다. 이들이 된다면 되는 것이고, 이들이 안 된다면 해서는 안 되는 것이다.

1만 홍보대사, 5만 당원, 100만 연고자 확보사업, 정당투표 선거운동계획안을 집중 검토했다. 홍보대사 기획은 반응이 좋다. 후보용 정책교육집, 차량용 스티커, 당 유니폼을 만들기로 했다. 현재까지 출마 예정자는 127명. 미선출지역 후보 만들기 사업에 지도부가 적극 나서야 한다.

18시, 《말》지 박권일 기자가 예고도 없이 찾아왔다. 한나라당 오세훈 의원의 정계은퇴에 대한 생각을 묻는다. 정계은퇴가 아니고 총선 불출마라고 정정해주었다. 내후년 서울시장선거에 출마하기 위한 것이며 보수적인 모신문사와 합동작전이라는 설도 있다고 소개하니 놀란다.

MBC에서 이번 주 100분토론 출연요청이 왔다. 주제는 각 당의 17대 총선전략. 논쟁을 뜨겁게 끌고 가기 힘든 주제이다.

민주노총 부산지역본부 정치위원장을 역임했던 최용국 동지가 지역본부 본부장으로 당선되었다. 밤늦게 축하전화를 했다. 그는 부산시지부 부지부장이기도 하다. 노동자 정치세력화에 남다른 열정을 가진 그의 당선으로 부산지부는 힘을 얻을 것이다. 부산은 이번 총선에서 저력을 보여줘야 한다.

창원에 계신 권 대표님과 통화를 했다. 이 시간까지 당원들과 회의 중이다.

민주노동당 지지율 6.5퍼센트는 보도되지 않았다

1월 14일 수요일 맑음, 아침 영하 9도

TNS가 12일 밤 조사하여 오늘 아침 조간에 보도된 여론조사 결과가 논란이 되고 있다.

한국사회여론조사(KSOI)가 TNS에 의뢰하여 실시된 이 조사에서 열린우리당이 25.8퍼센트를 얻어 19.6퍼센트의 한나라당과 9.3퍼센트의 민주당을 제치고 선두에 나선 것에 대해 일부의 의혹이 제기되었다. KSOI가 사실상 TNS 출신이 운영하는 회사이고 정동영 열우당 당의장의 보좌관 출신이 KSOI의 수석전문위원으로 있다보니 뒷말이 생기는 것이다. 이 여론조사의 신실성 여부는 곧 나올 다른 조사결과와 비교해보면 알 일이다. 여하튼 이 조사의 1차 메시지는 정동영 체제의 출범으로 민주당의 지지층이 대거 열우당으로 옮아갔다는 것이다.

이른 아침에 열린 기획조정회의에서는 또 다른 주요한 문제가 제기되었다. 이 조사에서 민주노동당이 6.5퍼센트를 기록하여 민주노동당의 상향세가 두드러졌음에도 불구하고 KSOI는 언론사에 돌린 여론조사 결과 보도자료에서 민주노동당 부분을 고의로 누락시킨 것이다. 그러니 모든 조간신문과 방송뉴스에서도 민주노동당 지지율 6.5퍼센트는 보도되지 않았다.

대변인실에서 어제 저녁 가판을 보고 몇몇 신문사에 정정요구를 했지만 공식적인 보도자료에 나와 있지 않은 사실을 기사화할 배짱 있는 기자는 없었다. 기획조정회의는 일단 KSOI에 시정을 촉구하는 항의공문을 보내기로 했다.

보도되진 않았지만 이 조사에선 몇 가지 주목할 만한 결과가 나타났다. 민주당과 열우당이 합당을 한다면 민주노동당 지지는 8.9퍼센트로 나타났다. 통합여당은 46.3퍼센트, 한나라당은 24.6퍼센트다. 이 경우 대전, 충남권의 민주노동당 지지율이 12.9퍼센트로 수위를 달린다. 비호남 친열우당 개혁성향 표가 민주노동당으로 오는 것이다.

올해 총선에서 절대로 찍지 않을 정당을 묻는 이례적인 질문에 민주노동당은 절대로 싫어하는 사람이 가장 적은 당으로 나타났다. 민주노동당 3.4퍼센트, 민주당 9.2퍼센트, 열우당 10.7퍼센트, 한나라당 38퍼센트다. 6.5퍼센트를 기록한 민주노동당 지지율에서 부산, 울산, 경남은 10.4퍼센트로 드디어 두 자리 수에 진입하였다.

전국노점상총연합회 활동을 하는 정인호 당원이 찾아왔다.

전노련과 전노총련은 해묵은 갈등을 해소하기 위해 최근 통합하였다. 이 통합은 당에서도 오랫동안 바라던 바였다. 전농에 이어 빈민계층의 정치세력화를 위해서도 양 조직의 통합은 선행조건이었다. 누적된 갈등으로 지역까지 완전히 화학적 결합을 하는 데는 몇 년이 걸릴 수도 있다.

대중조직에서 일하지만 정인호 동지는 철저하게 당을 중심으로 사고하고 있었다.

김창현 울산지부장으로부터 전화가 왔다. 지난 9일 송철호 씨가 신년기자회견에서 열린우리당과 민주노동당과의 선거연합을 제안한 데 대해 여러 걱정을 하고 있다. 중앙선대본의 입장은 단호하다는 것을 말해주었다. 바로 조승수 후보에게 전화하니 다행히 원칙적 입장을 고수하고 있다.

울산으로 급파한 오재영 조직실장으로부터 연락이 왔다. 이 문제를 논의하기 위해 울산의 지구당위원장과 후보들이 18일 회의를 할 예정이라 한다. 그 전에 중앙당의 확고한 입장을 재천명할 필요가 있다.

낮에 박종철 동지의 17주기 추도식이 서울대에서 있었으나 금속노조 강의 일정 때문에 참석하지 못하였다. 박종철이 고문을 이기며 죽음에 이른 것은 박종운의 소재를 말하지 않았기 때문이다. 박종운은 지금 한나라당 부천지역 지구당위원장이다. 그러나 누구도 박종철의 죽음을 헛된 것이라 생각하지 않는다. 박종철이 목숨과 바꾼 것은 바로 이 나라의 민주주의였다. 지금 살아 있는 모든 사람은 박종철에게 빚을 지고 있다.

16시, 충남 유선 유스호스텔에서 열린 민주노총 금속노조 중집 수련회에 참석했다.

반가운 얼굴들이 눈에 띈다. 2000년 총선에 울산 북구에서 후보로 출마했던 최용규 동지는 건강한 모습이다. 서울 양천을 민동원 위원장의 부인인 임혜숙 동지도 참석하고 있다. 작년 양천을 보궐선거 때 민동원 동지가 후보로 선출되자 후보보다 더 감동적인 소감을 밝힌 일이 생각난다.

강의는 '2004년 총선의 의미와 노동운동의 과제'를 주제로 하였다.
강의안은 《노동사회》1월호에 게재되었다.

2004년 총선의 의미와 노동운동의 과제

1. 2004년 총선의 의미와 민중운동

2004년 4월 15일에 치러지는 제17대 국회의원 총선거의 역사적 의미는 무엇보다도 진보정당의 첫 원내진출이라 말할 수 있다. 2000년 1월 창당한 민주노동당은 창당 직후에 치러진 제16대 총선의 실패에도 불구하고 흔들림 없이 지속적으로 당을 확대 강화해왔다. 그리하여 2002년의 지방선거에서 8.13퍼센트의 정당득표율을 얻고 일약 제3당의 위치를 차지했으며, 제16대 대선에서 당의 정책과 이념을 대중적으로 알리는 데 성공하였다. 국회의원 한 명 없는 원외정당인 민주노동당이 짧은 기간에 이같은 진전을 거둔 것은 보수, 진보를 막론하고 한국정치사의 유례없는 일이었다. 이것은 첫째, 당내 민주주의와 진성당원제 등 조직운영과 재정에 있어서 진보정당 특유의 원칙을 처음부터 관철시킨 결과라 할 수 있다. 둘째, 노동자, 농민 등 서민대중의 이해에 기반을 둔 차별화된 정책 활동과 당의 주객관적 조건에 철저하게 조응한 선거 전략의 결과라 할 수 있다. 셋째, 계급 대중의 생존권투쟁에의 결합과 지역 주민을 파고드는 지속적인 일상활동을 병행한 결과였다.

창당 석 달 만에 지구당체제도 채 갖추지 못한 채 '한 석 전략'을 추구할 수밖에 없었던 2000년의 제16대 총선과 달리 이제 민주노동당은 창당 3년 동안의 급속히 성장한 조직기반과 대중적 인지도 속에서 2004년 총선을 맞이하게 되었다. 특히 이번 선거를 앞두고 전농의 조직적 지지를 확보함으로써 그간 취약지역이었던 농촌에서의 지지를 확대할 수 있는 유리한 고지 위에 서게 되었다. 그리하여 2004년 총선은 민주노동당의 헌법투쟁 결과로 쟁취한 1인 2표 정당투표제가 최초로 실시되는 선거라는 점에서 민주노동당이 진보정당 최초의 원내진출을 이루리라는 것은 이미 기성사실이 되고 있다.

2. 포스트 3김 시대의 개막과 2004년 총선

노동자, 농민 등 민중운동진영에게 2004년 총선이 진보정당의 원내 교두보 확보라는 의의를 갖는 반면, 보수 기득권 세력에게 이 총선은 포스트 3김 시대의 본격적인 세력재편이라는 의미를 갖는다. 1987년 이래 지난 15년 간의 한국정치는 영남, 호남, 충청을 기반으로 하는 3김씨의 지역패권정치로 일관되어왔다. 정경유착과 금권선거 등의 부패정치, 망국적인 지역할거정치, 보스 중심의 붕당정치는 3김 정치의 자화상이었다. 노무현 정부는 김영삼, 김대중 정부로부터 부르주아 민주주의의 진전과 신자유주의의 관철이라는 양대 기조를 계승하고 있지만, 포스트 3김 시대라는 새로운 정세의 첫 국면에 놓여 있기도 하다.

포스트 3김 시대의 특징은 첫째, 지역패권 구도의 완만한 해체이다. 현실정치에서 3김이 사실상 퇴장함에 따라 광대 지역의 패권을 재생산하는 것은 더 이상 불가능하게 되었다. 둘째, 3김 시대 보스정치의 실질적 기반이 의회권력을 재생산하는 지역패권이었기 때문에 포스트 3김 시대는 곧 보스정치체제의 와해를 초래할 수밖에 없다. 대통령이 여당을 수직적 통제 하에 두던 시대는 과거가 되었으며, 한나라당, 민주당, 열린우리당의 대표가 비보스형, 비주류 출신인 것처럼 더 이상 3김과 같은 강력한 보스에 의해 장기간 유지되는 정파는 존재할 수 없게 된 것이다. 셋째, 지역패권정치, 보스정치의 해체는 곧 정경유착과 금권정치에 의한 부패정치의 시스템에도 큰 영향을 미치지 않을 수 없게 된다. 부패정치의 청산은 부르주아 민주주의의 진전에 따른 정치개혁의 일환이기도 하지만 그간 금권정치의 수

요와 공급을 지역패권정치와 보스정치가 담당해왔다는 점에서 포스트 3김 시대는 부패정치의 완화를 가져올 수밖에 없는 것이다.

2004년 총선을 앞두고 한나라당, 민주당, 열린우리당 등 보수기득권 세력은 한편으론 구시대적 기득권인 지역주의에 최대한 의존하면서 동시에 시대적 요구인 정치개혁을 일정하게 수용해야 하는 모순된 조건에 놓여 있다. 또한 보수기득권 세력은 이라크 파병, 부안 핵 폐기장 설치, 자유무역 협정 체결, 노동시장 유연화 등의 문제에 있어서 대국민(민중) 전선을 형성하며 일치단결하는 한편 대선 비자금, 선거법 협상 등에 있어서는 주도권 다툼을 위해 치열한 대립을 보이고 있다. 한국정치에 있어서 여소야대는 3김 시대 이래의 일관된 현상이지만, 포스트 3김 시대의 여소야대는 의회권력 장악을 통한 권력분점이라는 새로운 양상을 의미하는 바, 제17대 국회에서 다수를 점하기 위한 보수기득권 세력 내부의 경쟁과 대립은 그 어느 때보다도 격화될 전망이다.

3. 2004년 총선과 노동운동의 과제

노동운동에 있어서 2004년 총선의 목표는 신자유주의로부터 민중생존권을 수호하는 전선의 확대강화이며 동시에 노동자의 정치적 단결을 고취시킴으로써 노동운동의 질적 성장을 도모하는 것이 되어야 한다.

노태우 정부 이래 추진된 신자유주의 정책은 김영삼 정부에서 제도화되고 김대중 정부에서 본격적으로 관철되기 시작하였으며 노무현 정부 역시 이를 계승하고 있다. 이처럼 신자유주의 정책의 결과가 누적되면서 비정규직의 급속한 증가, 농업의 해체, 소득 및 재산의 양극화 현상 등 민중 생존권에 대한 위협은 날로 증가하고 있으며 이는 노동운동을 비롯한 민중운동의 운동기반을 해체시키는 양상으로 나아가고 있다. 그러나 이제까지 신자유주의에 대한 노동운동의 대응은 개별자본에 대한 투쟁에서 목숨을 건 극렬한 저항이 전개되었던 반면 총자본에 대한 전선에서는 무력하기 짝이 없는 결과를 낳아왔다. 정치세력화를 총자본에 대한 전선의 강화 차원에서,

신자유주의를 막아내기 위한 전선의 확대 차원에서 바라보는 관점이 부족했던 것이 사실이다.

신자유주의적 공세 하에서 노동운동의 기반마저 위협받고 있는 지금 노동이 집중해야 할 실천은 노동자들의 정치적 단결을 확대 강화시키는 일이다. 개별자본과의 전선에서 목숨을 건 사활적 투쟁을 벌이면서 총자본과의 투쟁에선 적전 분열하는 모순된 상태를 급속히 개선하지 않으면 안 된다. 그간 의회주의니 개량주의니 하면서 정치세력화에 의문을 제기하고, 정치사상의 자유니 배타적 지지 철회니 하면서 진보정당운동에 찬물을 끼얹는 관념적 시비는 결국 총자본에 대항하는 전선을 약화시키고 노동자들을 신자유주의 정치세력의 영향 하에 묶어두는 결과밖에 초래하지 않는다는 것을 명확히 해야 할 시점이다.

정당운동과 조합운동은 운동방식과 원리가 다를 수밖에 없지만 한국의 진보정당운동이 아직 당건설기를 채 경과하지 않았다는 점을 감안할 때, 노동운동이 진보정당운동의 발전을 위해 인적 · 물적 지원을 담당하는 것은 당분간 지속되어야 할 의무이다. 이런 점에서 2004년 총선에 민주노총이 그 어느 때보다도 적극적으로 총선후보를 내는 것은 바람직한 현상이다. 그러나 총선을 위한 1회용 후보를 내는 것을 넘어서서 직업적인 당활동가를 만들어내는 데에도 더 많은 의무를 담당해야 할 것이다. 또한 상급조직 차원에서 정치자금을 조성하고 당원모집에 나서는 데 있어서도 자신감과 의지를 갖고 보다 적극적으로 나서야 한다. 민주노총과 민주노동당의 관계는 이익단체와 정당간의 관계와 다르다는 대전제를 재확인해야 한다.

또한 노동운동은 진보정당의 성장을 위한 제도개선투쟁의 주요한 주체가 되어야 한다. 세계노동운동의 역사는 노동운동이 노동시간단축투쟁에 쏟은 노력 이상으로 진보정당을 위한 제도개선투쟁을 담당했다는 것을 말해주고 있다. 그것은 진보정당을 노동운동과 계급운동의 관점에서 바라보았기 때문에 가능한 일이었다. 그런 점에서 정치와 경제, 정당과 노조라는 기계적 이분법에서 벗어날 필요가 있다. 정치제도개혁투쟁이 노동자대회의 주요 슬로건에도 들지 못하는 일은 이제 극복되어야 한다. 전경련이 정치관계법 개정을 위한 전경련의 요구를 명확히 공표하는 데 반해, 노동운동에선 이를 정당의 고유활동으로 치부해버리는 경향도 개선되어야 한다.

마지막으로 노동운동은 노동조합조직의 통일을 위한 적극적인 전략과 방침을 수립해가야 한다. 노동조합조직이 분립된 상태에서 노동자계급의 정치적 단결은 근본적인 취약성을 벗어나기 어렵다.

2004년 총선을 통해 한국의 노동운동은 국회 내에 투쟁의 교두보를 확보하는 역사적 쾌거를 이루게 될 것이다. 그리하여 대중투쟁과 의회투쟁을 병용하는 운동의 새로운 발전단계를 맞이하게 된다. 낡은 방식, 낡은 사고로는 운동의 위기와 기회가 동시에 밀려오는 새로운 정세에 대응하기 어렵다. 2004년 총선은 무엇보다도 노동자의 정치적 단결을 획기적으로 확대 강화하는 계기가 되어야 한다.

(2004. 1.《노동사회》기고)

새벽 4시 30분 취하지 못하고 잠든다

1월 15일 목요일 맑음

조순형 민주당 대표가 아침 기자회견 중 느닷없이 사면복권문제를 거론했다. 열우당 주변의 선거사범 경력자들을 위해 추진되고 있는 사면복권을 묵과할 수 없다는 것이다.

민주노동당과도 무관하지 않은 문제이기에 기조회의에서 정황을 파악하도록 했다. 곧 박용진 위원장으로부터 전화가 왔다. 민주당 홈페이지에 조순형 대표의 발언을 문제삼는 글을 올렸다고 한다. 두 사람은 서울 강북을, 같은 선거구이다. 조 대표가 그나마 도량 있는 정치인이라면 자신의 경쟁자인 박 위원장의 복권을 위해 먼저 나섰어야 했다.

박용진 위원장은 오늘 밤 '100분토론'에서 사면복권문제를 거론해달라고 부탁한다.

대통령선거 방송토론을 앞두고 밀려드는 주문전화를 막느라고 비서실과 미디어 대책위는 혼이 났다. 시청률이 높은 TV 대선토론에서 투쟁현안이 언급되면 그만큼의 효과가 있다고 생각하는 것이다. 이런 주문을 다 소화하기도 어렵거니와 자칫하면 토론의 맥락을 끊게 만들거나 후보에게 발언 강박감을 줘서 토론의 호흡조절을 망가뜨릴 수 있기 때문에 이를 막느라 미디어 대책위는 전쟁을 치를 수밖에 없었다.

그러나 이 경우는 다르다. 당은 그에게 빚을 지고 있다. 복권 권한을 가진 대통령이 잘 본다는 프로이니 발언 기회를 포착해야만 한다.

《스포츠투데이》 이찬우 기자로부터 전화가 왔다. '선대본 일기'에 대한 취재이다.

'KBS 심야토론' 사태를 공개하기로 결정하였다. 그동안 언론노조, KBS노조가 나서고 권 대표까지 나섰지만 KBS는 완강하다. 이번 주말 양일간 하루 4시간씩 정치개혁을 주제로 다루는 방송토론회에 민주노동당을 배제하는 것은 어떠한 명분으로도 설명될 수 없는 일이다. 1퍼센트 대의 자민련을 포함시키면서 민주노동당을 배제하고, 메인 패널이 7명이나 되는데 1명을 추가하기 어렵다는 것은 궁색한 변명이다. 김종철 대변인은 보조패널 참석을 거부했다. 인터넷위원회는 사이버시위를 시작했다.

물갈이연대가 공식적으로 출범하였다. 물갈이연대의 당선운동은 사실상 '당선 가능한 국민후보운동'으로 딜러가고 있다. 1992년 대선에서 장명국 씨가 '당선 가능한 민주후보론'을 주창한 것은 민중후보 백기완을 배제하고 김대중을 지지하기 위한 어거지 명분이었다.

실로 역사는 반복된다. 한 번은 비극으로, 또 한 번은 희극으로.

덕성여대에서 열린 전국농민회총연맹의 정기 대의원대회는 신임 지도부로 문경식 의장과 박민웅 사무총장을 만장일치로 선출하였다. 문 의장은 기독농민회 출신으로 전남 보성에서 농민운동을 시작한 분이시다.

신임 지도부 출범식에 천영세 부대표가 참석하였다.

한국노총은 오늘 열린 임시대의원대회에서 사민당 10퍼센트 가입, 정치활동 기금 3천 원 모금, 사민당후보 미출마지역 친노동후보 지지를 결의하였다. 과거 선거에서 이 친노동후보는 한국노총이 친근하게 생각하는 후보로 변형되기 일쑤였다.

사민당, 개혁당, 녹색평화당의 합당논의가 진행 중이다. 만일 협상이 성공한다면 설 연휴 전에 발표될 가능성도 있다.

내일은 선거 90일 전.

내일부터 입후보 예정자는 보도와 토론프로그램을 제외한 모든 방송프로에 출연할 수 없다. CBS 시사자키에서 선거 91일 전인 오늘 프로그램에 민주노동당에게 10분을 할애해주었다. 진행을 맡고 있는 이영자 교수와 전화 인터뷰를 하였다. 대선 이후 민주노동당에 대한 이 교수의 관심은 각별하다.

중앙당기위원회가 저녁 늦게까지 열리고 있다. 민주노동당의 당기위원회는 당내 3D업종 1순위이다.

'100분토론' 출연을 위해 문화방송국에 가다.

분장실에 가장 늦게 도착한 홍준표 의원이 들어서자마자 김한길 단장에게 소리친다.

"오늘은 차떼기 얘기 좀 하지 마."

한나라당에선 마지막까지 출연자를 정하지 못했다. 차떼기 사건 이

후 다들 방송토론을 피하기 때문이다. 홍 의원은 상호공방이 적은 주제라는 MBC의 설득으로 나왔다.

홍준표 의원과의 TV토론은 이번이 네 번째다. 보자마자 "노 총장은 차떼기 얘기해도 돼요" 하며 웃는다.

2002년 11월 '100분토론' 때 민주노동당의 주한미군철수 주장을 북한의 통일전선전략 운운하며 비방하다가 냉전세력이란 말을 들은 이후로 TV토론에서 만나면 가급적 나와 부딪히지 않으려고 한다.

그러나 그는 전형적인 인파이터다. 생방송 시작 전까지 친근하게 농담하다가도 카메라 사인이 나오면 30년 만에 처음 만난 불구대천지 원수 대하듯 표변하여 공격한다. 언제 어디서든 누구와도 싸울 준비가 되어 있는 귀재이다. 토론하다보면 그의 입가는 항상 젖어 있다.

토론 말미에서 비례대표가 임명직 국회의원이라 폄하하기에 공부 안 한 것 같다고 지적하자 이성을 잃고 윽박지르더니 토론이 끝나자마자 분장실에 들르지도 않고 가버린다. 그의 급소는 열등감이다. 본의 아니게 또 급소를 건드린 셈이 됐다.

김학원 의원은 여론조사 지지율 1퍼센트 지적이 계속 마음에 걸렸는지 토론이 끝나고 분장실에서까지 손석희 아나운서를 붙잡고 계속 해명한다. 충청도 양반들이 속내를 잘 표현하지 않기 때문에 전화 여론조사에서 낮게 나올 수밖에 없다면서.

85년 전 오늘 밤 로자 룩셈부르크가 살해되었다. 향년 48세. 지금 내 나이다.

그녀의 시체가 발견된 동베를린 란트베르 운하는 폭 5미터 정도의

작고 조용한 도심 속 수로였다. 거대한 화살표 모양의 철제 구조물이 마치 행위예술품처럼 시체가 발견된 지점을 가리키듯 설치되어 있었다. 뒷벽에는 1987년 서독 사민당이 참회의 뜻으로 제작한 추모동판이 붙어 있었다.

1919년 1월 15일 저녁 로자 룩셈부르크 박사와 카를 리프크네히트 박사는 독일 국경수비대 소속 병사와 장교에 의해 폭행당하고 살해되었다. 로자 룩셈부르크는 죽을 정도로 부상당했거나 죽은 상태에서 살인자들에 의해 이 운하로 던져졌다. 카를 리프크네히트는 그 조금 뒤에 이곳에서 북쪽으로 1, 2백 미터 떨어진 노이엔제에서 총살당했다.

억압과 애국주의와 전쟁에 대한 투쟁에서 확신에 찬 사회주의자였던 로자 룩셈부르크와 카를 리프크네히트는 국수주의적 정치 살인의 희생자로 죽었다. 생명경시와 인간에 대한 잔혹성은 인간이 비인간적일 수 있음을 인식케 한다. 그러한 폭력은 어떠한 갈등해결의 수단으로 남아 있을 수도 없고 있어서도 안 된다.

— 베를린, 1987

1996년 6월 동베를린 외곽 프리드리히펠데 묘지를 방문했을 때 그녀는 혁명가, 사회주의자, 반나치스 투쟁, 스페인내전으로 숨진 사람들과 함께 잠들어 있었다. 그녀의 이름인 장미를 바치고 독일 소주를 올렸다.

사회주의는 노동자의 이름으로 독재를 행하는 훌륭한 사람들이 주는 크리스마스 선물 같은 것이 아니다. 사회주의라는 것은 노동자의 자기해방이 아니면 안 된다. 누구도 당신을 위해 사회주의를 가져다 줄 사람은 없다.

— 로자 룩셈부르크

새벽 4시 30분 취하지 못하고 잠든다.

흐르는 물처럼 한 사람이 가고 한 사람이 태어난다

1월 16일 흐림

　10시, 공무원노조 전 노조위원장인 차봉천 동지와 태백시 조규오 본부장의 입당 및 출마선언 기자회견이 중앙당사에서 열렸다. 노명우 공무원노조 직대와 30여 명의 노조간부들이 참석했다. 특히 강원도 태백에선 10명이 넘는 응원단들이 상경하였다.

　차봉천 전 위원장은 출세를 생각했으면 민주노동당에 오지 못했을 것이라 말한다. 노명우 직대는 공무원노조의 민주노동당 지지를 조만간 결의하겠다고 밝힌다.

　09시 40분. 기자회견을 앞두고 긴급 전갈이 왔다.

　강원도 정선 농민회에서 오늘 기자회견을 뒤늦게 알고 조규오 본부장의 출마선언을 유보해줄 것을 조심스레 타진해왔다. 농민회와 사전 논의를 거치지 않았다는 것이다. 김진주 강원도 지부장과 통화하니 의사소통에 문제가 있었다. 그러나 간단히 수습될 사안은 아니었다. 전기환 전농 전 정책위원장으로부터도 연락이 왔다.

　기자회견은 예정대로 하되 사후 수습에 나서기로 했다.

설을 앞두고 특집제작에 언론사들이 바쁘다.

MBC에서 총선전망을 묻는 인터뷰를 따러 왔다. 인터넷한겨레에서 박종찬 기자와 인터뷰를 했다. CBS에서 설날 특집 방송을 위해 녹음하러 왔다. 당선 가능성이 높은 후보를 구체적으로 댈 것을 요구한다.

권영길, 손석형, 김석준, 나양주, 강병기, 조승수, 김창현, 윤인섭, 이용길, 김용한, 정형주, 신장식, 박용진, 김준수, 이상현, 한상욱 15명을 대니 그만하라 한다.

권영길 대표, 천영세 선대위원장과 함께 점심을 하고 몇 가지 현안을 논의했다.

울산 송철호 변호사의 선거연합 제의에 대해 고려해볼 여지가 없는 제안임을 재확인했다. 이 문제를 둘러싸고 당내에 어떠한 동요나 혼란도 있어서는 안 된다는 점이 강조되었다.

《프레시안》에 '중남미통신'을 연재하고 있는 박정훈 동지가 찾아왔다. 스페인어를 배우고 혈혈단신 멕시코에 간 지 3년 반, 멕시코 등 중남미 민중운동을 밀착해서 지켜본 동지다. 어제 귀국해서 오늘 바로 입당했다.

내일 12시 KBS 본관 앞에서 항의시위를 하기로 했다.

이덕우 위원장이 오랜만에 당사에 들렀다. 저녁에 인권위원회가 있다. 이 위원장의 직업은 다섯 가지다. 변호사, 대한민국 인권운동, 민주노동당 사업, 늦게까지 술 먹기, 가족 데리고 집회시위 참석하기. 이 바쁜 분에게 몇 가지 당 관련 일을 주문했다.

민주노총위원장 선거가 22시 30분에 끝났다.

이수호 위원장체제가 들어섰다. 선거를 전후해서 당선 전망과 소감을 묻는 이들이 많다. 민주노동당원이 당선될 것이라 예측했고 결과는 정확했다.

민주노총위원장 선출방식에 대해 이의를 제기하는 사람들도 있었다. 그러나 조합원총투표 방식은 올바른 대안이 아니다. 권력 재생산 방식을 조직 내 민주주의 차원에서만 바라보는 것은 변증법적 사고가 아니다. 기업별 체제가 여전하고 산별연맹 위원장도 직선으로 뽑지 않는 현실에서 총연맹위원장을 직선으로 뽑는 것은 대증요법일 뿐이다.

총파업이 잘 조직되지 않고 위력이 떨어지는 것은 남발의 문제도 있지만 기본적으론 기업별체제에 갇혀 있기 때문이다. 이런 상태에서 총파업이란 결국 사법적 책임을 감수해야 하는 단위 사업장 간부를 설득하고 조직하는 일로 전락하게 되고 조합원들은 편하게 동원될 뿐이며 책임질 일도 별로 없다.

지금 시급한 것은 산별노조로의 급속한 전환이다. 이때 파업지휘권을 갖는 산별노조위원장을 직선으로 선출한다면 총연맹위원장은 5천 명 규모의 대의원 혹은 선거인단에 의해 선출하면 되는 것이다.

이렇게 볼 때 산별전환을 주저하는 울산의 대기업노조들이 울산 지역본부장을 직선으로 뽑고 있는 것은 민주노조운동의 현주소를 말해주는 대표적인 난센스다.

홍승하 위원장 모친상 빈소에 조문 가다.

사위로서 조문을 받는 김단성 동지가 든든해 보인다. 홍승하 위원장의 산일이 며칠 남지 않았다고 한다.

흐르는 물처럼 한 사람이 가고 한 사람이 태어난다.

발인은 17일, 장지는 문경이다.

원칙은 스스로 원칙인 사람들에 의해
세워지고 또 관철된다

1월 17일 토요일, 오전에 눈 내리다

의혹을 샀던 TNS의 12일 여론조사가 설문지를 사전공개하고 전화면접 상황을 공개하면서 16일 재실시되었다. 2차 조사에서 열린우리당의 지지율은 0.6퍼센트 하락했으나 25.2퍼센트로 1위를 하였다.

같은 날 코리아리서치의 조사에서도 24.5퍼센트로 1위를 함으로써 정동영 체제 출범 이후 열우당의 역전은 사실로 판명되었다.

민주노동당은 TNS의 2차 조사에서 0.2퍼센트 상승하여 6.7퍼센트를 기록하였다. 코리아리서치조사에서도 민주노동당은 6.2퍼센트를 기록하여 대선 이후 가장 높은 지점에 도달하고 있다. 그러나 이 조사에서는 민주노동당의 정당지지율과 총선 득표율에 1.5퍼센트의 갭이 있다는 사실도 나타났다.

작년 9월 열우당의 창당으로 3퍼센트 대로 내려갔던 민주노동당의 지지율은 12월에 들어서서 거의 상반기 수준으로 회복되었으며, 1월로 넘어오면서 완만한 상승추세를 보이고 있다. 만일 내부 목표대로 3월 초까지 8퍼센트 대에 진입한다면 지역에서 출마하는 우리 후보들의 득표율은 15퍼센트 대를 무난히 넘길 수 있을 것이다. 15퍼센트는 사표발생을 억제하기 시작하는 의미 있는 고지이다.

이런 측면에서 이번 KBS 토론회에 참가하지 못함으로써 설 민심을 통한 1~2퍼센트의 지지율 상승 기회를 놓친 것은 못내 아쉬운 대목이다.

12시, 중앙당과 서울시지부는 KBS 본관 앞에서 민주노동당을 배제하는 편파, 불공정 방송에 항의하는 집회를 가졌다. KBS노조는 타협안을 갖고 마지막 절충을 시도했으나 무위로 끝났다.

분투한 김영삼 위원장에게 격려전화를 해야 한다.

광명시 철산리는 더 이상 마누라 없인 살아도 장화 없인 못사는 동네가 아니었다. 20여 년 전 보증금 10만 원, 월세 3만 원에 살았던 닭장집 자리는 아파트단지로 변해 있었다.

15시, 광명시 지구당창당대회와 후보선출대회가 연이어 개최되었다. 경기도에서 가장 부지런한 김용한 평택을 지구당위원장과 서울에서 가장 바쁜 정종권 구로을 위원장, 그리고 배일도 서울지하철노조위원장이 참석했다. 전영일 전 KBS 노조위원장, 이병렬 보건의료노조 연대사업국장은 지구당 당원으로 참석해 있었다.

축사를 통해 오늘 지구당위원장과 총선후보로 선출되는 김연환 위원장은 내가 만난 가장 원칙적인 사람 중 하나라고 말했다. 이어서 축사를 한 단병호 위원장은 나의 표현이 점잖은 것이라며 15년 간 함께 일한 경험으로 볼 때 '독사' 라고 불러야 마땅하다고 반박했다. 단 위원장은 논어까지 인용해가며 김연환 위원장을 실천하기 어려우면 말하지 않고 말한 것은 반드시 실천하는 사람으로 평가했다.

스스로 원칙인 사람. 원칙은 그런 사람들에 의해 세워지고 또 관철된다.

단 위원장은 대회장에서 곧바로 인천공항으로 갔다. 인도 뭄바이에서 열리는 제4차 세계사회포럼에 참석하기 위해서다. 당에선 윤효원 국장이 엊그제 출국하였다.

늦은 점심을 하러 간 김밥 집에서 라면 먹으러 온 이근선 부천 원미갑 후보를 만났다.

아이를 데리고 온 젊은 부인이 다가와 엊그제 TV토론 잘 봤다고 인사한다.

이근선 후보는 택시기사가 "공부는 내가 더 많이 했어"라는 홍준표 의원의 발언을 화제로 삼았다고 전한다.

점심 후 바로 충남 아산으로 향했다. 원래 이 시각엔 서울 서대문을 후보선출대회에 참석키로 되어 있었다. 그러나 어제 저녁 조직실장은 서대문을 일정을 취소하고 아산 교육을 맡아야 한다고 지시했다. 내려가면서 강의 주제를 들었다. 이재기 아산지구당위원장은 '부흥회' 임을 강조한다.

고 문익환 목사의 10주기 추모식에는 권영길 대표가 참석하였다. 북측에서도 조문단을 보냈다.

아내와 오랜만에 장보기에 나섰다

1월 18일 일요일, 종일 눈 내리다

정동영 열우당 당의장이 학교급식에 우리 농산물을 사용하겠다고 공약했다. 민주노동당 입장에서 보면 정 의장이 정책을 커닝한 것이다. 그러나 문제는 정동영 당의장이 농민들과 만나 한·칠레 자유무역협정 체결의 필요성을 역설하면서 그 반대급부로 학교급식 우리 농산물 사용을 약속한 데 있다. 커닝을 하긴 했는데 2번 문제의 정답을 커닝해서 3번 문제 답으로 적어낸 것이다.

다른 신문사에서도 뒤이어 다룰 때 온전한 특종기사가 되는 것처럼 남의 당 정책을 베끼는 것은 탓할 일만은 아니다. 오히려 정책특종을 기뻐할 일이다. 그러나 남의 당 정책을 베끼면서 자신이 특종한 것치럼 우긴다면 부끄러운 일이다. 더구나 베긴 것을 엉뚱한 용도로 악용한다면 4류 정치가 된다.

한국과 미국정부는 용산미군기지를 평택으로 옮기는 이전비용 전액을 한국국민이 부담하기로 합의하였다. 이전비용은 30억에서 40억 달러 즉 3조 5600억 원에서 4조 7400억 원으로 추산되고 있다.

1월 초 리서치앤리서치의 여론조사 결과에 따르면 우리 국민들은 우리나라 안보에 위협적인 국가로 39퍼센트가 미국을, 33퍼센트가 북한을 지목하였다. 특히 20대는 58 대 20, 30대는 47 대 22, 40대는 36 대 34로 미국을 북한보다 더 위협적인 국가로 인식하고 있다. 북한이 더 위험하다고 생각하는 연령층은 50대 이상뿐이었다.

결국 이 여론조사 결과에 따르면 우리나라 안보에 가장 위협적인 주적(主敵)은 미국인 것이다.

미군 주둔이 안보에 도움이 된다면 그것은 강남 타워 팰리스에 사는 사람들의 안보에만 해당하는 것이다. 따라서 안보의 주적을 자국 내에 주둔시키는 것도 문제거니와, 주적의 이사 가는 비용까지 한국 국민이 부담하는 것은 용납할 수 없는 일이다.

미군 병사 한 명을 한국에 주둔시키기 위해 우리 국민들이 부담하는 비용은 연간 1억 3천여만 원이다. 우리는 지금 연봉 1억 3천만 원짜리 미국인 용병을 쓰고 있는 것이다. 연봉 1억 3천만 원이 넘는 극소수 부자들의 안보를 위하여.

신행정수도 이전비용이 정부추산 45조 원인데 미군기지 이전비용 4조 원까지 마련하자면 노동자, 농민 등 서민들은 그만큼 더 죽어가야 한다.

중앙선거관리위원회는 설 명절을 앞두고 불법선거운동 단속을 강화하겠다고 발표했다. 총선후보의 휴대폰 문자메시지도 단속대상이다.

오늘 낮 아내의 휴대폰에 한나라당 원희룡 의원의 문자메시지가 도착했다. 오늘 밤 KBS 정치개혁토론회에 참석하니 꼭 시청하라는 내용이다. 정치개혁 하자는 토론회에 참석하면서 그것을 불법선거운동으로 활용하고 있다. 그는 한나라당에서 소장 개혁파로 분류되는 젊은 피다.

홍승하 위원장이 첫아이를 생산했다. 지금 3.3킬로그램인 이 아이가 초등학교를 다닐 때면 아이의 부모는 집권여당 당원이 되어 있을 것이다.

두 달 만에 처음으로 일요일을 집에서 보냈다. 아내와 오랜만에 장보기에 나섰다.

상근자들의 얼굴을 바로 보기 어렵다

1월 19일 월요일 맑음, 오랜만의 겨울 날씨

아침 기획조정회의에서 총선 출마자 현황을 점검하였다.

조직실은 광역시도지부와 협의하여 추가발굴지역으로 33곳을 선정했다. 후보를 발굴하는 일은 이번 선거가 마지막이다.

각 지구당에서 당원직선에 의해 선출되기 때문에 후보전술을 원천적으로 쓸 수 없는 현재의 문제는 다음 발전단계에서 해결할 과제이다.

지구당이 있는 데도 납득할 만한 사유 없이 후보를 내지 않으려는 곳도 보고되었다. 이것은 당 방침 위배이다. 중앙위원회의 재결의가 있기 전에 이런 일은 용납할 수 없다.

이해삼 광진을 후보가 당사를 방문했다.

서울 광진을의 후보선출대회는 몇 차례 연기 끝에 지난 17일 개최되었다. 이해삼 후보가 최근 심장과 신장의 이상으로 입원치료를 받았기 때문이다. 수년간 누적된 과로 탓이다. 활동가들의 평균수명은 계산해보고 싶지 않은 것 중의 하나이다.

몸이 성치 않은데도 이해삼 후보는 무척이나 밝다. 새 지구당 사무실을 구하는데 복덕방마다 서로 소개하겠다며 나선다고 한다. 이사한

빌딩의 주인은 건물에 플래카드를 걸지 않는다며 들들 볶고 있다는 것이다. 상전벽해다. 다년간 제화노동운동을 하며 진보정당 건설에 매진한 그는 이제 이런 대접을 받을 때도 되었다.

오전에 기획조정회의, 상근자 조회, 선대위회의가 있었고 오후엔 선대본 전체회의가 열렸다.

지난 주 상근자 조회에서 설 명절 휴무계획을 밝히며 이렇게 말했다.

"보수정당들은 총선을 앞둔 설 명절이라 연휴 기간 내내 정상근무하지만 우리는 보수정당과의 차별화를 위해 5일간 쉰다. 이렇게 쉬는 것은 이번 총선이 마지막이 될 것이다."

농반진반의 말에 모두들 웃었다.

그러나 오늘은 다르다. 설이 눈앞인데 고생한 상근자들에게 당이 해줄 수 있는 것은 변변치 않다. 상근자들의 얼굴을 바로 보기 어렵다.

김진주 강원지부장으로부터 연락이 왔다. 조규오 공무원노조 강원본부장의 출마선언으로 빚어진 정선군 농민회와의 갈등이 해결국면에 접어들었다는 것이다.

다행이다. 조금 전 끝난 선대위회의에서는 사칫 내홍사건으로 비화될 이 문제의 해결을 위해 적극적인 노력을 하기로 한 터였다. 김지부장의 노력과 정선군 농민회의 이해심이 좋은 결과를 낳게 한 것이다.

오후에 방문한 전농 전 정책위원장 전기환 동지도 표정이 밝다.

1월 28일 전농지도부 입당식을 13시에 하기로 합의하였다. 경북도연맹의 입당식은 29일이다.

홍보실장이 유니폼 샘플을 보여준다. 디자이너는 저녁에 온다고 한다.

2002년 10월 브라질 상파울루에 갔을 때 놀라웠던 것 중의 하나는 뻬떼(노동자당, PT)의 홍보능력이었다. 브라질은 상업광고에 있어서도 아메리카 대륙에서 미국 다음의 수준을 자랑하고 있었지만 뻬떼의 정치홍보 역시 마찬가지로 보였다. 사람이 걸칠 수 있는 모든 것을 뻬떼의 로고와 캐릭터로 장식하여 내놓고 있었다.

상파울루 도심에 있는 뻬떼 당사의 1층은 아예 뻬떼의 간행물과 유니폼, 그리고 각종 캐릭터 상품을 파는 매장이었다. 여성, 어린이, 노동자, 지식인 등을 향한 뻬떼의 정신은 모자, 유니폼은 물론 귀걸이, 목걸이, 넥타이핀에 이르기까지 다양한 상징물로 반영되어 있었고 하나하나가 감동스런 디자인으로 표현되어 있었다. 함께 간 김문영 홍보국장에게 모든 것을 하나씩 다 사가지고 가도록 하였다.

민주노동당이 다른 보수정당과의 차이 중 하나는 배지를 달고 다니는 당원들이 많다는 것이다. 중앙선거관리위원회에 신고된 보수 4당의 당원 수는 6백만 명이 넘지만 우리 국민들은 그들의 당 배지를 구경한 일이 거의 없다. 반면 민주노동당원들은 입당과 더불어 당으로부터 배지를 선물로 받는다. 거래처 영업에 나설 때에도 양복에 달고 나가는 당원이 있는가 하면 배지가 잘 보일 수 없는 겨울 스웨터에도 굳이 달고 다니는 당원도 있다.

민주노동당 당원들이 달고 다니는 배지.

그것은 바로 당에 대한 사랑이다. 민주노동당원이라는 자부심이다. 민주노동당을 알려내겠다는 의지이다. 민주노동당원임을 커밍아웃하는 용기이다.

나는 민주노동당원이다.

나에게 물어보라.

나는 항상 답할 준비가 되어 있다.

그러나 이런 당원들에게 이제까지 당은 배지 하나만을 달아줬을 뿐이다. 삐떼에게서 배워야 한다.

박진도 교수가 정책공약개발회의 참석차 당사에 들렀다. 총선 준비 상황에 대해 상세히 묻는다.

박정희 시절부터 지금까지 박 교수의 일념은 변함이 없다.

이선근 위원장이 최근 번역 출간한 책을 받았다.《상품의 역사》.

내가 가장 좋아하는 경제사이자 미시사이다. 설 연휴에 읽을 좋은 선물이다.

민지네 창설자가 귀국인사차 찾아왔다. 아이디는 바람이다.

이번 사법시험에 합격한 최건섭 동지도 당사로 찾아왔다. 기억에도 없는데 10년 전 자신이 한 약속이라며 양복 한 벌 값을 놓고 도망치듯 가버린다.

권차현 동지가 예고 없이 찾아와 5년 된 핸드폰을 새 칼라핸드폰으로 바꿔놓고 갔다.

살면서 느는 것은 빚이고 쌓이는 건 業이다.

갚지 못하고 풀지 못하니 모여서 恨이 된다.

설날은 중앙당에도 찾아왔다

1월 20일 화요일, 저녁에 눈이 많이 오고 바람 불다

08시 30분, 기획조정회의에서 1만 홍보대사 기획안을 검토했다. 입체적인 사업이 되기 위해선 많은 보강이 필요하다. 무슨 일이든 핵심 줄거리를 잡아내는 것이 매우 중요하다. 지역파견안을 검토했다. 파견지역은 창원을, 울산 북구, 거제로 정했다. 인원은 아직 미정이다. 해당 지역과의 조정을 더 거치고 선대위회의에서 결정할 일이다. 이라크 파병반대운동본부에서 제출한 2월 초반 사업계획도 검토했다.

10시, 맑은정치 여성네트워크에서 당을 공식 방문했다. 여성단체연합의 남인순, 정현백 공동대표와 조현옥 여성정치세력민주연대 대표가 방문단 대표로 왔다. 방문단은 비례대표 의석수를 늘리는 것은 여성계와 민주노동당의 공통 이해관계가 걸린 일이니 양측의 공조를 강화하자고 제안했다. 화기애애한 분위기일 수밖에 없다. 민주노동당 대표단은 당의 여성할당 제도와 광역비례대표 의원이 모두 여성임을 자랑했다. 정현백, 조현옥 교수는 지금 파이가 적어서 그렇지 나중에 커지면 달라질지도 모른다며, 경우에 따라 낙천낙선 대상이 될 수 있다고 경고하였다.

10시 30분, 미군용산기지 이전비용 한국부담에 항의하는 기자회견을 국회 앞에서 가졌다. 용산의 정연욱 후보는 국가나 국민에게 중대한 재정적 부담을 지우는 지출이므로 헌법 60조에 따라 국회의 동의를 받아야 한다는 점을 강조하였다.

11시, 영등포 롯데백화점 앞에서 평등명절행사를 열었다. 지난 추석명절 때는 여성부와 여성단체들이 나서서 당이 기획한 것과 똑같은 행사를 갖는 바람에 곤란을 겪은 적이 있었다. 그래서 기획된 것이 '남성들이 나서서 직접 실천하는 모습'을 연출하는 것이었다. 만두 빚기와 부침개 지지기는 크게 성공하였다.

정연욱 후보는 프라이팬을 다루는 데 예사롭지 않은 기량을 보여 그의 살아온 길을 짐작케 했다. 중앙당 조직부장 한경석과 한성욱의 만두 빚는 솜씨는 목격자들의 감탄을 자아냈다. 천영세 선대위원장은 연배 탓인지 요리 실연을 하라는 거듭된 요청에도 내내 극도의 신중한 태도를 견지했다.

짧은 연설에서 "남편, 오빠, 동생들을 사람으로 만들고 싶으면 민주노동당으로 보내라"고 했더니, 나중에 《프레시안》 신입 여기자인 최서영 기자가 그 말이 정말이냐며 깊은 관심을 보였다.

행사는 대성공이었다. 기획도 좋았지만 여성실천단의 치밀한 준비가 행사를 더욱 돋보이게 하였다. 장지화, 서영선 두 동지가 탄탄한 준비에 큰 몫을 했다.

약물을 신체에 투여하는 방법은 다양하다. 정맥이나, 피하조직에 주사하는 방법도 있고, 입으로 복용하거나 항문으로 침투시키거나 심지어는 패치를 통해 피부로 스며들게 하는 방법도 있다. 무엇이 효과적인 방법인가 하는 것은 질환의 성격, 약의 종류, 환자의 상태에 따라 달라진다. 오늘의 성공은 평소와 다른 문화적 접근방식을 취한 탓도 있다.

그간 민주노동당은 좋은 약이라는 한 가지 믿음만으로 대바늘 주사기를 들고, 놀라 도망가는 환자들을 쫓아다닌 적은 없는지 생각해보았다.

점심은 상근자 휴게실에서 사발면으로 해결하였다. 김봉림 국장을 비롯한 몇 사람은 남은 만두피로 솜씨를 겨루었다.

설날은 중앙당에도 찾아왔다.

《서프라이즈》의 지승호 기자와 인터뷰를 하였다. 그는 수십 개의 질문을 준비해 왔다. 질문의 범위도 넓었다. 민주노동당에 대해 알고 싶은 것이 많았고, 그만큼 멀리 있었던 셈이다.

마지막 질문은 좋아하는 정치인을 말하라는 것이다. 한번도 생각해본 적이 없는 질문이다. 그러나 쉽게 답변했다.

"레닌, 호지명, 주은래."

보도되면 한나라당에서 문제삼지 않겠냐고 물어왔다. 그랬으면 좋겠다고 답했다.

내일은 레닌이 서거한 지 80주년이 되는 날이다.

오늘 밤 많은 눈이 내렸다.

정책실의 순발력이 절실하다

1월 21일 수요일, 맑고 차다

전국철도노동조합에서 근무하는 당원으로부터 전화가 왔다. 2월 2일부터 시험운행에 들어가는 고속철도와 관련한 문제다. 반나절 생활권이니 여객기 수준의 서비스니 하는 보랏빛 전망에 가려진 것은 서민들의 철도이용 문제다.

언론에선 고속철 개통으로 인해 지방공항이 직격탄을 맞는다고 난리다. 그것은 자본가들의 관점이다. 무궁화나 통일호를 타야만 하는 서민들의 관점에선 사실상의 요금인상이다. 무궁화나 통일호의 운행편수가 절반 이상 줄어드니 두 배 이상의 철도요금을 내야 하는 고통을 겪게 되는 것이다. 정책실의 순발력이 절실하다.

KBS에서 사장면담을 28일로 통보해 왔다.

설을 앞두고 책상정리를 하다 김진균 선생이 보낸 연하장을 열었다. 봉투 겉면 주소까지 손수 쓰신, 보기에도 정성스런 연하장을 여러 날 그대로 두었다. 병환이 깊은 상태에서 이례적으로 보낸 연하장이라 개봉하기가 꺼려졌었다.

선생님 병세가 악화되었다는 소식을 들은 것은 지난해 11월. 그동안 상당히 호전되었다는 소식을 듣고 다들 안도하던 터라 더욱 놀랐다.

권영길 대표, 천영세 부대표와 의논하면서 병문안을 미루는 것이 오히려 병중인 선생님을 위한 것이라는 결론에 도달했을 때 다들 안타까운 심정이었다. 그 후 노동자의 힘 이종회 대표로부터 다소 나은 소식을 듣기도 했다.

연하장 봉투엔 사진 몇 장이 들어 있다. 작년 봄 김진균 선생의 정년퇴임 기념식에서 함께 찍은 사진들이다. 축사하는 모습을 찍은 사진 뒤엔 갑신년 새해에 대망의 진전을 기원한다는 글을 쓰셨다.

이날 축사를 통해 나는 선생님의 경력 발표에서 국민승리21 공동대표 역임 사실이 누락된 데 대해 항의했다. 선생님의 35년 교수 재임 기간은 박정희로부터 김대중에 이르기까지 역대 정부와의 투쟁이었음을 회고했다. 선생님과 싸웠던 역대 대통령들이 죽거나 혹은 감옥에 다녀오거나 혹은 정치적 사망상태임을 감안할 때 이 투쟁에서의 승자는 김진균 선생님임을 분명히 하자고 말했다.

다른 분들의 축사에서 정년퇴임을 섭섭해하거나 이젠 쉬시라고 말하는데, 민주노동당은 오늘을 기다려왔다. 이젠 학교에서 해방되셨으니 사회운동의 일선에서 더 많은 역할을 해달라고 당부했다.

선생님이 과천으로 이사 가기 전 설날 세배를 가면 가장 인기 있는 음식은 다름 아닌 동치미였다. 댁 마당에 묻은 독에서 꺼낸 동치미 국물의 깊은 맛에 과세객들은 품위를 잃기 일쑤였다. 묻힌 독에서 익은 그 구수한 동치미는 바로 선생님 자신이다.

백기완 선생님 댁의 평안도식 빈대떡도 마찬가지이다.

마흔이 넘으면 얼굴에 책임을 져야 하듯 예순이 되면 음식 한 가지 쯤은 책임을 져야 한다.

내일이 그 설이다.

정책으로 인격화 되지 않는 인물은
정치적 동물일 뿐이다

1월 22일 목요일, 전국이 얼어붙다

옛 동무들이 전한 부산 민심은 생각한 것 이상이다.

한나라당은 무너져 내리고 있다. 어느 정도인지 속도만이 남은 문제다. 정경유착과 정치부패에 연루되지 않은 보수정당은 없지만 차떼기라는 선정적인 행태는 이번 총선에서 한나라당의 부음이 되기에 충분한 것 같다. 대통령 측근비리 특검에서 별다른 의혹이 제기되지 않는다면 한나라당의 종말을 우선 목격하게 될 것이다.

2000년 총선에선 한나라당이 부산, 경남을 석권했다. 1997년 대선 패배의 설욕감이 컸고 김대중 정부의 옷로비 사건은 2002년 대선승리의 명분을 강화해주었다. 총선 직전의 민권당 출현은 제2의 초원 복집 사건이 되어 지역주의적 결속력을 부활시켰다.

2004년의 영남은 다르다. 밀리는 지역세를 반전시킬 명분이 없다. 2002년 대선에서 이회창 후보가 내려올 때 동원되면 나중에 통장으로 5만 원씩 입금되었다는 아주머니도 난감해한다. 누가 뭐래도 차떼기를 지지할 순 없는 일이다. 호남에게 질 수 없다는 논리도 힘을 잃어가고 있다.

정당이 아니라 인물을 보고 찍겠다는 생각은 이런 조건에서 확산되고 있다. 이제까지 한국의 유권자들에게 정당이란 지역패권 그 자체였다. 한나라당이 바로 영남이고 영남이 곧 기호 1번이다. 지난 15년간의 모든 선거는 영남과 호남의 대결이었고 1번과 2번의 경쟁이었다. 헌법 제3조는 "대한민국의 영토는 기호 1번, 2번, 3번 지역과 그 부속도서로 한다"라고 고쳐 써도 될 정도였다.

이처럼 정당이 지역주의의 본산이다 보니 탈지역주의의 바람은 탈정당으로 나타나고 있다. 민주노동당이 정당을 보고 찍자며 이념과 정책을 강조하는 데 민심은 조금씩 낡은 정당을 떠나 새 인물로 다가서고 있다. 인물에서 정당으로 다시 시선을 돌리게 하는 일은 그래서 더욱 힘들다. 이때에도 장애물은 역시 인간의 기억력이다. 언론조차도 자신들이 4년 전에 쓴 기사를 모두 잊고 있다. 인간의 기억력이 4년만이라도 유지된다면 인물교체가 얼마나 허망한지 모두가 알 수 있을 것이다.

사실 군사독재 정권이 물러간 이후의 한국 정치사는 물갈이의 역사고 신장개업의 역사이다. 기호 1번과 2번의 후보는 같은 당명으로 두 번의 총선을 치른 적이 없다. 물갈이로도 부속해서 피까지 살았던 그들이다. 이른바 재야와 시민운동은 물갈이의 수원지 노릇을 해왔다.

2000년 1월 새천년민주당의 창당은 새정치국민회의라는 3급수에다 개혁신당이라는 2급수를 합치는 이벤트였다. 이때 개혁신당의 공동대표였던 장영신 씨는 석 달 후 총선에서 돈 살포로 의원직을 상실했다. 정치개혁을 외치며 개혁신당 창당을 주도했던 이창복 씨는 선거법위반으로 곤욕을 치렀고 FTA 비준동의안 상정을 주도하다가 총선

불출마선언을 하기에 이르렀다. 개혁신당의 대표적 인물인 이재정 의원은 한화그룹으로부터 불법 대선자금을 받은 혐의로 교도소 담장 위를 걷고 있다. 물갈이용 2급수가 3급수로 되는 데 채 4년이 걸리지 않은 것이다.

그럼에도 불구하고 정책을 인물보다 앞세우는 일은 시련의 연속이다. 정책으로 인격화되지 않는 인물은 정치적 동물일 뿐이라는 사실, 정책이 인물보다 더 감동적일 수 있다는 사실을 입증하는 것이 이번 총선의 전투지침이다.

모든 전투는 시련이다.

권력에서 멀수록 쉬는 날이 많다

1월 23일 금요일 맑음

민주당을 탈당하고 무소속 출마를 선언한 김홍일 의원의 선거구인 목포에 민주당과 열우당이 후보를 내지 않기로 했다는 소식이다. 한국 정치에서 지역주의는 여전히 최대의 기득권이다.

호남 지역주의에 편승하려는 민주당과 열우당의 경쟁이 정치를 슬프게 한다.

탈지역주의를 외치며 창당한 열우당의 김근태 원내대표도 언론사 인터뷰에서 기호 2번을 탈환하겠다고 밝힌 바 있다. 민주당의 하향세가 3월까지 지속되면 열우당으로 피난 가는 의원들이 생기고 열우당이 2번이 될 공산이 크나.

영남이 1번, 호남이 2번으로 되어 지역주의를 고착시키는 데 한몫하는 선거법은 그래서 반드시 개정되어야 한다. 특히 원내의석이 없는 당의 후보들은 후보등록이 마감되는 3월 31일 저녁까지 자신의 기호를 알 수가 없으니 홍보물 제작은 물론 선거전술에서도 불리하기 짝이 없다. 범국민정치개혁협의회의 위원 몇 사람에게 강력히 주문했지만 범개협의 개정안에서도 이 조항은 빠졌다.

민주노동당은 이미 현행 후보기호 선정방식 위헌소송을 제기했다. 그러나 헌법재판소는 아직 묵묵부답이다.

열린우리당이 지역주의라는 기득권을 진정으로 포기한다면 기호 2번을 포기해야 마땅하다. 목포에도 후보를 출마시켜야 한다.

그보다도 김홍일 의원 자신이 출마를 포기해야 한다. 그 자신이 김대중 정부 부패의 상징인 홍삼트리오의 일원이지 않은가. 대검 중수부가 밝힌 나라종금 수사기록에는 김홍일 의원이 98년부터 2001년까지 뉴서울호텔 특실에서 안상태 나라종금 사장 등과 주 2, 3회 꼴로 고스톱을 쳤다고 나와 있다. 국회에 출근한 날보다 호텔에서 고스톱 친 날이 더 많은 사람을 당선시키는 것이 열린우리당의 창당정신인가.

김대중 전 대통령이 퇴임 후 할 일이 남아 있다면 그것은 장남을 정계은퇴시키는 일이다.

KBS2 '세상의 아침'에서 조영진 구성작가가 연락을 해왔다. 현역의원에게 일방적으로 유리한 선거법 때문에 정치신인들의 손과 발이 묶여 있는 현실을 다루고 싶다고 한다. 그림을 만들어 달라는 얘기다.

중앙당사에는 문명학 기조실장만 출근한 상태다. 서울시지부에 지원을 요청하니 그쪽도 상근자들이 모두 설 휴가 중이다.

기조실장이 서울지역 출마자들에게 연락해 간신히 단출한 그림을 만들기로 했다.

권력에서 멀수록 쉬는 날이 많다.

존재가 의식을 규정한다는 것은 만고의 진리다

1월 24일 토요일 맑음

SBS 정명원 기자가 찾아왔다. 민주노동당을 담당하게 되었다고 한다. 뉴스보도용으로 인터뷰를 했다.

어제 밤 MBC 뉴스데스크는 오랜만에 민주노동당을 독립 꼭지로 다루었다. 대박감독과 총선대박을 연결시킨 내용이 좋아 당원들도 기뻐한다. 김연국 기자에게 고맙다는 전화를 해야 한다.

기획조정회의에서 대표 신년기자회견과 창당 4주년 기념행사를 검토했다.

신년기자회견은 정치현안 중심으로, 창당 4주년은 민주노동당의 4년간 경험을 '정당운영 이렇게 하라'라는 주제로 정리해서 보수정당들에게 선물하는 방안을 추진키로 했다. 총선세부전략은 보강하는 데 며칠이 더 필요하다고 한다. 선대본 전체회의와 상근자 토론 일정을 28일로 순연키로 했다.

정치개혁특위 재가동과 관련한 대응방안은 26일 검토하기로 했다.

퍼슨웹의 천정환 당원이 인사차 들렀다.

퍼슨웹이 공동출간한 조주은 당원의 《현대가족이야기》 한 권을 가져왔다. 천정환 당원도 자신의 박사학위 논문을 《근대의 책읽기》란 제목으로 출간하여 작년에 발간된 대표적인 양서로 주목을 받은 바 있다.

2월 초 퍼슨웹과의 인터뷰를 약속했다.

택시운전을 하고 있는 중학교 동창을 만났다.

국내 유수의 백화점에서 중견간부까지 지낸 그는 회사에서 퇴출당한 후 연속적인 사업 실패로 오늘에 이르렀다. 퇴출당한 후 인생을 알고 노동자가 된 후 사회를 알게 되었다고 한다. 민주노동당 당원이 되겠다고 자원했다. 민주노동당의 총선전술에 대해서도 연구를 많이 해왔다.

존재가 의식을 규정한다는 것은 만고의 진리다.

지하철역에서 연이어 동사자가 발생하고 있다

1월 25일 일요일, 가끔 구름

설 명절을 지내면서 열우당은 지지율 1위 굳히기에 성공했다.

이 추세는 청문회가 시작되고, 특검수사가 본격화되는 2월 말까지 유지될 가능성이 크다.

지금 한나라당과 민주당은 네거티브 전술밖에 취할 것이 없다. 포지티브 전술은 정책에 강점이 있는 민주노동당과 집권여당 프리미엄이 있는 열우당의 몫이다.

한나라당과 민주당의 네거티브 전술의 약점은 치부를 들추는 자의 치부가 더 많다는 데 있다. 청와대와 그 주인은 이 약점을 물고 늘어지면 승리한다고 믿고 있다. 재신임 선언 이후 석 달 간의 중간평가는 청와대의 승리라는 자평이다.

그러나 열우당의 포지티브 전술도 한계가 많다. 열린우리당의 창당 정신은 분당이고, 창당 목표는 권력독점이다. 민주당의 강령과 정책에 아무런 이견이 없다는 것은 유시민, 김근태 의원을 위시한 창당주역들의 분당의 변이었다. 열우당은 정책정당으로 창당한 것이 아니다. 과거와 다른 새로운 정책노선이 있을 수 없다. 그러니 열우당의 포지티브 전술은 선심공약의 한계를 벗어나기 어렵다.

　민주노동당의 지지율이 많은 당원들이 기대하는 만큼의 속도로 오르지 못하는 것은 네거티브 이미지를 적극적으로 극복하지 못한 것과 포지티브 전술이 미약하다는 배경을 갖고 있다. 특히 지난해 노무현 정부가 민주노총에 대해 이데올로기 공세를 편 것은 민주노동당에게 깊은 상처를 남기고 있다. 연봉 6천만 원으로 상징되는 대기업 이기주의라는 마타도어는 민주노총만을 겨냥한 것이 아니었다. 이 이데올로기 전투에서 민주노동당이 사활을 걸고 역공을 펼치지 못한 것은 2003년 최대의 과오이다.

　민주노동당의 포지티브 전술은 느리고, 날카롭지 못한 고질적 특성을 극복하지 못하고 있다. 온 국민이 당장 고통받고 있는 것은 공교육비가 아니라 사교육비인데도, 처방은 무상교육이다.

　30대부터 50대에 이르기까지 조기퇴직의 공포에 떨고 있는데, 들리는 것은 정리해고 반대밖에 없다. 현장노동자들까지 먹고살 산업이 없다며 걱정인데, 해법은 재벌해체, 중소기업 육성이다. 민주노동당이 진보정당이라는 한 가지 이유만으로 태생적 우월감에 젖어 있는 동안, 민중들은 추위와 배고픔에 더 떨어야 한다.

　지하철역에서 연이어 동사자가 발생하고 있다.

　30년 전 전태일에게 8시간 노동제를 규정한 근로기준법은 태워야 할 죽은 법이었다. 설 명절에 동사한 노숙자들에게 거주이전의 자유를 보장한 헌법은 태워버려야 할 죽은 헌법이다.

　이제 이런 일은 민주노동당에게도 책임이 있다.

한 걸음 한 걸음 모두가 처음이고 모두가 감격이다

1월 26일 월요일 맑음

국회 정치개혁특위 선거법소위는 현역의원이 아닌 예비후보들의 사전 선거운동을 선거일 120일 전부터 허용하기로 합의했다. 120일 전으로 되어 있던 선관위의 안을 90일로 줄였다가 다시 120일로 복원시킨 것이다. 결국 선거일 120일 전부터 사전 선거운동을 허용한다는 개정안을 선거일 80일 전에 합의한 것이다. 국회 본회의 의결과 국무회를 거쳐 이 개정안이 효력을 발휘하려면 선거일 50일 전까지 가야 한다. 그러니까 이 개정안은 사실상 2008년 총선에서부터 온전히 적용되는 것이다.

정치권의 비겁한 행태는 이것만이 아니다. 청와대와 열린우리당은 이라크 파병동의안을 4.15 총선 이후에 처리하는 방안을 추진하고 있다. FTA 비준동의안도 마찬가지로 처리될 공산이 크다. 국민의 반대가 심하니 총선 후에 추진하겠다는 정치적 발상은 주인의 저항이 심할 테니 잠든 후에 담을 넘겠다는 직업적 발상과 무엇이 다른가.

최백순 동지가 밀착취재를 위해 아침부터 찾아왔다. 민주노동당이 비판적으로 지지하는 《진보누리》의 편집위원이다.

오늘 하루는 어항 속의 금붕어다. 중앙당 곳곳에 폐쇄회로 카메라를 설치해서 인터넷으로 24시간 실황중계 하는 것도 검토해볼 만하다. 그 카메라를 한나라당과 열우당에도 설치할 수 있다면 정치개혁은 24시간 만에 이뤄질 것이다.

상근자 조회에서 말했다.

두 달과 17일이 남았다. 총선 결과의 50퍼센트는 2월에 결정되고, 30퍼센트는 3월에 결정된다. 법정선거운동 기간 17일간 결정되는 것은 20퍼센트뿐이다. 지금부터 한 달이 중요하다.

전농과 민주노총의 임원진 개편으로 인해 선거공조를 위한 협의가 지체되고 있다. 조만간 이석행 민주노총 신임총장과 만나기로 했다. 노동실천단 공동단장인 정식화, 박창완 위원장과 노동조합을 통한 선거준비에 대해 논의했다.

박찬욱, 정찬, 문소리, 봉준호, 오지혜 씨 등 문화예술인의 당적 보유가 연일 화제다. 당에서 임명하기 전에 언론에서 먼저 이들을 홍보대사로 임명한 셈이다. 이들의 존재 자체가 당에 대한 정치적 편견과 대중예술인에 대한 사회적 선입견을 씻어내는 데 큰 역할을 하고 있다.

이들 중 일부는 입당 후 한참 뒤에 우연히 발견된 경우도 있다.

박찬욱 감독은 그를 알아보지 못한 지구당 상근자가 가두홍보전 나오라는 전화를 자꾸만 걸어왔다며 좋아했다. 그의 입당 사실을 안 영화배우 최민식이 걱정된다는 말을 했다고 전할 때 박 감독의 표정은 자부심으로 가득 차 있었다.

당이 자랑스러운 것은 이들 모두가 자신의 결단으로 입당했다는 사실이고, 이들이 자신의 대중적 명망을 세속적인 그 무엇과 바꾸지 않았다는 것이다.

당 대표 신년 기자회견 일정이 최종 확정되었다. 내일 오전 10시. YTN에서 생중계를 하면서 1시간 당겨달라고 요청했기 때문이다. 확보된 시간은 8분이다.

2002년 12월 대선후보 첫 방송토론을 앞두고 KBS 본관 앞에 모인 민주노동당 선거운동원들에게 권영길 후보는 감격을 감추지 못하고 말했다.

"여기까지 오는 데 50년이 걸렸습니다."

1900년 2월 27일.

23년 후에 집권하게 될 영국 노동당이 이날 창당되었다. 그러나 다음날 런던의 어떠한 신문도 이 사실을 보도하지 않았다.

비록 케이블 방송이지만, 민주노동당의 대표 기자회견이 TV로 생중계되는 데 만 4년이 걸린 셈이다.

민주노동당이 밟아가는 길은 한 걸음 한 걸음 모두가 처음이고 모두가 감격이다.

아들이 못난 탓에 노모의 고심이 크다

1월 27일 화요일 맑음

당 대표 신년기자회견이 성황리에 끝났다. 기자회견실이 기자들만으로도 꽉 찬 것은 창당 이래 처음이다. 다들 기분이 좋은지 대표단은 오랜만에 장시간 환담을 나누었다.

경기도 남양주의 김창희 후보가 학교급식조례 청구서명을 사무국장과 둘이서 만 명 넘게 받은 사실이 화제가 되었다. 김혜경 부대표는 서울시지부에선 2월 말까지 14만 명을 채울 수 있을 것이라 낙관했다. 나는 부산 금정구에서 김석준 후보가 일으킬 이변 가능성에 대해 강조했다.

신년기자회견문은 기자회견 한 시간 전까지 진통을 겪었다. 선거비용 1억 원 제안, 각 당 대표 TV토론, 과외금지 공약이 쟁점이 되었다. 권영길 대표는 현실성, 시의성을 들어 이 쟁점들에 부정적이었다. 기획조정회의는 다소 완강했다.

마지막으로 대표는 과외금지 항목이라도 빼라고 지시했다. 대표의 생각이 옳았다. 사교육문제에 대한 당의 해법은 아직 부실하고 빈약하다.

어느 때보다도 기자들의 질문이 많았다. 《조선일보》의 권경복 기자는 당의 사면복권주장에 대해 "그러면 대북송금사건 관련자들과 타당의 선거법 위반 사범에 대한 청와대의 복권계획에 대해 어떻게 생각하느냐"는 인상적인 질문을 던졌다.

연합통신을 비롯한 속보는 대체로 "불법 대선자금만큼 국고보조금 포기"를 메인으로, "총선비용 1억 원 미만 제안"을 서브로 뽑았다.

새 반찬을 좋아하는 것은 어느 언론이나 마찬가지다. 반찬의 영양가를 눈과 혀는 알지 못한다.

입당 결심을 한 전농회원들이 당에 대한 섭섭함을 감추지 않는다.

전농의 민주노동당 지지선언 이후에도 당의 성명이나 논평에서 농민문제가 여전히 비중 있게 다뤄지지 못하고 있다는 것이다. 《진보정치》 기사도 너무 노동 편중이라는 지적이다. 심지어 영남권 민주노동당 후보 기자회견에서 전농 출신인 경남 진주의 강병기 후보는 인사말을 통해 이날 배포된 기자회견문조차도 농민현실을 제대로 다루지 않고 있다고 지적하면서, 이런 현실을 고치기 위해서 민주노동당에 입당했다고 말했다는 것이다.

전농 회원들에게 자신의 관심사가 우선 더 크게 보일 수 있다. 그러나 굳어진 당의 관성에 대해서도 허심한 검토가 필요하다.

서청원 한나라당 전 대표와 이상수 민주당 전 사무총장이 구속되었다. 정대철 민주당 전 대표와 김영일 한나라당 전 사무총장은 이미 서울구치소에 있다. 2002년 대선 당시의 민주당 대표와 사무총장, 한나라당 대표와 사무총장이 한집에서 살게 된 것이다.

쿠데타가 일어난 것도 아닌데 이런 사태가 발생하는 경우는 한국뿐이다. 노무현 후보와 이회창 후보가 아직 그 집으로 가지 않은 것은 한 사람은 대통령이고 또 한 사람은 2등을 한 후보이기 때문이다.

《경향신문》의 손동우 전문위원과 인터뷰를 했다. 이 인터뷰는 개인 신상에 대해 소상히 묻는 특징이 있다.

고등학교 때 유신반대투쟁 하던 얘길 하다보니 신일고 출신인 그 역시 같은 경험이 있다. 비슷한 시기에 소년시절을 보낸 동시대인이다보니 인터뷰는 상호인터뷰가 되어 장시간 계속되었다.

밤늦게 어머님으로부터 전화가 왔다.

"선거구호는 정했냐?"

─아직 안 정했습니다.

"그럼 '5번 찍어 五福 받자' 가 어떠냐?"

─생각해 보겠습니다.

아들이 못난 탓에 노모의 고심이 크다.

사명감보다 강한 체력은 없다

1월 28일 수요일 맑음

국회 정개특위가 오랜만에 속도를 내고 있다. 선거연령과 의원 정수, 후원회 설치와 계좌추적권 등 예민한 문제를 제외하곤 속속 합의에 이르고 있다. 2월 중순에 합의를 보고 월말 본회의에서 통과될 전망이다.

합의 내용에는 독약과 보약이 섞여 있다. 대표적인 독약은 지구당 폐지와 여론조사 공개문제다. 기조회의에서 지구당 폐지가 입법화될 경우의 대응방안을 마련할 것을 지시했다. 입법화되더라도 오히려 지구당을 유지하면서, 지구당의 모범운영이 어떤 것인지를 사회적으로 부각시켜야 한다. 악법은 어겨서 깨뜨려야 한다.

법정선거운동 기간에 여론조사 결과를 공표하지 못하게 되어 있는 현행법을 선거일 7일 전부터 금지한 것은 심각한 개악이다. 사표 발생을 부추기고 조장하는 독소조항이다. 1등과 2등 후보로 표를 몰아가고 그 외의 후보를 지지하는 유권자들을 자포자기하게 만드는 독약이다. 강력한 대응이 필요하다.

　1년에 10만 원 이하 후원금에 대해 소득공제가 아니라 세액공제하기로 한 개정안은 가뭄의 단비다. 이제까지의 소득공제 방식에 의하면 10만 원의 정치 후원금을 낸 사람은 과세표준 9퍼센트일 때 약 9천 원의 세금을 공제받았다. 그러나 세액공제 방식으로 하면 10만 원 후원금을 낸 사람은 연말정산에서 10만 원 그대로 환불받게 된다. 민주노동당과 시민단체들이 강력히 주장했던 소액다수 후원금 장려책이 현실화되게 된 것이다.

　언론은 아직 이 조항의 폭발력을 알지 못한다.

　민주노동당의 앞길에 서광이 비치고 있다. 개정안이 입법화될 경우의 후원금 모집대책을 사무국에 긴급 지시하였다.

　《한국 NGO신문》 황철 기자가 인터뷰하러 왔다.

　또 한 사람의 당원이 조용히 입당했다.

　류재수 화백.

　그가 만든 《백두산 이야기》는 이젠 우리나라에서도 잘 알려진 프랑크푸르트 국제도서박람회에서 우수도서로 선정된 바 있다. 2002년에는 그의 그림책 《노란 우산》이 《뉴욕타임스》에 의해 ‘세계의 우수 그림책 40권’으로 뽑혔고, 국제 어린이도서협의회에 의해 ‘50년 통산 세계 어린이의 책’에 선정되기도 했다.

　그는 입당 동기를 “인터넷 사이트를 보고”라 밝혔다. 환영 이메일을 보냈다.

　13시, 농민지도자 입당 기자회견이 중앙당에서 개최되었다.

30여 명의 전농 전현직 간부들이 참석했다. 전북 완주의 하연호 후보도 왔다. 대중사업 감각이 빼어난 그의 홈페이지 주소는 hahahoho이다. 진주의 강병기 후보는 입당의 의미를 노동자와 농민의 단결이 정치적 영역에서도 이뤄지는 것이라며 역사적 평가를 했다.

어제 신년기자회견을 마치고 13시 비행기로 창원에 내려간 권영길 대표는 오늘 13시에 당사에 도착하여 농민입당 기자회견에 참석하고 15시 비행기로 내려갔다. 권 대표는 모레 10시 창당 4주년 기념식을 위해 다시 올라와야 한다. 사명감보다 강한 체력은 없다.

15시 천영세 선대위원장과 함께 KBS 정연주 사장을 만났다.

정 사장은 지난번 국민대토론회에 민주노동당이 배제된 것은 불가피했다는 사실을 납득시키려 애썼다. TV토론회가 공방으로 끝나지 않고 합의를 도출하는 장이 되어야 한다는 특유의 소신을 피력했다. 지난번 토론회에선 민주노동당이 합의의 주체가 아니었다는 얘기다. 대장금이 끝나면 월, 화요일을 포함해 일주일 내내 하루 두 시간씩 토론방송을 할 예정이라면서 앞으로의 토론회에 민주노동당이 부당하게 배제되는 일은 없을 것이라 약속했다. 그러면서도 이번 사태에 대한 민주노동당 측의 항의 수준에 불편함을 숨기지 않았다.

2003년 1월 1일부터 오늘까지 일 년이 넘는 동안 KBS 9시뉴스에 민주노동당이 일곱 번 나왔으며 그 중 두 번은 보궐선거 보도로, 나머지 다섯 번은 "한편 자민련과 민주노동당은……" 식으로 언급되었을 뿐이라는 모니터 결과 자료를 건네고 돌아왔다.

16시 선대본 전체회의에서 총선세부계획을 심의하였다.

비례대표후보를 46명 다 낼 것인가. 그 경우 후보선출을 어떻게 할 것인가를 길게 논의했다.

윤효원 대협국장이 세계사회포럼 참가결과를 보고하러 왔다.

재작년 중앙당에도 방문했던 당시 팔메재단 간부 잠틴이 스웨덴 개발부장관이 되어 뭄바이에 왔다는 소식을 전한다. 영리해 보였던 여성이다. 스웨덴 사민당 내부에서 한국의 파트너로 민주노동당을 선택할 것인가를 두고 두 패로 나뉘어져 있다는 얘기도 전한다. 2005년 다시 포토 알레그레에서 개최되는 이 대회에는 많은 당원들이 참석할 수 있도록 미리 준비하기로 했다.

조선사회민주당 중앙위원회에서 창당 4주년을 축하하는 전문을 보내왔다.

KBS 노보에 실을 칼럼을 써서 보냈다. KBS 노조 편집부 기자로 일하는 박영선 당원은 15퍼센트의 꿈에 부풀어 있다.

오랜만에 서울시지부 운영위원회에 참석했다. 절반 정도는 바쁜 후보 대신에 지구당 사무국장이 참석했다.

지하철역 구내에서 학교급식 서명을 받도록 서울지하철 당국의 협조를 얻는 데 심재옥 의원이 큰 역할을 하였다. 학교급식 서명에 협조하라는 서울지하철 당국의 공문을 마패처럼 활용했다는 박용진 위원장은 '의원 한 명의 힘'에 대해 높이 평가했다.

오랜만에 보는 심재옥 의원의 머릿결이 금빛이다. 안타까운 일이다.

7퍼센트 벽을 돌파한 여론조사 결과가 나왔다

1월 29일 목요일 흐림

08시 30분에 예정된 기획조정회의가 제시간에 열리지 못했다. 09시 10분이 되어도 출근한 중앙당 상근자는 네 명뿐이다. 간밤에 철야 근무한 사람은 송태경 국장, 김정진 부장 두 명인데도 그렇다.

국고보조를 받는 어느 민간 사회복지단체 관계자는 "되도록 운동권 출신은 쓰지 않는다"고 말한다. 술 먹으면 다음날 지각하기 일쑤고, 공무수행에 불성실하고, 근무를 자기 마음대로 하기 때문이라 한다. 공적인 가치를 위해 자신을 희생한 사람들 중에 이런 평판을 받는 경우가 사실 적지 않다.

크든 작든 이른바 운동권 출신들의 희생과 헌신은 고귀한 것이다. 이들의 희생과 헌신으로 사회가 이만큼이라도 나아졌다. 그러나 희생의 대가와 헌신의 보상을 요구해선 안 된다. 사회가 이만큼이라도 나아진 것이 바로 대가요, 보상이다. 더 이상의 대가와 보상을 바랄 때 불행은 시작된다.

대가와 보상을 포기하더라도 희생과 헌신은 어두운 그늘을 곧잘 만들곤 한다. 선민의식, 자만심, 엘리트주의 같은 것들이다. 희생과 헌신이 요구되지 않는 일상사를 가볍게 여기게 된다. 목숨을 걸었던 만큼 생활과 돈이 걸린 일들을 우습게 안다. 민중과 민족을 생각하는 활동가에게 노동의 규율과 질서를 요구하는 것은 모욕이라 생각한다.

대신 공적 가치를 위해 희생과 헌신을 한 자신에게는 사소한 일들에서 대단히 관용적이다. 희생과 헌신은 곧잘 자신에게 엄격하지 않은 명분과 이유가 된다. 마치 목숨을 건 전장에서 돌아온 병사가 길거리에서 아무렇게나 행동하는 것과 같다.

公과 私도 혼동되기 일쑤다. 자신이 지금 책임지기로 계약된 공적 영역보다 더 중요한 일이 사적 영역에서 이뤄지고 있다고 생각한다. 그래서 혁명을 논하는 술자리 시간보다도 행정사무나 보는 업무시간이 더 하찮게 여겨진다. 특히 사회생활 경험 없이 운동권 경험만 있는 경우 이런 문제는 더 빈번히 발생한다.

정파의 일을 사적 직업보다 공적 가치가 훨씬 크다고들 생각한다. 그런데 이런 생각이 당과 연관되면 폐해는 더욱 커진다. 당적 업무보다도 정파의 일을 우선시 하는 경우도 公과 私를 올바로 구분 못하기 때문이다. 종파주의는 이러한 그늘에서 싹트는 독버섯이다.

희생과 헌신을 낙으로 삼지 않으면 운동을 계속할 수 없다. 희생과 헌신을 직업으로 하는 사람에겐 오히려 보다 엄격한 규율과 질서와 도덕이 요구된다. 다른 모든 구도자들처럼.

현안들이 쌓이고 해결해야 할 일이 급속히 늘어난다.

이라크 추가파병 결정이 나지 않았는데도 국방부는 이라크 파병 자원자를 벌써 모집하고 있다. 항의 기자회견을 갖기로 했다.

지구당을 폐지하면서 현역의원에겐 상설 사무소를 지역구에 두기로 하는 등 문제조항이 정개특위에서 속속 합의되고 있다. 언론은 무엇이 잘못된 것인지 잘 모르고 있다. 정개특위의 개악안에 대해 언론용 해설자료를 만들기로 했다. 이재오 국회 정개특위장을 만나 항의하고 재수정을 요구하기로 했다.

창당 4주년 기념 이벤트를 확정했다.

불법대선자금만큼 국고보조금을 환수해야 한다는 신년기자회견에 대해《국민일보》는 "권 대표 주장 설득력 있다"는 사설을 실었다. 3월 중순에 지급되는 국고보조금 총액은 330여억 원이다. 한나라당, 민주당, 열우당 국고보조금을 가압류하는 국민소송단을 모집하는 방안을 논의하였다.

임종석, 추미애, 조순형, 김근태, 신기남, 이해찬, 이미경, 임채정, 허인회, 김한길, 유재건.

이들은 모두 노무현 후보의 불법 대선자금을 1천 5백만 원에서 2천만 원씩 받아 지구당 대선활동비로 쓰고 선관위에 보고하지 않음으로써 징역 5년 이하 벌금 2천만 원 이하에 해당하는 선거비용 부정지출죄를 범한 사실이 밝혀졌다. 대선 당시 오남을 제외한 모든 지역의 민주당 지구당위원장들이 이 혐의를 받게 되었다. 우선 공개질의서를 보내기로 했다.

민주노동당 지지율이 7퍼센트 벽을 돌파한 여론조사 결과가 나왔다. SBS가 지난 27일 TNS에 의뢰해 성인남녀 1000명을 대상으로 실시한 여론조사에서 열우당이 30.2퍼센트, 한나라당 20.6퍼센트, 민주당 13퍼센트, 민주노동당 7.7퍼센트를 기록했다. 열우당과 민주노동당의 동반상승세는 최근의 기류가 개혁 대 수구로 흘러가고 있음을 말해준다. 기조회의에서 이 기류의 위험성이 집중 논의되었다. 이 상태가 계속되면 열우당이 민주노동당 지지층을 흡인하는 사태가 명약관화한 것이다.

지금 중요한 것은 무너져 내리는 한나라당 대책이 아니라 열우당 대책이다.

아침 일찍 김준수 서울시지부 사무처장으로부터 전화가 왔다. 어저께 '선대본 일기'를 읽은 한 당원이 서울시지부 운영위원회의 성원 여부에 의문을 제기했다는 것이다. 참석한 위원장들로만 과반수가 되었는데 일기의 표현은 오해의 소지가 있다는 것이다.

정중히 사과하였다. 서울시지부의 김준수 사무처장과 정호진 사무국장에겐 사소한 잘못이라도 망설이지 말고 속히 사과하는 게 좋다.

실험은 끝났다

1월 30일 금요일, 하늘은 높고 맑다

시루떡과 풍선이 아니었다면 오전 10시의 중앙당사는 생일 맞은 집 안이라 느끼기 힘들 정도로 차분했다. 흥분도 감격도 소란도 없었다. 마치 날마다 창당기념식을 치르는 사람들처럼 담담하게 모이고 있었다. 수험생이 시험 전날 맞은 자신의 생일 대하듯 하는 분위기다.

그렇다. 아직 웃을 때가 아니다. 뒤를 돌아보기에도 이르다. 가야 할 길은 멀고 큰 전투는 다가오고 있다. 그러나 천영세 선대위원장이 창당 4주년 기념사의 마지막 단락을 낭독할 때, 억누른 감격과 소회가 눈물처럼 핑 돈다.

"우리는 그 누구도 가지 못한 길을 걸어가는 개척자들입니다. 애초에 길이 있었던 것이 아니라 우리가 가면서 길이 만들어지고 있습니다. 우리가 낸 이 길을 따라서 이 땅의 4천만 민중이 걸어올 것이고, 나아가 7천만 민족이 함께할 것입니다. 그리고 그 길의 끝에는 사람이 사람답게 사는 사회가 있을 것입니다."

떡을 자르고 난 후 선대위원장이 창당 4주년 기념시계를 상근자를 대표해서 나선 임동현 부장의 손목에 채워주었다. 경제민주화운동본부가 이뤄낸 성과의 뒷면에는 이선근 본부장의 집념과 임동현 부장의 번득이는 창의력이 새겨져 있다. 순금으로 된 시계도 임 부장의 노고에 미치지 못할 것이다.

풍선다발이 하늘로 올라간다. "경축 민주노동당 창당 4주년 4.15 총선 승리"라 쓰인 플래카드를 달고서. 대보름달을 보듯 빌고 또 빈다.

민주노동당이여 만세무강 하소서.

10시 29분. 풍선은 하늘에 닿았고 시야에서 사라졌다.

권영길 대표는 참석하지 못했다. 아쉬운 일이 아닐 수 없다. 이번 주에 이미 두 번이나 상경한 터라 창원을 지구당의 반발이 컸기 때문이다. 권 대표의 일정을 놓고 벌이는 싸움에서 중앙당의 승률은 50퍼센트에 불과하다.

《문화일보》와《프레시안》이 창당 4주년 기사를 크게 다루었다. 내일자《조선일보》 가판도 전례 없는 크기로 실었다. 대변인실은 내일 조간에 사설로 뜨기를 조심스레 기다리고 있다.

《프레시안》은 창당 4주년과 관련하여 오늘 하루 동안 무려 3개의 기사를 실었다.

김민웅 기획위원은 당에 값진 충고를 한다. 원칙과 유연함.

이것은 지난 4년 간 성공의 비결이기도 했다. 그러나 앞으로 닥칠 더욱 복잡한 상황 속에서 당이 더욱 힘겹게 견지해야 할 덕목이다.

최서영 기자는 스케치 기사를 썼다.

박태견 편집국장의 데스크 칼럼은 머리기사로 내걸렸다. 얼마 전 김종인 박사와 함께한 술자리에서 그가 열변을 토하던 내용 그대로이다. 영남벨트만으론 안 되니 수도권 돌풍전략이 필요하다는 것은 최근 그의 지론이다. 술자리에선 박찬욱 감독의 지역구로 강남을 강력 추천하기도 했다.

《진보정치》 윤재설 기자의 창당 4주년 기념 칼럼 원고독촉이 심하다. '실험은 끝났다' 는 제호로 서둘러 써서 건네주었다.

실험은 끝났다

창당 4주년을 맞은 민주노동당은 이제 실험이 아니라 현실이다.

4년 전, 창당을 앞둔 민주노동당의 앞날에 대해 우려가 적지 않았다. 노동현장의 준비가 부족한 점, 더 많은 세력을 포괄하지 못한 점, 편협한 당명, 현실정치의 높은 장벽, 석 달 앞으로 임박한 총선 결과의 불투명성 등. 그러나 민주노동당의 창당은 50년이나 늦은 일이었다.

민주노동당의 창당은 30년이 넘는 반독재 민주화운동의 적통을 잇는 것이었다. 특히 1980년 이래의 변혁적 반외세 민중운동의 21세기 전형으로 제시되었다. 수십 년에 걸친 노동운동, 농민운동 등 대중운동의 성과 위에서 민주노동당은 창당되었다.

민주노동당의 출범은 반세기 넘게 지속된 보수정치 독점시대의 종말을 고하는 사건이었다.

외세와 대자본의 앞잡이에 불과한 낡은 정치세력들이 지역패권과 정경유착으로 유지하던 권력을 피와 땀과 고통만으로 살아가는 민중들에게 돌려주겠다는 엄숙한 선언이었다.

지난 4년 간 성공리에 진행된 민주노동당의 실험은 보수, 진보를 막론하고 한국정치사의 유례없는 일이었다. 이것은 첫째, 당내 민주주의와 진성 당원제 등 조직운영과 재정에 있어서 진보정당 특유의 원칙을 처음부터 관철시킨 결과라 할 수 있다. 둘째, 노동자 · 농민 등 서민대중의 이해에 기반을 둔 차별화된 정책 활동과 당의 주객관적 조건에 철저하게 조응한 선거 전략의 결과라 할 수 있다. 셋째, 계급대중의 생존권투쟁에의 결합과 지역주민을 파고드는 지속적인 일상활동을 병행한 결과였다. 그리하여 민주노동당의 창당 2년 만에 제3당이 되었으며 대통령선거를 거치면서 서민의 정책정당으로 자리잡기 시작했다.

민주노동당이 창당 4년 만에 실험을 끝내고 본격적인 정치활동을 전개함에 따라 한국정치의 낡은 지형은 급격한 변화를 겪을 수밖에 없게 되었다. 한국의 보수정치 세력은 3김 정치의 종식과 함께 군웅할거, 이합집산의 불안정한 과도기에 들어섰다. 여기에 한편으론 민주노동당의 거센 도전과 다른 한편으론 지역패권주의, 부패정치, 붕당정치에 대한 국민적 비판에 직면해 있다. 이제 한국정치는 낡은 세력, 낡은 방식이 발붙이기 힘들게 되었다. 민주노동당의 실험이 끝남과 동시에 기득권 정치세력들만의 리그 역시 끝났다. 이제부터 한국정치는 진보와 보수, 자주통일과 외세의존, 땀 흘려 일하는 사람과 재벌의 대립이 일상적으로 전개되는 새로운 투쟁의 장이 되었다.

창당 4주년, 실험을 끝낸 민주노동당의 과제는 무겁고 크다. 이제 민주노동당은 구체적인 집권계획을 내놓아야 한다. 10년 안에 집권할 수 있는 로드맵 없이 더 이상 한 걸음도 나아갈 수 없다. 또한 민주노동당은 자신의 성격과 궁극적인 목표를 재확인해야 할 때가 되었다. 민주노동당이 만들 세상이 어떤 사회인지, 어떤 경로와 무슨 방법으로 그것을 이뤄낼 것인지를 확정하고 이를 광명천지에 밝혀야 한다.

세상을 바꾸는 일은 민주노동당만의 힘으로 이뤄질 수 없다. 민주노동당의 집권도 이를 위한 고지의 선점에 불과하다. 민주노동당은 이제 자신을 길러낸 토양을 다시 비옥하게 만들어야 할 의무를 갖고 있다. 대중조직의 질서를 재편하고 강화하는 데 민주노동당도 나서야 할 때가 되었다.

"우리는 그 누구도 가지 못한 길을 걸어가는 개척자들입니다. 애초에 길이 있었던 것이 아니라 우리가 가면서 길이 만들어지고 있습니다. 우리가 낸 이 길을 따라서 이 땅의 4천만 민중이 걸어올 것이고, 나아가 7천만 민족이 함께 할 것입니다. 그리고 그 길의 끝에는 사람이 사람답게 사는 사회가 있을 것입니다."

– 창당 4주년 기념사에서

충주에 사는 임종헌 당원이 한의사 국가고시에 합격하였다고 한다. 백두대간을 타며 전국을 주유하던 그의 모습이 허준처럼 그려진다. 겹경사의 날이다.

당은 보이지 않는 노력들에 의해 커나가고 있다

1월 31일 토요일, 맑고 포근하다

이른 아침부터 박권호 총무실장의 큰 목소리가 사무실을 울린다. 전화로 싸우고 있는 중이다. 한국타이어에서 민주노동당 당비납부 영수증을 소득공제 대상에서 제외시켰기 때문이다.

한국타이어 측이 바로 항복했는데도 박 실장은 10여 분이나 훈계를 하고 있다. 통화를 마친 그의 얼굴엔 '세상이 어떤 세상인데' 라 씌어 있다.

요즘 중앙당에 자주 오는 전화 중의 하나는 후보공천 문의이다. 주로 출마희망자들이다. 은밀히 만나자는 사람도 있다.

중앙당 당직자들의 설명을 들은 이들은 대개 실망과 함께 문제제기를 한다. 3개월 전에 입당해야 하고 당원직선으로 선출하는 관문을 통과해야 한다는 설명을 납득하는 경우는 드물다. 경직된 게 아니냐, 왜 너희들끼리 뽑느냐, 불만은 여러 가지다. 공직후보의 됨됨이보다 특정 정파의 이해관계로 표를 몰아주는 것이 도덕적 지탄을 받는 것처럼 이들에겐 민주노동당식 선출방식이 그렇게 보이기도 하는 것이다.

경우는 다르지만 선거 때만 되면 돈 대고 몸 대라고 하면서 후보 결정권은 왜 주지 않느냐는 대중조직 구성원들의 볼멘소리도 비슷한 문제의식의 발로이다. 이러한 지적은 나름대로의 긍정적 의미도 담고 있다.

그러나 당은 고집스럽게 이 원칙을 지켜야 한다. 최소한 온 국민이 민주노동당 방식의 선출제도를 이해하고 동의할 때까지라도 우리의 고집은 계속되어야 한다.

조승범 홍보실장이 끈질긴 사업추진의 모범을 보이고 있다.

정개특위의 최근 합의 사항이 상세히 보고되면서 몇 가지 문제가 드러났다. 정당투표 홍보물을 없앤 것이다.

현행 선거법엔 국회의원 선거홍보물을 4P와 8P 2종으로 규정하고 있다. 선관위는 이를 8P 1종으로 통합하는 개정안을 냈다. 당은 이를 지지했다. 그런데 정개특위는 선관위의 개정안을 거부하고 현행대로 2종을 내기로 하였다. 문제는 그 다음이다.

1인 2표 정당투표제 실시에 따른 정당투표 홍보물 조항을 신설하지 않은 것이다. 2002년 지방선거에서 정당투표제가 처음 도입되자 시도의원 비례대표 홍보물 조항을 신설했던 그들이 국회의원신거에선 이를 도입하지 않은 것이다.

선관위 관계자도 이를 옹호하고 있다. 비례대표선거는 당을 찍는 것이기에 홍보물을 만들지 않고 방송토론과 방송광고로 이를 대체한다는 것이다.

긴급회의를 소집했다. 방송토론에 민주노동당이 참가할 가능성이 높고 비례대표 홍보물을 제작하지 않을 경우의 이점도 제기되었다. 그러나 종합적으로 검토한 결과 비례대표 홍보물이 있어야 한다는 결론이 났다. 바로 국민의 알 권리이다.

법정 선거운동기간 중 2회뿐인 TV방송토론을 모든 유권자가 본다는 보장도 없다. 방송광고는 그 막대한 비용 때문에 보수정당 아니면 기회를 갖기 어렵다. 특히 방송토론에도 못 나가고 방송광고도 못 하는 군소정당의 경우 길거리에 붙이는 선거벽보만이 유일한 정당 홍보 수단이 된다. 더욱이 1인 2표 정당투표제 도입 사실을 알고 있는 유권자가 30퍼센트에도 미치지 못하는 것이 현실이다.

선관위에 문제제기하면서 선관위도 합의안에 동조하고 있다는 것을 파악한 조승범 실장은 한나라당, 열우당, 민주당의 홍보담당자에게도 연락했다. 그들은 이런 합의가 있었는지도 모르고 있었다. 조 실장의 설명에 동조했다. 내친 김에 각 당 홍보담당자들끼리 모이자는 제안도 해왔다.

정개특위는 정당연설회, 합동연설회를 없애며, 후보 이외 어깨띠 착용도 금지시키고 각종 수기도 사용하지 못하게 합의하였다. 돈 선거를 막는다는 명분 하에 정치신인들의 선거운동도 함께 봉쇄되고 있다.

한나라당에서 열우당으로 건너간 안영근 의원이 지난 대선 당시 한나라당 중앙당에서 자신의 지구당으로 도합 2억 5천만 원의 선거지원금이 내려왔다고 폭로하였다. 노무현 캠프에서 탈법적으로 2천만 원씩 민주당 지구당에 내려보냈다는 폭로에 맞선 대응이다. 고백을 하려면 대선 당시에 한나라당에서 했어야 했다. 양심선언도 때를 놓치면 불량선언이 될 수밖에 없다.

1992년 14대 대선 당시 김영삼 후보 진영에서 민자당 지구당에 내려보낸 돈은 한 지구당에 10억 원씩이었다. 액수가 크다보니 돈을 제대로 쓰는지 감찰반을 따로 보냈다. 30퍼센트 정도 쓰면 양심적이라 평가했다고 한다. 그보다 적게 쓴 지구당 위원장은 양심불량이 되어 나중에 불이익을 보게 했다는 소문도 있었다.

대선비용으로 30퍼센트를 쓰고 30퍼센트는 총선자금으로 남겨두고 나머지는 지구당 간부들이 나눠먹는 것이 일반적인 사례였다. 그래서 대선이 끝나고 2, 3개월이 지나자 승용차를 한 단계 고급형으로 바꾸는 지구당위원장들도 꽤 있었다고 한다.

이때 민자당 지구당 수가 253개이니 지구당에 내려보낸 돈만도 2천 5백억 원이 넘는다. YS의 대선 총자금이 1조 이상이었다는 세평이 틀린 것이 아니다.

15대 대선자금은 14대 대선의 70~80퍼센트 수준이었으며 1997년 9월 이인제 출마선언으로 초반부터 당선가능성이 높았던 DJ가 더 많은 돈을 모으고 썼다는 것이 정설이다. 이번 대선은 '그나마 많이 깨끗해져서' 14대의 30~40퍼센트를 썼을 것이라는 게 일반적인 관측이다. 그래도 법정 선거비용 상한액의 10배가 넘는 액수이다.

현재 벌어지고 있는 대선 자금공방은 '그나마 많이 깨끗해진' 16대 대선자금의 공개에 관한 것이다. 당사자인 노무현, 이회창 진영에서 이실직고의 양심고백을 거부하기 때문에 이 일은 안대희 중수부장 손에 넘어가 있다. 결국 이근안 방식을 쓰지 않는 한 안대희 중수부장이 밝혀낼 수 있는 것은 빙산의 일각일 뿐이다.

노무현 대통령이 10분의 1을 얘기한 것은 수면 위로 드러난 빙산 윗

부분이 한나라당의 그것에 비해 10퍼센트도 안 될 것이라는 얘기다.

수사과정에 대해 말도 많지만 사실대로 양심고백을 하지 않는 한나라당, 열우당, 민주당은 말할 자격이 없다. 상대방을 비난할 자격도 없다.

민생보호단의 정미현 동지가 오늘부로 사직했다. 직접 대화하지 않는 한 목소리를 듣기 힘들었던 동지다. 앉아 있는 것을 직접 보지 않는 한 사무실에 있는지 알기 어려웠던 동지다.

YMCA 시민중계실에서 10여 년 간 상담을 맡았던 그는 민주노동당의 상담수준을 한껏 높여놓고 교직으로 진출한다.

민주노동당은 들리지 않고 보이지 않는 노력들에 의해 커나가고 있다.

이월

봄이 발치까지 와 있다

2월 1일부터 2월 29일까지

봄이 발치까지 와 있다

2월 1일 일요일, 맑고 포근하다

이틀째 계속되는 포근한 날씨. 봄이 발치까지 와 있다. 겨울의 산발적인 저항이 당분간 이어지겠지만 봄은 곧 대세를 이룰 것이다. 사람들이 너도나도 봄이 왔다고 할 때는 이미 와 있는 봄을 뒤늦게 발견한 경우가 대부분이다. 도회지에선 특히 그렇다. 자연과 그만큼 떨어져 있기 때문이다.

철 잃은 산딸기의 짙은 연두 잎이 흰눈 속에서 잠겨 있고 고고한 매화 정도나 칼바람을 즐기는 얼어붙은 대지 위에서도 뭇나무들은 쉼 없이 봄을 준비하고 있다.

세일 먼저 거울 때낄을 벗어내고 있는 것은 역시 산수유다. 이즈음 산수유 가지에 달린 움은 하루하루 크기와 모양새와 색깔이 바뀌고 있다. 적막한 겨울 들판 가까이 다가서면 앙상한 산수유 가지 속에서도 봄을 맹렬하게 준비하는 소리를 들을 수 있다.

나이테의 검은 선은 바로 이 소리가 자국처럼 남은 것이다. 그것은 단순히 참고 기다리기만 한 인고의 흔적이 아니다. 혹독한 추위와 미친 듯한 눈보라 속에서 굽힘없이 이뤄진 성장의 기록이다. 고통과 시련 속에서 끈질기게 벌인 투쟁의 보고서이다.

17시 용산지구당 후원회에 참석했다.

오종렬 의장이 후원회장이시다. 민주노동당 최고령 당원인 원태석 선생도 와 계신다. 후원회의 주인공은 정연욱 후보, 사회자는 그와 경합을 벌였던 김종철 전 준비위원장이다. 보기 좋은 모습이다.

평등명절행사 때 겪은 정연욱 후보의 음식솜씨를 예로 들어 축사를 했다. 남이 해준 음식을 먹을 때는 말할 나위 없거니와 자신이 혼자 먹기 위해 공들여 음식을 하는 경우는 없다. 최고의 요리사도 혼자 먹는 음식은 대충하기 십상이다.

음식 만들기를 좋아한다는 것은 남에게 줄 음식을 전제로 하는 것이다. 그래서 "맛있다"는 만족의 표시는 요리한 사람에겐 최대의 만족일 수밖에 없다. 음식을 잘 만든다는 것은 이런 경험이 축적되었다는 의미다. 남을 위해 사는 것보다 더 큰 자기 삶이 없는 것과 마찬가지 이치이다.

후루타 교수로부터 연락이 왔다. 정신문화연구원에서 개최한 한일 교과서문제 세미나 참석차 서울에 왔다고 한다. 어떻게 됐냐고 물으니 한일공동역사교과서는 서로 안 만들기로 합의하였다고 한다. 무의미한 제안으로 양국의 국력이 낭비된 셈이다.

쓰쿠바 대학 교수인 그는 지금 하와이 대학에 9개월 간 쉬기 위해 가 있다. 지난 10년 간 4권의 책과 30여 편의 논문을 쓰며 건강이 상한 탓이다. 한국에서도 잘 알려진 월간지 《세까이》에 연재 칼럼까지 썼던 그는 돌아가신 이와나미 사장의 총애를 받기도 했다.

지금 NSC에 있는 이종석 박사를 후루타 교수에게 소개시킨 것은 벌써 7년 전 일이다. 한국과 일본의 북한전문가 '베스트 5'에 그들 두 사람이 포함된다는 후루타의 지적에 이종석 박사도 동의하였다. 그들이 몇 년 몇 월 몇 일자 《로동신문》 사설까지 인용해가며 벌이는 대화는 혼자 보기 아까운 광경이었다.

술기운이 오른 후루타 교수는 고이즈미 정부는 우익괴뢰정부고, 노무현 정부는 좌익식민지정부라 불러댄다. 이라크에 300명 보내놓고 다시 눈치 살피는 것은 괴뢰정부의 특성이고, 미국이 보내란다고 바로 3000명 보내겠다고 결정하고도 눈치 보는 것은 식민지정부이기 때문이란다.

양국에서 괴뢰정부와 식민지정부는 극복되어야 한다는 데 합의하고 건배하였다.

혼자서 가는 길은 가장 옳지 않은 길이다

2월 2일 월요일 맑음

오늘부터는 1일 1건으로 사건을 만들어가기로 했다. 이번 주는 겨우 5건을 기획한 셈이다.

대보름날 행사로는 온갖 정치귀신 내쫓는 쥐불놀이가 기획되었다. 신용불량 관련 행사엔 포크레인이 준비 중이다. 국회 앞에서 이처럼 다양한 이벤트가 벌어지는 곳은 대한민국밖에 없을 것이다.

양연수 위원장이 당사에 들렀다. 11시 동대문 상인들이 모이는 전빈련 주최 집회에 당 지도부에서 나와 연설을 해 달라고 한다.

양연수 위원장을 비롯한 전노총련과 전노련 동지들의 투쟁의 성과로 동대문운동장에 노점상이 입주하게 되었는데, 오는 4일 최병렬 한나라당 대표가 방문한다는 것이다. 양 위원장은 투쟁의 성과가 한나라당으로 가는 것을 막기 위해 분투 중이다. 김혜경 부대표는 갑작스런 연설 부탁도 흔쾌히 접수한다.

10시, 국회 임시회 소집에 맞춰 이라크파병반대 기자회견이 열렸다. 이 기자회견에서 민주노동당 총선출마자 일동의 이름으로 파병반대 결의를 밝혔다.

수원의 유덕화 후보와 의정부의 목영대 후보가 멀리서 왔다. 목영대 후보는 국회 앞에서 일인시위까지 하고 오후에 돌아갔다. 이정미 이라크파병반대 투쟁본부장은 기자회견장을 국회 정문 바로 앞까지 옮기는 기록을 세웠다. 국회 본관 계단에서 수백 명이 모여 집회를 하는 새로운 기록이 세워질 날도 멀지 않았다.

중앙선대위회의에서 지역파견 상근자가 최종 확정되었다. 창원을에 김기주 홍보부장, 거제에 김경수 조직부장, 울산에 홍기표 인터넷부장이다. 창원을엔 이미 최기영 국장과 이호성 국장이 파견되어 있고, 김문영 전 홍보국장이 자원하여 결합하고 있다.

최기영 국장에겐 "대표를 당선시키지 못하면 서울로 올라올 생각을 말라"고 했다. 고생을 고생으로 여기지 않는 이들이 고맙고 대견하다.

중앙선대본 전체회의에서 용산기지 관련 투쟁, 농민실천단 사업계획, FTA 반대투쟁계획안을 심의, 확정했다. 2월 8일과 9일의 FTA 반대투쟁에는 전당적으로 적극 결합하기로 하였다.

전농, 민주노총, 민주노동당 대표의 기자회견은 여전히 유동적이다. 목, 금 양일 중에 해야 하나 창원 쪽은 응답 불가능하다는 것이다. 내일 권 대표가 상경하면 결판을 볼 수밖에 없다.

선거벽보 1차 시안을 검토했다. 첫눈에 들어오는 것이 없다.

경력을 표기하여 다시 검토하기로 하였다. 이미지 통합도 아직 부실하다.

채진원 국장이 국회, 선관위와 언론사에 보낼 민주노동당 입장을 산뜻하게 정리해 왔다.

오한홍《옥천신문》대표로부터 전화가 왔다. 당에서 자신의 입당식을 너무 융숭하게 해주었다며 감사의 뜻을 표한다.《진보정치》에서 크게 다뤘기 때문이다. 정작 오한홍 대표의 입당을 고맙게 생각하는 것은 당이다.

오 대표는 내친 김에 몇 가지 주문을 한다. 우선 당비가 대도시가 아닌 지방에선 부담되는 경우도 있다는 것이다. 일률적으로 하기보다 하향조정한 하한액을 설정하자는 제안이다. 잘사는 지역과 가난한 지역의 차등제도 조심스레 꺼낸다.

당비 액수는 창당준비과정에서부터 쟁점이 되어왔다. 5만 명이 되면 하향조정한다는 것이 현재의 방침이다. 실은 당원 10만 시대에 들어서려면 3천 원 정도가 적당하다.

외대 이정희 교수는 당비의존율이 높은 사실을 자랑할 것만이 아니라는 지적을 한다. 그건 국고보조금 비율이 적다는 것이고, 그만큼 지지율이 낮은 것을 의미하기 때문이다. 물론 국고보조금을 거부하라는 일각의 주장도 있지만, 그렇게 되면 국민세금으로 지원되는 선거공영제까지도 반대해야 하는 모순에 처하게 된다.

오 대표의 제안은 계속 이어진다. 당헌, 당규는 큰 줄거리만 잡고 지역조직 같은 것은 자율적 운영방식에 맡겨야 하지 않겠냐는 것이다. 경청하고 고민할 대목이다. 중앙당에서 내려온 당직자들에게 이런 문제제기를 하면 답은 "중앙당 방침이다"는 것이다. 특히 '논리적으로 밀릴 때' 이 '중앙당 방침'이 돌연 등장한다는 것이다. 부드럽게 표현했지만 권위주의적 사업방식을 지적한 것이다. 설득하고 함께 가려는 노력이 아쉽다는 것이다.

당신이 우리들이 가야 할 길을 제시하면 우리들은

당신과 함께 그 길을 간다 그러나

바른 길도 우리를 빼고는 가지 말라

혼자서 가는 길은

가장 옳지 않은 길이다

우리들과 떨어져서 가지 말라!

우리들이 잘못이고 당신이 옳을지도 모른다 그러나 그렇다고 해서

우리들과 떨어져서 가지 말라!

- 브레히트, 〈그러나 누구인가 당은〉

오랜만에 '기자답지 않은 기자'를 만났다

2월 3일 화요일 맑음

서울 송파의 한 당원이 전화를 했다. 강동 지구당은 현재 송파에 후보를 낼 여력이 없는데 중앙당에서 무리하게 출마를 종용하는 것은 올바르지 못하다는 것이다. 현재 송파구는 강동 지구당의 관할이다. 서울시지부는 반대로 송파와 서초에 후보를 출마시키는 문제와 관련해서 중앙당이 노력하지 않는다고 불만이다.

서울시지부는 지난해 대의원대회에서 모든 행정구에 후보를 내기로 결의했다. 지금 서울에서 출마가 예정되지 않은 행정구는 송파와 서초뿐이다. 서초는 관할지구당 당원들이 긍정적이므로 후보 문제만 해결하면 된다. 그러나 송파는 지구당 당원들의 의사도 확인되지 않았다. 금주 내에 이 문제들을 매듭지어야 한다.

기조회의에서 출마예정자들의 재산신고와 전과조회에 대한 준비를 서두르도록 지시했다. 대다수가 첫 출마자들이기 때문에 할 수 있는 한 미리 준비하는 것이 좋다.

'대학 부재자투표 운동본부'에서 찾아왔다. 대학생들이 학교에서 부재자투표를 쉽게 할 수 있도록 하자는 운동이다.

납세 없이 대표 없다는 말처럼 자본주의 사회에서 선거권은 납세와 깊이 관련되어 있다. 세금을 내면서도 선거권이 없는 곳은 미국 수도 워싱턴 시밖에 없다. 그런데 한국에선 세금은 전국 어디서나 납부할 수 있지만 투표는 주민등록 소재지에서만 할 수 있다. 부재자 신고를 해서 투표용지를 받고 다시 우편으로 부치는 과정은 몹시 불편하다. 관광지에 놀러가서도 투표할 수 있다는 일본의 예는 바다 건너 사정일 뿐이다. 작년 지방선거에서 인터넷과 휴대폰투표까지 실시한 영국은 이역만리 먼 땅이다.

부재자투표소 설치 기준을 낮춰달라는 '운동본부' 학생들에게 한나라당 이재오 정개특위장은 "참정권을 줬으면 됐지 뭘 더 달라는 거냐, 시골 가서 투표하고 오면 되지 않느냐"고 반문했다고 한다.

노동자후보 룰라를 당선시킨 2002년 브라질 대통령선거의 투표율은 90퍼센트였다. 이러한 놀라운 투표율이 가능했던 것은 전자투표를 실시했기 때문이다.

전국 6만 6000개의 전자투표소에는 40만 6000대의 전자투표기가 설치되었나. 1억 1500만 명의 브라질 유권자들은 이 선기에서 대통령 외에도 주지사, 연방 상원의원, 연방 하원의원, 지방의원을 동시에 선출했다. 컴퓨터 화면상에서 후보를 선택하는 방식으로 진행된 이 투표에서 유권자들은 많은 경우 25번의 버튼을 눌러야 투표를 마칠 수 있었다.

1996년 대선에서 최종 투표결과가 나오는 데 1주일이 걸렸던 브라질이다. 적도를 끼고 있는 열대우림에서 투표함을 나르는 데도 사람

목숨이 필요했다. 그러나 전자투표를 처음 실시한 2002년 선거 결과는 다음날 새벽에 밝혀졌다. 빠른 개표는 물론이고 개표의 공정성 시비도 일어나지 않았다.

브라질의 선거연령은 16세이다. 16세와 17세는 자신이 원한다면 선거권을 행사할 수 있다. 18세부터 70세까진 의무적으로 투표해야 한다. 70세 넘는 노인은 투표하지 않아도 벌금이 없다.

첫 좌파 대통령을 탄생시키고, "브라질의 가난한 사람들이 나라를 되찾았다"며 환호한 2002년 대선 결과는 그냥 얻어진 게 아니었다.

오지혜 당원이 일인시위를 하기 전에 중앙당을 구경하러 왔다. 좁은 당사지만 구석구석 안내했다.

마침 중앙당을 방문한 후보들이 너도나도 사진을 함께 찍자는 데 싫은 기색이 없다. 주견이 뚜렷하고 맑고 밝고 거침이 없다. 이런 예술인이 민주노동당을 선택했다는 사실이 자랑스럽다. 국회 앞 일인시위가 끝나고 청국장을 대접했다.

식당에서 《브레이크뉴스》 이진우 대표와 변희재 기획국장이 인사를 청한다. 《브레이크뉴스》에서 이라크 파병반대 목소리를 높일 테니 민주노동당도 열심히 하길 바란다고 당부한다.

이용득 금융노조위원장으로부터 전화가 왔다. 홍보대사를 맡기 어려우니 양해해 달라고 한다. 지금 한국노총 분위기는 얼마 전 한나라당 공천신청을 한 모 지역본부장을 항복시킬 정도로 얼어붙어 있다는 설명이다. 조건부로 수용했다.

16시, 용산구민회관에서 민주노총 임원 이취임식이 열렸다. 민주노총 출범 이래 가장 큰 규모의 이취임식이다. 이취임하는 두 위원장의 연설을 관심 있게 들으려 했지만 떠나는 단병호 위원장은 말을 매우 아낀다. 이수호 신임위원장은 특유의 넓고 깊은 시야로 작은 문제에서 큰 의미를 끄집어낸다.

권영길 대표와 사진 찍기 위해 이취임식장에 온 정형주 성남 중원 후보는 최근의 여론조사 결과를 알려준다. 선거구도도 좋다. 수도권에서 당선 가능성이 가장 높은 후보이다. 세 번째 출마하는 그는 당선될 자격이 충분히 있다. 이번 선거에서 '민주노동당 이변'은 총선 3대 뉴스에 들 것이 분명하다.

《경향신문》 손동우 전문위원으로부터 다시 전화가 왔다. 그의 인터뷰 기사에 나오는 "건전한 보수정당"에 관한 나의 해명 글을 보고서 취재수첩을 확인하니 그런 표현이 없었다고 사과한다. 인터뷰어인 자신의 생각을 전이시켜 표현한 것이며 물의를 일으켜 미안하다고 한다.

인터넷상의 논란은 민주노동당에선 일상사이며 나쁜 것만도 아니라고 위로했다. 인터뷰 이후 민주노동당 사이트에 매일 들어오게 되었다는 그가 고맙기만 하다.

오랜만에 '기자답지 않은 기자'를 만났다.

디지털 조선일보의 인터뷰 요청을 거절하였다

2월 4일 수요일 맑음

기획조정회의에서 중앙위원회 개최 일정과 비례대표후보 선출 일정을 검토하였다.

중앙위원회는 2월 20일 전후. 비례대표 선출 일정은 후보등록 3일, 선거운동기간 최소 3주를 포함할 때 한 달 이내로 할 수 있다. 총선 후보등록 2주 전까지 선출을 완료한다면 다른 정당보다 1주일에서 열흘 정도 앞서서 정하는 것이 된다.

각 당의 비례대표 공천 내홍이 예상되는 만큼 다른 당과 비슷한 시기에 전 당원의 직선으로, 축제 분위기 속에서 비례대표 선출이 이뤄진다면 차별성을 극대화할 수 있다.

비례대표 후보선출 투표방식 초안은 법률지원팀에서 작성하기로 했다. 다른 나라에선 투표방식 제정에 주로 수학자들이 동원되지만 민주노동당에선 율사들에게 맡길 수밖에 없다.

투표방식은 당원들의 공개토론을 거쳐 중앙위원회에서 확정하면 될 것이다. 중앙위원회 및 비례대표 선출 일정은 내주 초 중앙 선대위회의와 중앙선대본회의를 거쳐 확정할 것이다. 이번 중앙위원회에선 총선 이후의 당직선거와 관련된 당규를 다루기는 어렵다. 그러나 비례 대표 후보선출 방식만이 아니라 의정활동과 관련된 제반 당규를 제정 해야 한다.

디지털 조선일보의 인터뷰 요청을 거절하였다.

이재오 국회 정개특위위원장을 면담하였다. 최병렬 당대표의 본회 연설을 듣다 말고 달려왔다. 민중당 사무총장 시절부터 집권 보수정당 의 사무총장에 더 어울린다는 말을 들을 정도로 수완가이면서 기풍이 달랐던 사람이다. 전날 국회의장이 각 당 대표와 의논하여 2월 19일 까지 정치관계법을 처리하겠다고 한 데 대해 자신을 빼놓고 결정했다 면서 불만을 표시한다.

정개특위의 활동 시한은 2월 9일이다. 최대한 빠르게 처리되어야 한다는 데 동의했다. 정당투표 홍보물이 빠진 것은 이 위원장도 모르 고 있었다. 소위위원들의 실수인 것 같다고 한다.

의원정수문제는 273명으로 현행유지에 각 당의 의견이 일치한다고 말한다. 그러면서도 현행으로 할 경우에도 시군구 조정에 따라 3, 4석 늘어나고 그만큼 비례대표가 줄어들 것이라 한다. 또 인구상한을 10 만 6천에서 31만 9천으로 해야 한다고 한다. 이 경우에는 지역구가 12 개 늘어난다. 한마디로 좌충우돌 모순된 내용들이다.

이처럼 각 당에서 지금 하고 있는 주장은 협상을 위한 위장카드로 보아야 한다. 권역별 명부도 10퍼센트 가능성에 불과하지만 아직도 살아 있는 카드이다. 의원정수와 비례대표수는 지금까지 얘기된 것과 전혀 다른 내용으로 합의될 가능성이 오히려 크다.

정치관계법 개정은 많은 면에서 2000년 총선 직전 상황의 재판이 되고 있다.

당시 여당인 국민회의는 1인 2표 권역별명부를 강력히 추진했다. 청년진보당의 서울 전 지역구 출마전략은 애초에 권역별명부 실시를 염두에 둔 것이었다. 한나라당은 1인 2표와 권역별명부를 둘 다 싫어했지만 권역별명부를 더 싫어했다. 그래서 자민련을 포함한 3당 원내총무는 그해 1월 13일 1인 2표 전국명부에 합의했다. 합의내용에는 지역구와 비례대표 이중등록제와 석패율제도 포함되었다.

시민단체들의 반발이 거셌다. 낙천낙선운동에 몰두해 있던 시민단체들은 이 운동을 불법시한 87조가 개정되지 않은 점을 주로 문제 삼았다. 국회의원 정수를 줄이는 것이 정치개혁방안이라 주장했다. 민주노동당만이 1인 2표 사수를 위해 노력했다.

언론과 시민단체의 반발, 1인 2표제에 대한 이회창과 김종필의 거부로 인해 원내총무 합의는 무효화되고 정개특위는 재구성을 거듭했다. 결국 2월 8일 재합의가 이뤄졌다. 1인 2표는 날아갔다. 의원정수는 26명이 줄어들었다. 기탁금은 2천만 원으로 100퍼센트 인상되었다. 87조도 개정되지 않았다. 최악의 개정안이 된 것이다.

2월 15일 권영길 대표는 무기한 단식에 들어갔다. 대통령의 거부권 행사를 요구했다.

2월 16일 개정안은 국무회의를 통과하면서 확정되었다.

이날 민주노동당은 1인 1표제와 기탁금 2천만 원 등에 대해 헌법소원을 제기했다. 마지막까지 방심할 수 없는 것은 이같은 경험 때문이다.

　스포츠신문《굿데이》최민규 기자가 인터뷰하러 왔다. '선대본 일기'에 대해서이다.《굿데이》는 별도로 정치부를 두고 있어 다른 스포츠 신문과 다르다는 설명이다.

　청와대 출입기자이기도 한 최 기자는 방금 청와대에서 출발하면서 민주노동당에 간다고 했더니 이 말을 들은 청와대 경호원들이 "민주노동당 참 좋은 당이죠"라 말했다고 전한다.

　이 일기를 보고 노무현 대통령이 그 경호원들을 조사해서 해임시킬까 걱정된다.

돈 문제만 나오면 대화가 막힌다

2월 5일 목요일 맑음

기획조정회의에서 2월 9일 투쟁계획안을 확정했다.

이날 국회 앞에선 14시에 농민대회 15시에 파병반대 총력투쟁대회가 예정되어 있다. 민주노동당은 13시에 당 독자 집회를 갖기로 했다.

학생실천단에서 '새내기 새로 배움터 사업안'을 제출했다. 서류에 '새터'란 용어가 있어 뭐냐고 물으니 새로 배움터 즉 신입생 오리엔테이션이라 한다. 한글은 '용불용설'을 입증하는 빛나는 사례이다.

당대표가 지방에 체류하는 약점을 보완하고자 일일 브리핑 자료를 대표에게 전달하여 현지에서 당을 대표하는 주요 발언을 매일 하도록 대변인실이 준비하기로 했다.

아침 기조회의를 끝내니 인천 식구들이 왔다. 김창한 인천시지부장, 신규철 남구을 후보, 김국래 계양구 위원장, 박재성 부평을 위원장이 한꺼번에 중앙당사로 왔다. 이라크파병반대 국회 앞 일인시위에 참가하기 위해서다. 변변한 노동조합도 없는 남구을이나 계양구는 총선재정이 큰 부담이다.

돈 문제만 나오면 대화가 막힌다. 15억이나 드는 중앙당 선거재정

어떻게 만들고 있냐고 물어오는 사람은 없다. 답이 뻔할 것이고 뻔한 답에 덧붙일 말이 없기 때문이다. 나 역시 지구당 선거재정에 대해선 가급적 묻지 않는다. 가난한 집에서 다가오는 제삿날 언급하기 힘든 것과 같다.

천영세 선대위원장은 오늘 여수지구당에 출장가야 한다.

최순영 부대표는 2월 10일 국립방송 K-TV의 토론회에 출연하게 되었다. 최 부대표의 전공은 세 가지다. 노동, 여성, 지방자치. 박정희 정권의 몰락을 재촉했던 그 유명한 YH무역 노동조합의 위원장을 역임하고 지방의원을 두 차례나 지냈고 여성문제에 대해 오랜 상담 활동을 계속하고 있다.

경력이 말해주듯이 최 부대표는 노동자 중심의 여성주의자다. 여성주의적 여성주의가 아니라 계급적 관점의 여성주의이다. 그래서 여성운동계에 발이 넓지만, 한국 여성계의 주류와 항상 선을 긋고 있다.

노조위원장에게도 "미스 최"라고 불렸던 시절, 한 차례의 실패를 거쳐 1975년 노조를 설립하고 초대위원장을 맡아 장렬하게 해산할 때까지 노조를 이끌었다. 무장경찰병력의 진입으로 신민당사 농성장에서 김경숙 동지가 목숨을 잃는 순간에도 그는 두생현장을 지휘하고 있었다. 지금도 그는 몹시 부드러우면서 매우 강하다.

천영세 선대위원장은 엊그제 김진균 선생 댁을 방문한 얘길 전한다. 김진균 선생의 용태는 생각보다 심각하다.

10시 반 김종철 대변인이 급보를 전한다. 오늘 MBC '백분토론' 주제가 낙천낙선운동인데 민주노동당이 빠지고 한나라, 열우, 민주 등 3

당만 참석케 되었다고 한다. 그리고 토요일 KBS의 '심야토론'도 같은 주제인데 역시 3당만 참가한다는 것이다. 대변인은 열우당에 의혹을 제기한다.

둘 다 문제가 있지만 '백분토론'은 최근 두 차례나 민주노동당을 출연시킨 점을 감안하여 KBS를 집중 공략키로 했다. KBS의 변명은 구차하다. 민주노동당엔 낙천낙선 대상이 없기 때문이라는 것이다. 그러면 정치부패를 주제로 하는 토론에도 부패정치인이 없기 때문에 민주노동당은 빠져야 하는지 반문하였다.

언론노조, KBS노조와 공조를 취하기로 했다.

어저께 대변인에게 민주노동당 보도배제 사태가 계속된다면 아예 TV 뉴스 취재거부 및 방송토론 참석 거부를 선언하고 인터넷에만 집중하면 어떻겠냐고 물었다. 대변인은 좀더 신중히 지켜보자는 의견이었다. 그러나 이제 더 이상 당하고만 살 수 없다.

마침 오늘은 KBS노동조합 전국 지부장 수련회에 강의가 있는 날이다. 충북 단양으로 가는 도중 영동고속도로 문막 부근에서 차가 섰다. 휘발유가 떨어진 것이다.

강의 첫 마디를 이 얘기로 시작했다. 막힘없이 잘 오다가 고속도로에서 휘발유가 떨어졌다. 민주노동당도 요즘 잘나가는데 휘발유가 떨어져 서게 되었다. 도와 달라.

'고양이와 쥐' 얘기도 했다. 저 고양이는 과거부터 쥐 친화적이었다는 둥 저 고양이는 쥐 사정을 잘 알고 눈물도 많다는 둥 그래서 저 고양이를 비판적으로 지지하자는 둥 그래서 쥐들이 고양이를 자신의 대표로 뽑아온 것이 지난 50년 세월이었다. 그래놓고 당선된 고양이가 쥐를 잡아먹고 못살게 굴면 역시 고양이는 고양이라며 타도 고양이를 외치다가 다시 선거 때만 되면 좀더 나은 고양이, 좀 양심적인 고양이를 찾고 있다. 이젠 이런 역사에 종지부를 찍어야 한다. 쥐들도 단결해야 한다.

강의장에서 만난 김영삼 노조위원장과 간부들도 이번 주 '심야토론' 배제 문제를 꺼낸다. 이번에는 가만 있지 않겠다는 태세다. 서울로 올라오는 차 안에서 동행한 현상윤 언론노조 부위원장은 KBS 간부들에게 연신 전화로 항의한다.

18시, KBS노조 이형걸 조직국장이 휴대폰으로 급보를 알린다. '심야토론' 제작진들이 민주노동당과 자민련을 출연시키기로 방침을 변경했다는 것이다. 수고했다는 말도 못하고 전화를 끊었다.

전투개시 7시간 30분. 고지는 탈환했고 부상자는 없다.

오늘 발표한 공천반대 정치인 명단에 송영길 의원이 포함되었다. 엊그제 송 의원으로부터 전화가 왔다. 인천연대에서 발표한 낙천대상자 명단에 자신이 포함되었다고 한다. 도움을 요청한다.

연세대 학생회장 출신인 그는 연세대 총동창회장인 김우중 씨로부터 1억 원을 받았는데 이를 신고하지 않아 정치자금법 위반으로 벌금형을 받았다. 그의 변명은 이 돈을 받아 쓴 1998년 보궐선거에서 낙선하면서 회계를 제대로 처리하지 않았다는 것이다. 열우당의 학생회장 출신 국회의원 중엔 그처럼 거액을 받고 신고하지 않은 사람이 적지 않을 것이다.

80년대 후반 그는 인천에서 가장 유능한 조직활동가 중의 한 사람이었다. 운수업계에서도 거칠기로 소문난 인천의 택시노동자들은 서른 살도 안 된 그를 "장군"이라 부르며 따랐다. 그가 만든 운수노동자 소모임에서《공산당선언》을 읽기로 했다며 자랑스레 보고하던 모습이 생생하다.

그때《공산당선언》을 읽던 운수노동자들은 지금도 그와 계모임을 한다. 그러나 그들은 이제《공산당선언》을 읽지 않는다. 그도 그들에게 사회주의를 말하지 않는다.

1991년 청주교도소로 그가 찾아왔다. 소련을 방문하고 사회주의에 대한 생각을 바꿨다는 것이다.

1992년 만기출소 다음날 집으로 찾아왔다. 사법시험 준비 중이라 했다.

2001년 중앙당 경제민주화운동본부는 상가임대차보호법 통과 자축연에 그를 초청했다. 그가 민주노동당이 청원한 법률의 소개의원이기 때문이었다.

2003년 봄 국회 앞에서 이라크 파병반대 철야 노숙투쟁을 하고 있는데 자정 넘어 그가 찾아왔다. 혼자 의원회관에서 이라크파병반대 농성을 하고 있는 중이라고 했다.

그가 한 길을 걷지 못한 데는 나의 책임도 크다.

너희들은 싸워라 우리는 민생이다

2월 6일 금요일, 밤 한때 눈 내리다

기조회의에서 다음주 일정을 검토하자 대변인은 최악의 주라고 걱정한다. 10일 공천반대자 2차 명단 발표가 있고, 이날부터 사흘간 국회 청문회가 예정되어 있다. 이렇게 주목을 모으는 큰 일정이 있을 경우 무얼 해도 반향을 불러일으키기 어렵다.

'너희들은 싸워라. 우리는 민생이다.'

다음 주는 특히 정책이슈로 나가야 한다. 내일 한 번 더 정밀 검토를 하기로 했다.

인터넷사업 중 기술 분야를 모두 외주 주기로 했다. 디자이너와 프로그래머 한 명 없는 현실에서 인원충원으로 내부에서 해결하는 것은 무엇보다도 시간문제로 어렵다. 재작년 대선 때의 악몽이 재현되어선 안 된다.

최열 대표가 정몽준 살리기에 나섰다. 공천 반대자 명단에 포함된 정몽준 의원에 대해 개인적으론 당선운동 대상이라 말한 것이다. 울산 동구 지구당은 즉각 반박하였다. 최열 대표 발언은 어저께 발표된 열우당 편향의 공천 반대자 명단 발표와 함께 한국의 시민운동이 이제 더 이상 비판이 금기시되는 성역일 수 없다는 것을 말해준다. 물갈이 운동 주도세력 자체가 물갈이 대상으로 낙천운동 자체가 유권자의 심사대상이 된 것이다.

와전된 것으로 알려졌지만 의사 기요탱이 자신이 만든 기요틴에 목을 걸고 있는 상황과 같다.

16시 30분, 대구공항 옆 에어포트호텔에서 기자간담회를 가졌다. 전교조 대구시지부 강의가 있다보니 당 대구시지부에서 마련한 자리다. 기자간담회에는 달서갑 후보인 김찬수 지부장을 비롯하여 서구의 김기수 후보, 수성갑 이연제 후보, 북구을 서승엽 예비후보가 동석하였다. KBS를 제외하고 모든 TV방송과 지역신문이 이 간담회를 보도하였다.

대구시지부는 부산, 울산시지부와 함께 언론사업을 잘하는 것으로 평가받고 있다. 중앙당 당직자들에 따르면 대구, 부산, 울산시지부는 선거실무와 관련해서도 중앙당에 문의하는 법이 없다고 한다. 오랜 경험으로 갈고 닦은 실력 탓이다

19시 30분, 대구시 학생문화회관에서 전교조 대구시지부 분회장들을 대상으로 강의를 했다. 주제는 노동자의 정치세력화.

강의가 시작될 때까지 김기수 후보는 열심히 인사하고 대화한다. 강의가 끝나자 김찬수 지부장은 뒤풀이 참석을 위해 다시 나타났다.

서울행 야간열차는 눈보라를 뚫고 달려간다.

민주노동당의 지지율이 드디어 조류를 타기 시작했다. TNS의 최근

조사는 7.9퍼센트, 모 정당 부설연구소의 조사에선 8.2퍼센트의 벽을 치는 파도도 있었다.

민경찬 사건 등 여권 내부비리로 수도권과 영남에서 열우당의 상승 행렬이 주춤하며 정체를 보이는 반면 민주노동당의 단독 상승국면이 조심스레 시작되고 있다. 5퍼센트를 넘어서면서부터 나타나는 민주노동당의 상승세는 주로 수도권에서 든든하게 뒷받침해주고 있기 때문이다. 동시에 열우당에서 민주노동당으로 넘어오는 흐름도 있기 때문이다.

7.9퍼센트, 8.2퍼센트는 창당 이래 가장 높은 기록이다. 그러나 더 중요한 것은 그 어느 때보다 유동성이 높아졌다는 것이다. 지난 4년간 수개월에 한 번씩 보이던 변화가 거의 1주일 간격으로 나타나기도 한다. 조류를 타기 시작한 것이다.

여기서 두 가지 과제가 주어진다. 높은 파도가 치며 나타나는 최고 기록은 아직 거품이다. 이 거품을 사업으로 굳혀나가야 한다. 정책사업의 효력이 가장 크게 나타날 국면이다. 권영길 대표를 전면에 내세우는 기획이 필요하다. 또 하나의 과제는 공세적 방어이다. 7퍼센트를 넘는 순간 민주노동당은 다른 정당 특히 열우당의 집중견제를 받을 수밖에 없다. 노동진영 등 외곽을 치고 들어올 가능성도 있다.

다른 당을 비판만 해도 되던 시기는 끝나가고 있다. 전투는 보다 치열해질 수밖에 없다. 높이 올라갈수록 바람이 거센 것은 자연의 이치이다.

3월 초까지 8퍼센트를 굳힌다면 작년에 세운 목표는 100퍼센트 달성하는 셈이다. 지역의 후보들은 평균 15퍼센트에서 법정선거운동을 시작할 수 있다. 그렇게 되면 목표를 상향조정해야 한다.

역시 2월 말, 3월 말, 4월 15일 세 단계에서 승부는 50퍼센트, 30퍼센트, 20퍼센트씩 결정된다. 하루가 천금이다.

"김진숙만은 절대 복직시켜선 안 된다"

2월 7일 토요일 맑음

기조회의에서 9일 오전에 정치개혁관련 긴급 기자회견을 갖기로 했다. 2월 중앙위원회 이전에 민주노총, 전농과 각각 정례협의회를 가져야 한다. 황이민 부본부장이 준비하기로 했다.

사측에 의한 민주노총후보 출마 방해 사태에 적극 대응하기로 했다. 서울 마포갑 정관용 후보는 사측에서 10년 이상 장기 근속자에게 인정하는 리프레시 휴가를 허용하지 않을 뿐 아니라 기타 휴가나 휴직 사유에도 해당하지 않는다며 출마포기를 종용하고 있다. 중앙당이 적극 나설 필요가 있다.

14시 30분, 선남도시부를 방문하였다. 건물 입구에서부터 지부 사무실에 찾아오는 사람들을 배려하는 마음씨가 곳곳에 묻어 있다. 사무실 바깥엔 갓 찍은 전종덕 의원 의정보고서가 수천 부 쌓여 있다. 전국 광역의원 의정보고서 중에서 가장 두꺼운 의정보고서임에 틀림없다. 일을 많이 한 탓이다. 최송춘 목포 지구당위원장은 인사를 하자마자 목포 일정으로 서둘러 갔다. 민주당 김홍일 의원과 겨루는 최송춘 후보는 2강 구도를 만드는 것이 관건이다.

전라남도는 진보정당운동의 변방이다. 그러나 지금 이 변방은 가히 '개척시대' 라 부를 만하다. 지역 정세나 당의 주체적 조건이 열악함에도 불구하고 총선을 통한 조직의 확대, 강화를 위해 대단히 공세적으로 일을 추진하고 있다.

목포에선 최송춘 후보, 여수에선 이준상 후보가 선출되었다. 광양 구례는 이주안 위원장이 구속 상태이지만 오는 20일 후보를 선출키로 했다. 순천과 고흥에서도 곧 후보를 선출할 예정이다.

김선동 지부장은 민주당 박상천 의원과 한 판 붙기 위해 출사표를 던진 상태이다. 전남 고흥에서 중학교까지 다닌 김 지부장은 고흥을 잘 알지 못하는 사람만이 울산 북구와 창원을을 쳐다보고 있다며 기염을 토한다. 그의 부모님께는 고흥에서 국회의원이 되면 진보정당의 대표나 대통령 후보까지 될 수 있다며 희망을 안겨드렸다 한다.

전남도지부는 농민회 출신 시장이 있는 나주는 물론 전농 정치세력화 방안에 가장 강력히 반발했던 해남 진도에까지 강력한 의지를 보이고 있다.

16시 30분, 광주 적십자수련원에서 열린 전교조 전남도지부 겨울 일꾼연수에서 강연을 했다. 같은 전교조라도 대도시와 달리 도지부 행사는 분위기가 사뭇 다르다. 인간의 향기가 면면에서 배어나온다.

어제 대구에 이어 여기서도 앞 강의는 김진숙 민주노총 부산본부 지도위원이 맡았다. 어제 대구 강의가 끝난 후 부산 내려갔다가 오늘 다시 광주로 왔다고 한다. 김 지도위원의 표정은 여전히 무겁다. 다들 김주익 동지를 잊어가는데 그는 여전히 작년 10월의 표정이다.

한진중공업 노동조합위원장으로 의문사한 박창수 열사와 김 지도
위원은 한진중공업의 전신인 대한조선공사 81년도 입사 동기였다. 나
양주 위원장이 "절망의 조선소"라 불렸던 그곳에서 박창수 열사는 배
관, 김 지도위원은 용접 일을 하였다. 당시 대한조선공사는 세심한 손
놀림이 요구되는 용접 일에 여성이 더 적합할 수 있다며 조선소에선
최초로 여성용접사들을 투입하였다. 그러나 지금도 그렇지만 장봉으
로 후판을 지지는 조선소용접은 '인간의 노동' 이라 부를 수 있는 일이
아니다. 아마 가족들이 그 광경을 본다면 눈물을 흘리지 않을 수 없는
그런 노동 속에서 대한조선공사 노동운동은 시작되었다.

1991년 서울구치소 수감 중 안양의 한 병원에서 시체로 발견된 박
창수 열사는 1986년 입사동기인 김 지도위원이 해고되는 것을 보고
노동운동에 뛰어들었다. 작년 11월 우리 모두를 울린 김진숙의 추도
사는 이미 15년 전부터 피눈물로 써온 것이었다.

2003년 11월 15일 한진중공업 노사가 복직 규모를 두고 마지막 협
상을 벌이고 있을 때, 전경련은 회사 측에 긴급 전문을 보냈다.

"김진숙만은 절대 복직시켜선 안 된다."

영광스럽게도 그는 '총자본의 적' 이었나.

정치관계법 개정전망도 점점 어두워지고 있다

2월 8일 일요일 맑음

국회 정개특위에서 '개혁'이 실종된 지는 오래되었다. 정치관계법 개정전망도 점점 어두워지고 있다. 이제 정치제도 개혁은 민주노동당만의 외로운 외침이 되고 있다.

1993년 김영삼 대통령의 정치개혁은 '영국식 돈 안 드는 선거제도' 도입이었다. 1998년 김대중 대통령의 정치개혁은 '독일식 정당명부 비례대표제'로부터 출발했다. 두 사람은 모두 실패했다. 개혁대상을 개혁주체로 삼았고 개혁주체들은 개혁을 거부했기 때문이었다.

2003년부터 노무현 대통령의 정치개혁은 '총선승리'이다. 자신과 자신의 당이 승리하는 것이 바로 '정치개혁'이다. '공부 안 한 대통령'은 '독일식'을 언급한 적도 없다. 그의 열우당이 '독일식'에 가까운 '범국민정치개혁협의회안'을 폐기하는 데 24시간이 걸리지 않았다. 지금 그들에게 '개혁'은 한나라당이 한 석이라도 덜 얻는 것이다. 골치 아픈 민주노동당이 한 석이라도 덜 얻는 것도 '개혁'이다.

시민단체들의 정치개혁 역시 시민운동의 정치적 영향력 확대이다. 총선과정에서 시민운동의 정치적 영향력을 극대화해야 시민운동의 발언권도 강화된다고 믿고 있다. 그래서 그들의 정치제도개혁안이 휴지조각이 되는 동안 물갈이로 낙천운동으로 달려가고 있다.

남은 것은 민주노동당과 노동운동뿐이다. 그러나 민주노동당은 미약하고 노동운동은 바쁘다. 민주노동당은 시민운동과 노동운동의 개혁안을 '독일식'으로 통일시키는 데 기여했을 뿐이다.

일백 년 전 선진적인 노동운동이 전개되었던 나라들에서 산별노조와 노동자정당 건설은 핵심적인 조직과제였다. 동시에 8시간 노동제와 비례대표제 관철은 가장 중요한 투쟁과제였다.

노동일(勞動日) 한 시간 단축시키는 데 평균 30년이 걸렸다. 노동운동의 역사는 노동자들이 전면적 비례대표제를 쟁취하는 데 최소한 일이십 년 이상 싸운 것으로 기록하고 있다.

자신의 성장이 곧 정치개혁이라고 말할 수 있는 세력은 민주노동당밖에 없다. 그래서 민주노동당의 정치개혁에는 저항이 따를 수밖에 없다. 힘과 힘이 부딪힐 수밖에 없다. 외롭더라도 민주노동당이 앞장서서 싸워야 한다.

내일로 국회 정개특위 활동시한이 마감된다.

최악의 개정안이 잠정 합의되었다

오전 10시 경찰병력에 포위된 상태에서 국회 앞 노상 기자회견이 열렸다. 정치관계법 개악을 규탄하고 범국민정치개혁협의회안을 받아들이라는 회견이다. 천영세 선대위원장이 기자회견문을 읽고 김준수 성북갑 후보가 규탄발언을 했다.

국회정개특위에선 간사회의가 오전 내내 계속되었다. 정개특위 전체회의가 열리면 '강력한 참관'을 하기로 하고 준비를 시켰다.

11시, 이라크파병반대국민행동의 집회가 같은 장소에서 열렸다.

13시, 이라크 파병을 반대하고 FTA 비준을 반대하는 민주노동당 독자집회가 개최되었다. 정개특위 개최 시각을 계속 확인했지만 간사회의가 오후까지 이어질 뿐 전체회의 개회는 몇 시가 될지 알 수 없다는 전갈이다.

13시 반부터 농민 1만 5천여 명이 모여 농민대회를 열었다.

14시가 채 안 되어 급보가 왔다. 간사회의 합의사항을 정개특위 잠정합의안으로 하여 방금 통과됐다는 소식이다. 내용확인을 위해 채진원 국장이 국회로 급히 달려갔다.

의원정수 273명

선거구 인구 10만 5천~31만 5천 명

인구수 산출 기준일 2003년 12월 31일

선거연령 20세

지구당 폐지, 현역의원 상설사무소 허용

투표시간 연장 불허

노동조합 정치자금 기부 금지

정당투표 홍보물 불허

가히 최악의 개정안이 잠정 합의되었다. 이 합의안은 며칠 내 법제사법위원회로 넘겨지고 그 사이에 각 당의 추인절차가 남아 있다. 국회 본회의 상정 예정일은 19일이다.

잠정 합의가 이처럼 순조롭게 이뤄진 것은 막판에 열우당이 기존입장을 포기했기 때문이다. 1인 2표의 정당투표제가 최초로 도입되는 국회의원선거에서 정당투표로 선출하는 비례대표의원 수를 10석 가량 없애는 데 열우당이 동조한 것이다.

민주노동당이 정당투표제의 혜택을 가장 많이 볼 것이라는 것은 누구나 인정하는 사실이었다. 결국 비례대표 의석수를 늘리기는커녕 1인 1표 때보다도 대폭 감축시킨 것은 민주노동당의 원내진입을 봉쇄하는 데 한나라당과 열우당의 뜻이 일치했기 때문이다. 진보정당의 진출을 막기 위한 보수정당의 동맹이 이뤄진 것이다.

17시 긴급 기조회의를 개최하여 대응방안을 논의했다. 우선 내일 오전 민주노총, 전농, 민주노동당 대표자 기자회견을 갖고 규탄 당원대회를 개최하기로 했다. 11일 권영길 대표의 각 당 대표 항의방문 및 재개정 촉구 제안도 추진키로 했다. 여성계, 학계의 연대투쟁도 바로 추진키로 했다.

여의도(汝矣島)를 문자대로 직역하면 '당신의 섬'이 된다.

마포와 영등포 사이의 한강엔 여의도와 밤섬 두 개의 섬이 있다. 옛적부터 사람들이 거주했던 밤섬은 그 주민들이 아현동 산동네로 쫓겨난 후 무인도가 되어 먼 길 가는 철새들이 잠깐 쉬어가는 곳이 되었다. 여의도는 밤섬과 달리 모래땅이어서 농사를 지을 수 없었다. 조선 말까지 염소나 백여 마리 키우는 국영목장이 있을 뿐이었다. 쓸모없는 땅이기에 '네 맘대로 하라'는 뜻으로 '여의도'가 되었다는 이야기도 있다.

오늘 여의도는 '내 맘대로 하겠다'는 국회와 '네 맘대로 하지 마라'는 국민들이 정면으로 충돌하는 전장이 되었다. 하늘엔 종일 헬리콥터가 날고 땅에는 경찰버스가 국회를 에워싸는 저지선을 펼쳤다. 투석과 물대포가 웬 종일 공방을 벌였다.

23시, 국회는 정족수 부족으로 산회되었다. 그러나 국회는 이라크 파병과 한·칠레 자유무역협정을 조만간 '내 맘대로 하겠다'는 뜻을 분명히 했다. 시민 12명을 '내 맘대로' 연행했고, 서울구치소에 수감 중인 피의자 서청원을 '내 맘대로' 석방했다.

오늘 '당신의 섬' 여의도(汝矣島)는 '나만의 섬' 오의도(吾矣島)가 되었다.

국회도 없고

국회의원도 없고

물대포도 헬리콥터도 없던

사축서(司畜暑)에서 양 50마리. 염소 60마리만을 놓아기르던

'당신의 섬' 여의도가

오늘은

그립다.

국회도 없고

국회의원도 없고

물대포도 헬리콥터도 없던

모든 사물은 변화한다

2월 10일 화요일 맑음

오전 9시 30분, 전국여성농민회총연합 임원진이 당을 공식 방문했다. 선대위 지도부가 윤금순 회장, 임혜숙 부회장, 최옥주 사무총장을 맞이했다. 전여농의 정책제안서에 따르면 여성농민이 농업생산에서 차지하는 역할의 비중은 52.5퍼센트다. 농업이 여성과 노약자의 노동으로 유지되고 있는 현실보다 농정파탄의 실태를 잘 보여주는 것은 없다. 여성농민 정책을 입안하고 공약을 만드는 데 긴밀히 협조하기로 하다.

10시, 국회 앞에서 정치관계법 개악을 규탄하는 공동기자회견을 가졌다. 이수호 민주노총위원장과 문경식 전농의장이 함께 참석하였다.

누가 뭐래도 이번 정치관계법 개악의 표적은 민주노동당이다. 개악의 목적은 노동자, 농민의 정치세력화를 봉쇄하는 데 있다. 민주노동당을 죽이기 위한 정치동맹에 한나라당, 열우당, 민주당은 굳게 결속했다. 정치관계법 개악 실무에 참가한 열린우리당 국회의원은 천정배, 김성호, 유시민, 정장선 등 4명이다.

민주노동당은 국회의원 몇 명이 죽일 수 있는 당이 아니다. 민주노동당은 법률 몇 개로 죽어갈 당이 아니다. 장강의 물결을 손으로 막을 수 없다.

공천반대 2차 명단이 발표되었다. 민주노동당을 두 번 탈당하고 열우당에 입당하는 등 '잦은 당적변경 경력자'인 송철호 변호사는 포함되지 않았다.

선대본 전체회의에서 중앙위원회 상정 안건을 검토했다. 중앙위원회는 2월 20일 개최키로 했다. 비례대표 선출방식은 복수의 안을 올리기로 했다. 선거준비에 충실해야 하는 선대본이 논쟁의 한 축을 이루는 것은 바람직하지 않다. 비례대표 선거운동의 일환으로 권역별 정책토론회를 개최하는 안을 상정키로 했다. 다만 오프라인 토론회를 원치 않는 권역에선 온라인 토론회를 열기로 했다.

중앙위원회 개최 전에 민주노총, 전농과의 정례협의회를 갖도록 추진하고 있다.

대북송금 관련자들에 대한 특별사면, 복권이 사월 초파일로 연기됨에 따라 민주노동당 관련자들에 대한 복권 향방이 다시 안개 속으로 들어갔다. 청와대의 저울질이 민주노동당 죽이기로 결론나지 않도록 상력하게 싸워야 한다. 진주 강병기 후보가 공식직으로 제안한 대응방침을 검토하고 중앙당이 적극적으로 나서기로 했다.

KBS1 TV의 젊은 인기 아나운서가 당우로 가입했다. 〈애마부인 3〉의 여자 주연을 맡고 최근 〈말죽거리 잔혹사〉에 출연한 김부선 씨가 민주노동당 입당을 고민 중이다. 가수 이문세 씨는 어느 당 공천제의를 거절했다면서 자신의 홈페이지에 "이 나라 정치는 너무 젠틀하지 못하다, 두나라당! 반민주당! 닫힌 너네당! 다 똑같다"라며 정치 현실에 대해 신랄하게 비판하는 글을 올렸다 한다.

모든 사물은 변화한다. 변증법 제1조 1항이다.

서울시지부의 후보들이 전두환을
재산허위 명시죄로 고발하다

2월 11일 수요일 맑음

국회 정개특위에서 합의된 내용이 법조문화되어 당에 전달되었다. 이 법률 개정안이 곧 국회법사위로 상정될 것이다.

새롭게 드러난 내용은 시, 도당 체제에 관한 것이다. 개정안에 따르면 창당 요건은 5개 이상의 광역시, 도에 각각 1000인 이상의 시, 도당을 가져야 한다. 지구당을 우리 방식대로 유지하더라도 앞으로는 법률적 행위의 주체는 지구당이 아니라 시, 도당일 수밖에 없다. 당원 수로만 계산한다면 대구, 대전, 광주시지부와 강원, 충북, 전남, 제주도지부는 이번 총선과정에서 당원 배기운동을 통해 시급히 1000명을 넘겨야 한다.

브라질 노동자당(PT) 창당 당시, 브라질 기득권 정치세력은 뻬떼(PT)와 같은 새로운 정당의 출현을 저지하기 위해 법정 지구당 수와 법정 당원 수 등 창당 요건을 대단히 높게 개정하였다. 자신의 힘으로 이 악법을 개정할 수 없었던 뻬떼 추진세력들은 오히려 이 조건을 충족시키기 위한 필사의 노력을 기울였다. 그 결과는 전화위복으로 작용

했다. 삐떼는 창당 초기부터 다수의 당원과 광범한 지역조직을 갖추게 된 것이다.

지구당 폐지가 현실화됨에 따라 민주노동당의 지구당 체제를 재검토하지 않을 수 없다. 현재의 지구당 설치 방식은 정치활동의 필요에 따른 것이라기보다 선거구별로 두라는 정당법의 강제조항 때문이었다. 따라서 시, 군, 구별로 조직을 두는 방법을 적극 검토해야 할 것이다.

개정법안은 국고보조금을 중앙당 50퍼센트, 정책연구소 30퍼센트, 시, 도당 10퍼센트, 여성정치활동 10퍼센트로 나눠 쓰도록 명시하고 있다. 시, 도당이 법정 조직이 됨에 따라 당원명부관리와 제반 대관 행정업무는 지구당에서 시, 도당으로 이관되고, 시, 도당의 업무하중이 커지게 되었다. 교부금 배분비율과 상근자 수 및 상근자 급여에 관해서도 총선이 끝나면 새로운 방침을 논의해야 한다.

개정법안 중 민주노동당을 의식해서 만든 것은 선거방송토론위원회가 주관하는 TV대담과 토론회 참가자격에 관한 조항이다. 모든 선거에서 기본 참가 기준을 국회의석 5석 이상인 정당과 직전 대선 및 정당투표 선거에서 3퍼센트 이상 획득 정당으로 규정해놓고 있다. 민주노동당과 민주노동당 후보는 이제 법률에 따라 모든 선거방송에 참가할 자격을 얻게 된 것이다.

이번 총선에서 이 기준에 들지 못하는 정당의 후보는 2000년 총선에서 10퍼센트 이상 얻었거나 혹은 3월 한 달 기간의 여론조사에서 지지율이 평균 10퍼센트 이상인 후보로 제한하고 있다.

정개특위 논의 막바지에 선관위를 항의방문하겠다며 일정을 잡자는 민주노동당의 거듭된 요청에 선관위는 이 조항만을 먼저 당에 알려온 바 있다. 그러나 지지율 3퍼센트 미만의 군소정당의 후보가 지역별 총선 TV토론에 참가하지 못하게 한 것은 불공평한 처사이다.

서울시지부의 후보들이 전두환을 재산허위 명시죄로 고발하였다.

박창완 위원장이 중앙선거관리위원장으로 임명되었다.

위성방송 R-TV에서 인터뷰하러 왔다.

낮에 최순영 부대표의 어제 K-TV방송토론을 인터넷으로 보았다. 중앙당에서 모니터한 사람이 없었기 때문이다. 아무도 주목하지 않았던 이 토론회에서 최 부대표는 여성 정치세력화의 필요성을 계급적 관점에서 설명하는 데 성공하였다. 오늘의 경제성장이 70년대 이래 노동자들에 대한 임금착취의 결과라고 발언하는 대목에서 다른 토론자들은 전율을 느꼈을 것이다.

심재옥 의원과 단병호 전 위원장, 이수호 위원장이 차례로 중앙당을 방문하였다. 취임 1년 만에 3선급 의원의 영향력을 갖게 된 심 의원은 중앙당이 장애인문제에 보다 더 신경써줄 것을 당부하였다. 염색하기 전 짙은 검은빛 머릿결이 훨씬 좋았다는 얘기를 하지 못했다.

민주노총 전 현직 위원장이 사무총장실에 나란히 앉아 있으니 방이 꽉 찬 느낌이다. 두 분 다 무골형 거구이시다. 이수호 위원장에게 정치관계법 개정안 중 노동관련 부분을 설명하고 공동대응을 요청하였다.

김학규 동작갑 지구당위원장으로부터 전화가 왔다. 장기표 사민당 대표가 동작갑으로 출마하게 되었다며 미안하다는 전화를 해왔다는 것이다. 김학규 위원장은 서청원을 꺾는 동작갑의 대표주자로서 결의가 넘치고 있다. 장기표 대표는 사민당으로 가기 직전에 만났을 때도 사민당으로 가게 되어 노동진영에 있는 분들에게 미안하게 됐다고 말한 바 있다.

　안타까운 일이다. 황석영은 그의 《장길산》에서 "사내대장부란 무릇 남에게 미안하다고 말해야 할 일을 하지 말아야 한다"고 쓰고 있다.

가난한 부부의 대화처럼 당과 당원이
서로 미안해한다

2월 12일 목요일, 밤바람에 봄 내음 물씬

오전 8시 30분 중앙당으로 걸려온 전화를 받으니 김정진 변호사를 찾는다. 구로을 지구당 문승진 동지다. 무슨 일이냐 물으니 지금 경찰에 연행 중이라 한다. 아침에 정치개혁관련 피켓시위를 하는데 피켓에 정종권 후보 이름을 기재한 것을 문제삼는다 한다.

피켓에 후보 이름까지 적은 것은 촌스러운 열성이다. 그렇다고 예고도 없이 사람을 체포하고 연행하는 것은 아이들 경찰놀이에도 안 나오는 대목이다.

11시, 불법 채권추심피해신고센터 현판식을 가졌다. 신용불량자들에 대한 채권추심이 도를 넘어 자살사대까지 발생하고 있디. 앞으로 당의 신용불량자 대책을 지원할 송병춘 변호사가 함께 참석했다.

송 변호사는 46세 때 사법시험을 최고령으로 합격하여 연수원 33기 자치회장을 맡았고 올해 개업했다. 그는 80년대 최초의 노동조직 사건인 민주노동자연맹 사건으로 투옥된 노동운동가 출신이다. 그는 다른 많은 경우처럼 '더 위대한 부인'을 모시고 있다.

그의 부인 배옥병 동지는 구로공단의 (주)서통에서 노동조합을 설립하고 위원장이 된 지 두 시간 만에 5.18계엄 확대사태를 맞았다. 서빙고동 보안사로 끌려가고 구속되었다. 그의 노동운동은 90년대 중반까지 계속된다. 학교운영위원을 맡은 뒤론 학교운영위원이 할 수 있는 많은 운동을 창안하고 실행했다. 몇 년 전엔 중학교, 고등학교 검정고시를 7개월 만에 돌파하고 현재 성공회대 대학생이다. 지금 배옥병 동지는 민주노동당이 전당적으로 추진하고 있는 학교급식 조례제정운동의 서울지역 대표 청구인이다.

민주노동자연맹과 민주학생연맹으로 수십 명이 구속되었지만 지금도 현역으로 뛰고 있는 사람은 민주노동당의 최규엽 서울 금천 후보와 이선근 경제민주화운동본부장뿐이다. 송 변호사도 최근 현역으로 합류한 셈이다.

민주노동당은 겨우 네 살배기지만 그것은 빙산의 수면 윗부분일 뿐이다. 하나하나 애절한 사연과 고난에 찬 개인사가 사만 개 이상 얽히고설켜 이뤄진 역사이다.

11시 30분, 손석형 창원갑 후보가 중앙당을 방문했다. 민주노총 이수호 위원장을 만나고 오는 길이라 한다. 손석형 후보는 민주노동당 내에서 손꼽히는 '선수급' 후보이다. 그는 한국중공업 노조위원장을 지내는 등 십수 년을 노동운동 지도자로 활동했지만 지금 그는 물을 만난 대어(大魚)이다. '대중정치가' 란 직업은 그를 위해 만들어진 것이 틀림없다. 대중장악력, 돌파력, 친화력 등 그는 민주노동당의 다른 후보들이 배워야 할 덕목을 많이 체득하고 있다.

이 대어는 최근 물을 빼겠다는 법무부의 위협을 받고 있다. 사면복권 담당부서인 법무부 검찰 3과 때문이다. 검찰 3과는 복권대상자 중

손 후보의 경우 2000년 선거법 관련자이므로 이번 선거를 거른 후에야 복권되는 게 관례라는 것이다.

2000년 4.13선거 당시 선거법 사범 중 김정길, 홍인걸, 최열 씨 등은 작년 8.15에 사면, 복권된 바 있다. 손석형 후보와 같은 사유로 기소된 조합간부 중에서 더 많은 벌금형을 받고도 작년에 사면된 사람들이 있다. 관례로 보나 형평으로 보나 손 후보를 복권시키지 않을 이유는 없다.

창원갑의 열우당 후보인 공민배 전 창원시장은 열우당의 경남권 필승후보 중 한 명이다. 의혹을 갖지 않을 수 없다. 강금실 장관에게 검찰 3과의 엉터리 주장을 낱낱이 바로잡은 복권요청 공문을 발송하였다.

중앙선대위회의에서 중앙위원회 상정 안건을 최종 검토했다. 내일 안건을 공개할 예정이다.

국회 정개특위 정치자금소위 회의록이 입수되었다. 노동조합 기부 금지 조항이 만들어지는 과정이 소상히 나와 있다.

◇ ◈ ◇

오세훈(한나라당 위원) : (정치후원금 기부에 대해) 지금 현재는 노동조합이 할 수 있습니까?

김경석(중앙선관위 정당국장) : 할 수 있습니다. 지금 현재 민주노동당 같은 경우는 노동조합에서 선거 때마다 상당한 기부를 하는 것으로 알고 있습니다.

오세훈 : 그러면 노동조합이 안 하고 노조 조합원이 하는 것으로 바꾸면 상관이 없지요?

　　김경석 : 예, 그것은 전혀 상관이 없습니다.

　　오세훈 : 이게 혹시 논란의 여지가 될 것 같아서 그래요. 이게 나가면 …… 반발이 좀 있겠어요.

　　대변인실에서 《프레시안》에 긴급기고문을 쓰라고 한다. 서서 밥을 먹듯이 날려 써서 보내다.

　　유럽지구당의 이명회 당원이 방문했다.

　　서로 미안해하는 시간이다. 그는 민주노동당이 한창 바쁘고 고생하는데 유럽지구당이 큰 도움을 주지 못해 미안해했다. 나는 민주노동당이 이역만리에서 고생하는 유럽지구당 당원들에게 해준 게 거의 없다며 미안해했다. 가난한 부부의 대화처럼 당과 당원이 서로 미안해한다.

　　유럽지구당은 3월 중으로 총선을 위한 후원회를 개최한다고 한다. 민주노동당만큼 넘치는 사랑과 분에 겨운 기대를 모으고 있는 당도 없다.

　　밤늦게 박용진 위원장으로부터 전화가 왔다. 그가 지금 받는 미움이 수박보다 큰 돌멩이라면 그가 받고 있는 사랑은 지구보다 더 큰 강철덩어리이다.

당에 보고한다 "서부전선 이상 없다"

2월 13일 금요일 맑음

오늘은 야만이 승리한 날이다. 굴종이 이긴 날이다. 대한민국 국회가 '식민지국회' 임을 스스로 선포한 날이다.

이라크 파병동의안에 찬성한 150명만의 책임이 아니다. 반대한 50명도 면죄될 수 없다. 단 한 명이라도 '목숨' 을 걸었다면 막을 수도 있었다.

오늘 이 수치스러운 날에 지난 50여 년의 민족운동과 반세기가 넘는 계급운동도 책임을 면할 수 없다. 파병동의안이 가결되는 순간 국회 앞 시위대에 모인 사람은 800여 명. 미리 알고 경찰도 적게 동원되었다. 60퍼센트 이상의 국민들이 이라크 파병을 반대하는데 그늘의 성의와 양심을 운동으로 조직하지 못한 우리는 반성해야 한다. 특히 운동이 직업인 사람들은 크게 반성해야 한다. 다시 싸우기 위해서라도.

대한항공조종사노조 대의원대회에서 축사를 했다. 지난번 신만수위원장 등 신임지도부 취임식에 가지 못했기 때문이다. 소개를 하던 한 간부가 자신도 당원이라며 당당히 밝힌다.

강성집행부가 등장하자 조양호 회장 측은 연일 강공이다. 이달 초부터 해고자와 노조 채용 상근자의 조합사무실 출입을 막고 있다.

민주노총 신억직 정치국장이 이재오 의원 면담 결과를 알려주기 위해 당사를 찾아왔다. 노동조합 명의의 일체의 정치자금 기부가 금지된 것을 따지자 정개특위장은 "그게 그런 내용이었나"며 당황해했다고 한다. 민주노총과 한국노총은 17일 기자회견을 갖고 3당 대표를 항의 방문할 예정이다.

13년 전 겨울 청주교도소 독방에서 8개월째 기르던 사슴벌레가 죽었을 때 신언직 동지는 땅에 묻어야 한다고 조언했다. 원예반 앞 뜰 양지바른 곳에 언 땅을 파고 사슴벌레를 묻는 '장례식'에서 그는 유일한 조문객이었다.

전농 경남도본부 간부교육 강의를 포기했다. 사면복권투쟁 기획 등 각종 현안 대책마련 때문에 18시 30분 진주행 비행기를 타기 어려웠기 때문이다. 천영세 선대위원장도 다른 사람을 보내라고 권고한다. 도연맹에 양해를 구하고 김정진 변호사가 대신 가기로 했다.

진주 강병기 후보와 통화하니 바닥을 훑는 일로 몹시 바쁘다. 복권 추진 전망을 설명했다. 5시간 후 대구 출장간 황이민 부본부장이 강병기 후보 부친의 부음을 전해 온다. 비보에 상심할 그의 모습이 가슴을 찌른다. 피눈물을 삼키며 치르는 전투다.

당 대표의 조화를 보내도록 했다.

16일 오전 사면복권 기자회견 장소는 청와대 앞으로 최종 결정했다. 당 대표와 민주노총, 전농 지도부도 함께하기로 했다. 내일 이수호 위원장의 강금실 장관 면담이 고비가 될 것 같다. 손석형 후보는 10미터 간격 대규모 일인시위에 돌입한다고 한다.

인천 서구 강화갑 후보선출보고대회에 급파되었다. 부평갑 한상욱, 부평을 이용규, 중동옹진 문성진, 연수 김성진, 남갑 장관수 후보 등 인천지역 후보들이 대거 참석한 모습이 보기 좋다.

이상구 지구당위원장의 대회사는 참석한 모든 이들을 감동시켰다. 김창한 후보는 네 번의 옥살이와 수차례의 수배에다 세 번의 출마경력을 갖게 되었다. 축사와 격려사도 세 번째 출마하는 김창한 후보에 대한 위로와 결의로 가득 찼다.

100일 된 자식을 두고 수배생활에 들어간 김창한 후보는 수배가 풀리고 집에 돌아와보니 어느덧 다섯 살 된 아이가 자신을 피하더라며 회고한다. 그 아이가 이제 중3이 된다.

오늘의 민주노동당은 2002년 대선의 성과 위에 서 있다. 대선의 성과가 컸던 것은 대선후보 TV토론의 영향이 상당했다. 이 TV토론 참가가 가능했던 것은 지방선거 정당투표 8.13퍼센트, 광역단체장 선거 4.7퍼센트로 국고보조금을 받았기 때문이다.

2002년 지방선거에서 민주노동당의 공식목표는 정당투표 5퍼센트, 광역단체장 득표 2퍼센트 달성이었다. 광역단체장 전국 유효투표 수의 2퍼센트가 목표로 설정된 것은 국고보조금 지급 기준이기 때문이었다. 광역단체장선거에 다수가 출마하는 것은 불가피했다.

광역단체장선거에 후보를 대거 출마시켜 전국 유효투표 수의 2퍼센트를 달성하고 국고보조금을 지급받는 것을 처음 목표로 내세웠을 때 일부 사람들은 비웃었다. 인천과 광주시지부, 경기도와 경상남도 지부는 중앙당의 강력한 권고를 받아들여 애당초 계획에도 없던 광역시장, 도지사 선거에 출마했다. 이들을 포함한 7개 지부의 헌신적인 노력에 의해 광역단체장 득표 4.7퍼센트는 가능했던 것이다.

인천은 다시 불붙고 있다. 택시노조위원장인 김익환 당원은 최근 한 달 사이에 18명의 조합원을 입당시켰다. 그의 목표는 30명. 조합원 총수는 90명이다.

당에 보고한다. "서부전선 이상 없다."

박일수 동지가 분신 자결하였다

2월 14일 토요일 맑음

　새벽 5시경 울산현대중공업 하청사업체 노동자 박일수 동지가 분신 자결하였다. 6시엔 현대중공업 산재노동자 유석상 동지가 입원중인 병원에서 자살하였다.

　기획조정회의에서 중앙당 인권위원회의 변호사를 중심으로 진상조사단을 꾸려 울산 현지에 급파하기로 했다. 진상조사 결과와 근본적 대책 발표는 18일경 중앙당과 울산지부가 동시에 하도록 결정했다. 비정규직 문제는 이번 총선과 관련해서도 민주노동당이 핵심적으로 제기해야 할 사안이다.

　신자유주의 광풍은 30년째 많은 나라들을 휩쓸고 지나가고 있지만 신자유주의가 관철되는 방식과 그 후과는 나라마다 다르게 나타나고 있다. 신자유주의가 자본의 자유를 확대하는 과정에서 노동의 자유로 확보된 노동3권이 다양한 차원에서 침해당하는 것은 일반적인 경향이다. 그러나 이미 노동3권이 일상적으로 침탈당하고 있는 한국에서 신자유주의는 현장권력을 회복하려는 자본의 경제외적 목적이 노골적으로 관철되고 있다.

1998년의 현대자동차와 2001년의 대우자동차 정리해고 사태가 대표적인 예이며, 비정규직 확대가 세계적으로 유례없이 빠른 속도로 확산되고 있는 것도 마찬가지이다.

신자유주의의 후과 역시 한국의 경우 더 처절하게 나타날 수밖에 없다. 정리해고당한 노동자가 맞이하는 다음날 아침이 유럽과 한국에서 천양지차로 나타날 수밖에 없다. 노동운동이 허용된 지 17년, 노동자정당이 창당된 지 4년인 한국에서 사회적 재분배장치로서의 복지는 전무하다.

2차 분배가 이뤄지지 않는 한국사회에서 1차 분배 대열에서 탈락한 노동자와 농민 그리고 그 가족들이 택할 수 있는 선택의 폭은 좁다. 수입이 없는 상태에서 생활비용의 지출을 영구히 중단할 수 있는 비극적인 선택을 하는 경우는 그래서 늘어날 수밖에 없다.

고 박일수 동지가 유서를 통해 지적하고 있듯이 비정규직의 현실에 대해 살아남은 모든 사람들은 책임을 통감해야 한다. 민주노총과 민주노동당, 대기업 노동조합의 책임이 없다 할 수 없다. 그러나 비정규직 차별을 완전히 철폐하는 투쟁을 위해서도 지금 우리는 적대적 모순과 비적대적 모순을 혼동하는 오류를 범해선 안 된다.

지난해 민주노총 지도부를 면담한 자리에서 노무현 대통령의 문제 발언에 대한 지적이 있었다. 단병호 위원장이 말했다.

"노동자를 탄압한 정권은 과거에도 늘 있었다. 그러나 연봉 5천이니 6천이니 하면서 노동자를 부도덕한 사람으로 몰아친 대통령은 과거엔 없었다."

이에 대한 대통령의 답변은 놀랍게도 솔직하다.

"국민을 선점하기 위해 그런 선동도 필요하다."

많이 듣던 얘기다. 1923년 관동대지진 때 불순한 조선인들이 우물에 독을 타고 방화, 강도를 일삼는다는 말을 퍼뜨린 것은 '국민을 선점하기 위한 일본 극우세력의 선동'이 아니었던가.

문제의 핵심이 바로 여기에 있다. 비정규직 차별문제의 책임을 대기업 노동자들에게 전가하는 것. 조직노동자와 미조직노동자를 분열시키고 대립과 갈등을 증폭시켜 노노갈등을 촉진시키는 것. 한줌도 안 되는 조직노동자들을 포기하는 대신 광범한 미조직노동자들을 국가와 자본이 대표하겠다는 것. 결국 신자유주의의 무차별 폭격에 따른 고통의 책임을 피해자 진영에 전가하는 것. 이것이 노무현 정부의 정책이고 총자본의 노선이다.

신자유주의 광풍에 대응한 노동운동을 위시한 민중운동진영의 지난 10년 간의 투쟁은 이제 근본적으로 재검토되어야 한다. 민주노동당이 이 문제의 해결을 위해 말 이상의 의미 있는 실천을 하지 못한 것도 근본적인 쇄신이 필요하다.

민주노총 역시 속수무책이다. 민주노총의 지도부선거가 지난 10년의 실패를 반성하며, 새로운 신자유주의 대응전략을 놓고 다투는 자리가 아니라 오른쪽이니 왼쪽이니 하는 '관념적 경향'의 차이를 중심으로 전개된 것도 민주노조운동의 현주소를 말해주는 것이다.

이제 비정규직 문제는 노동운동 내부의 문제가 아니다. 비정규직 문제는 운동권의 이슈를 넘어 국민생활의 문제가 되었다.

민주노동당이 선거용 조직이 아니라면 비정규직 문제를 정치쟁점

화하는 것은 온전히 민주노동당의 책임이다. 세상을 바꾸겠다는 약속
이 유효하려면 신자유주의를 막아내는 투쟁의 최일선에 민주노동당
이 서 있어야 한다.

김진균 선생 빈소에 조문 가다

2월 15일 일요일 맑음

어제 저녁 관악갑 지구당에서 열린 대의원대회 및 총선대책위 출범식에 참석하였다.

김웅 후보 부인이 마련한 것이라며 발렌타인 초콜릿 하나를 준다. 난생 처음 먹어보는 발렌타인 초콜릿이다. 맛은 일반 초콜릿과 똑같았다.

축사를 통해 지역구 선거준비의 당면 기조에 대한 의견을 말했다. 지금 정당 지지율을 상회하는 후보 지지율을 보이고 있는 곳은 일부에 지나지 않는다. 두 번째 출마하는 곳, 지역기반이 상당한 곳을 제외하곤 대부분의 지역에서 후보 지지율은 정당 지지율에 크게 미치지 못한다.

후보 지지율이 정당 지지율의 3배 이상인 울산이나 창원에선 정당을 지지하지 않더라도 후보를 지지할 가능성이 있는 층을 공략해야 한다. 동시에 어렵지만 정당 지지율을 조금 더 올려야 한다. 후보와 정당 지지율의 격차가 너무 크면 후보 지지율에 좋지 않은 영향을 미칠 수도 있기 때문이다.

현재 수도권의 경우 선거구의 정당 지지율은 8~10퍼센트 대를 보이고 있다. 지방선거 정당 득표율의 2배 가까운 수치이다. 그러나 잘 알려지지 않은 우리 후보의 경우 지지율은 정당 지지율에 한참 못 미친다. 후보들이 지역을 돌아다니다 확인하는 호감은 실상 정당 지지인 경우가 더 많다. 정당 지지가 자동적으로 후보 지지로 되는 것은 아니다. 따라서 이런 지역에선 울산, 창원과 다른 접근이 필요하다. 이런 조건에선 정당을 지지하지 않으면서 후보만 지지하는 경우를 만들기도 힘들다. 정당 지지율을 높이면서 지지의 외연을 확장하는 것이 우선 중요하다. 동시에 정당 지지자들을 후보 지지로 견인하는 기조가 필요하다. 이들 지역에선 늦어도 3월 말까진 후보 지지율이 정당 지지율을 넘어서도록 해야 한다.

권영길 대표가 상경을 앞두고 연락을 해왔다. 비례대표 축소, 사면 복권 불허, 비정규직 노동자 분신 등 긴급현안을 쟁점화하는 데 중심에 설 의사이다.

이미 어제 기획조정회의에서 이 문제에 대한 1차 토론과 점검이 있었다. 긴급 기획조정회의를 소집했다. 월요일 청와대 앞 규탄집회 후 권 대표가 직접 일인시위에 나서기로 했다. 20일까지 이어지는 강력 대응방안을 수립하였다.

저녁 늦게 권영길 대표, 김혜경 부대표와 함께 김진균 선생 빈소에 조문 가다. 권 대표는 지난 연말 병문안을 자제한 것이 몹시 아쉬운 듯 눈시울을 적신다.

고인의 동생인 김세균 교수는 고인이 생전에 진보정당에 대해 가졌던 애정을 상기해서 말한다.

빈소는 민주노총, 민중연대, 학계 관계자들로 가득 찼다. 특히 고인은 어려웠던 80년대에 많은 사람들의 위안이자 버팀목이셨다.

상가에선 흰머리, 흰 눈썹이 먼저 눈에 띈다. 오랜만에 보는 장명국 선배의 눈썹에 서리가 짙게 내렸다. 홍근수 목사, 송호근 교수의 은발도 늘었다. 오세철 교수는 살이 많이 빠졌다. 오늘 노동자의 힘 새 대표가 된 박장근 동지. 박사학위 논문을 끝냈다는 전국노운협의 박승호 동지마저 흑발이 적다.

새 잎과 낙엽만 보일 뿐 지구의 공전을 느끼지 못하는 것처럼 흰머리 흰 눈썹만 느낄 뿐 시간의 흐름을 모르고 지나간다. 다행스런 일이 아닐 수 없다.

마지막까지 고인에겐 병의 상태를 알리지 않았다고 한다. 그러나 연초에 생을 정리하듯 지나간 사진까지 챙겨서 보내주신 점을 생각하면 이별의 시간이 임박했음을 모르고 있는 듯한 태도로 마지막 배려를 하신 것이리라.

정치관계법은 갈수록 누더기가 되어가고 있다

2월 16일 월요일 맑음

오늘 입수된 KBS의 주말 여론조사 결과는 14일 관악갑 지구당 대의원대회에서 말한 내용을 입증하고 있다. 이 조사에서 민주노동당 지지율은 4.9퍼센트, 민주노동당 후보 지지율은 3.5퍼센트로 나타났다. 그런데 민주노동당을 지지한다는 사람 중 민주노동당 후보에게 투표하겠다는 사람은 44.6퍼센트다. 23.5퍼센트는 아직 지지 후보를 못 정했다. 열우당 후보를 지지하겠다는 사람은 15.9퍼센트, 한나라당 후보는 6.6퍼센트다. 지역 후보들의 득표 전술에서 섬세한 대응이 요구된다.

청와대 앞은 늘 적막강산이다. 경치가 빼어난 곳인데 인적이 없다. '뛰지도 서지도 마시오' 라는 입간판은 없어졌지만 오가는 사람은 여전히 없고 귀에 리시버 꽂은 사내들이 엑스트라처럼 서 있다. 주석궁이었던 평양 금수산 기념궁전 앞도 마찬가지였다.

10시, 청와대 앞 경복궁 영추문 건너편에서 사면복권을 촉구하는 기자회견이 있었다. 권영길 당 대표, 이수호 민주노총위원장, 문경식 전농의장이 참석하였다. 단병호 전 위원장, 복권대상자인 김윤환, 박용진, 손석형 후보도 함께하였다.

서울 한복판 적막강산에서 반경 1킬로미터 안에 복권을 주장하는 민주노동당 사람들과 복권을 시키지 않겠다는 청와대 사람들만 있다.

기자회견 도중 청와대 민정수석실에서 연락이 왔다. 14일 사면복권 문제로 면담 신청을 한 터였다. 신임 박정규 민정수석은 "이 건으로 민주노동당을 면담할 의사가 없다"고 전해왔다.

강북을 지구당에선 후보의 가족과 주민들까지 합세했다. 박용진 위원장은 기자회견 후 일인시위에 들어갔다.

13시, 한나라당사 앞에서 민주노총과 한국노총의 기자회견이 있었다. 노동조합의 정치활동을 규제하는 정치제도개악을 규탄하는 회견이다. 격려 인사차 갔다.

권영길 대표와 천영세 선대위원장은 농민집회에 참석했다.

15시 30분, FTA 비준동의안이 국회를 통과하였다. 열린우리당과 민주당의 재야 출신 국회의원들은 100퍼센트 찬성표를 던졌다. 2시간 후 농민들의 격렬한 항의 투쟁도 끝났다.

오랜만에 권영길 대표까지 참석한 신대위회의가 열렸다. 민주노동당 죽이기 정치음모에 대한 권 대표의 의지는 확고하다. 내일부터 철야 노숙농성에 들어가기로 했다. 13시 당원 결의대회는 18시로 변경하였다. 당원들의 참여를 독려하기 위해 당 대표 메시지를 보내기로 했다.

여성전용선거구 문제는 김혜경, 최순영 부대표가 나서서 여성단체 간부들을 설득하기로 했다.

정치관계법은 갈수록 누더기가 되어가고 있다. 걱정했던 대로 4년 전에 반짝했던 석패율 제도가 다시 살아났다. 특정권역 후보 전원을 비례대표 한 번호에 등록하여 그 중 가장 근소한 표차로 낙선한 후보를 구제하는 제도이다. 소위 특정정당의 특정지역 싹쓸이를 막겠다는 취지이다. 비례대표를 늘여 지역주의의 폐단을 막으면 될 일을 걸레에 장미향수를 뿌려대고 있다.

현안이 밀려 오늘 저녁 광주시지부 교육을 취소했다. 점점 일정을 약속하기가 어려워진다.

지하철 투신자살자가 속출하자 지하철 역 승강구에 안전판을 설치하겠다고 한다. 설사의 원인을 치료하지 않고 지사제(止瀉劑)만 먹이는 꼴이다. IMF 이후 신자유주의 정책의 강도가 높아지면서 삶이 죽음보다 더 고통스러운 사람들이 늘어가고 있다.

올해는 작년보다 더 많은 사람들이 죽어갈 것이다.

국회 앞 맨땅에서 침낭을 덮고
철야 노숙농성에 들어갔다

2월 17일 화요일 맑음

〈봄날은 간다〉도 장사익이 부르니 조가(弔歌)가 되었다. 최도은이 울음을 삼키며 부르니 〈불나비〉도 진혼곡이었다. 오늘 이애주는 1987년 6월로 돌아갔다. 이한열 장례식에서 맨발로 살풀이춤을 추던 그 몸짓으로 비장한 헌화무(獻花舞)를 영전에 올렸다.

'민중의 스승 고 김진균 선생 민주사회장'

유가족 인사를 통해 김세균 교수는 민중의 스승이란 칭호를 부여해준 것과 민주사회장이란 예를 갖춰준 것에 대해 각별한 사의를 표시했다. 고인의 유지를 실천으로 이어갈 것을 다짐했다.

1937년 경남 진주에서 태어난 선생은 오늘 경기도 마석 땅으로 민저 가셨다.

권영길 대표는 청와대 앞 일인시위를 마친 뒤 장지로 떠났다. 김혜경 부대표와 종로구 이선희 후보도 자리를 함께했다. 손호철 선생은 보자마자 '노동자 전용 선거구' 얘길 꺼낸다.

민예총 김용태 회장이 끌다시피 하여 천영세 부대표, 심상정, 이승배 부부와 함께 식당으로 갔다. 산 자들은 남아서 밥을 먹었다. 죽음을 기리며 삶을 걱정했다.

오늘 새벽 창원갑 손석형 후보의 부친이 운명하셨다. 손 후보는 어제 내내 민주노총에서 복권투쟁 중이었다. 불행은 홀로 오지 않는 법인가.

선대본 전체회의에서 당면투쟁 기획안을 검토했다.

당 유니폼을 최종 검토했다. 등판의 당명을 연둣빛 형광으로 했다.

민주노총 이용식 정치위원장이 신임 인사차 당사에 들렀다. 이용식 위원장은 민주노총 소속 당원이 몇 명이면 집권할 수 있냐고 묻는다. 30만 명이라 대답하니 돌아가 보고하겠다고 한다.

18시, 국회 앞에서 '민주노동당 죽이기 정치음모 분쇄 결의대회'가 열렸다. 대회는 가두 연좌농성으로 이어졌다. 오늘은 서울지역 총선후보와 당원들이 참석했다. 농성 단골 참가자인 박창완 위원장도 눈에 띈다. 여느 때와 달리 경찰병력이 동원되어 집회 자체를 봉쇄하려 한다. 경찰청으로부터 직접 지시를 받았다고 한다.

19시 50분, 서울시지부 신입당원교육에서 총선방침에 대해 간단히 설명했다.

SBS 밤 8시 뉴스는 취임 1주년 특별사면 복권이 없다고 보도한다.

밤 12시 긴급기획조정회의를 열었다. 내일 11시 중앙당사에서 여성후보들이 모여 여성전용선거구제 반대, 비례대표확대 기자회견을 갖기로 했다. 기자회견 후 각 당 정치개혁특위장을 면담키로 했다.

같은 시각 청와대 앞에서 사면복권 촉구 기자회견을 갖는다.

권 대표는 같은 시각 울산에서 현대중공업 비정규직 노동자 분신사건 진상조사 발표 및 대책 촉구 기자회견을 갖기로 했다.

권영길 대표, 천영세 부대표를 비롯한 여러 당원들이 국회 앞 맨땅에서 침낭을 덮고 철야 노숙농성에 들어갔다. 함께 철야하겠다는 김혜경 부대표를 강제 귀가시켰다.

오늘 저녁 거제에서 열린 최순영 부대표의 강연회에 거제 아줌마 3백여 명이 참석했다고 한다.

2000년 2월 15일. 창당 보름 만에 1인 2표제 도입이 끝내 무산되자 권영길 대표는 대통령 거부권행사를 요구하며 무기한 단식농성에 돌입하였다. 2월 16일 김대중 대통령은 법안을 공표하였다. 민주노동당은 즉각 위헌소송을 제기하였다. 헌법재판소는 결국 위헌판정을 내렸고 1인 2투표제는 쟁취되었다.

만 4년이 지난 2월 민주노동당은 다시 아스팔트 위에 누웠다. 투쟁의 전망은 밝지 않다. 그러나 지금 이 자리도 그간의 투쟁으로 이만큼이나마 확보한 것이다. 민주노동당은 계속 싸울 것이고 끝내 이길 것이다.

오늘밤 여의도 칼바람이 지리산만큼 차다.

"고난에 찬 산중에서도 승리의 날을 믿노라."

섬에서 노숙하니 양기(陽氣)가 치솟는다

2월 18일 수요일 맑음

다시 영추문 앞에 섰다.

이문옥 고문과 박용진 위원장이 규탄연설을 하였다. 김준수 성북갑 후보의 지휘에 따라 경찰들과 몸싸움을 하였다.

황이민 부총장이 영추문의 이름을 묻는다. 영추문(迎秋門)은 경복궁의 서문이다. 서쪽은 가을을 의미하므로 가을을 맞이한다는 뜻으로 영추문이라 지었다. 경복궁의 서쪽구역은 주로 왕을 가까이서 보좌하는 기구들이 있었다. 비서실에 해당하는 승정원과 정책위원회인 홍문관이 영추문 안에 있었다. 그래서 영추문은 경복궁에서 근무하는 상근자들의 출입구이기도 했다. 오늘 기자회견을 한 영추문 밖 건너편 정부합동청사 등 정부소유 건물들은 주로 경복궁에 물자를 조달하던 관청 자리이다.

동쪽은 봄이다. 그래서 동문은 건춘문(建春門)이라 지었다. 건춘문으로는 왕족과 궁인들이 드나들었다. 동(東)은 양(陽)이 성하다 하여 경복궁 동쪽구역엔 왕자들을 살게 했다. 물론 성공하진 못했다. 세자궁을 동궁(東宮)이라 부르고 세자를 동궁마마라 부르는 것도 여기서 유래한다.

　북문은 신무문(神武門)이다. 북쪽을 의미하는 현무(玄武)에서 따왔다. 음기(陰氣)가 드세다 하여 평소엔 닫아두던 문이다. 왕이 북문 밖 후원에 나갈 때나 열던 문이다. 신무문은 북문의 운명을 여러 차례 보여줬다. 기묘사화 때 개혁파 조광조를 치기 위해 훈구파들이 난입했던 문이다. 고종이 러시아공사관으로 피신하던 아관파천도 이 문을 통해서였다. 박정희는 김신조 사건 이후 경복궁 북쪽구역에 수도경비사령부 30경비여단을 주둔시켰다. 1979년 12월 12일 전두환, 노태우 등이 '12.12 쿠데타'를 모의하느라 들락거린 곳도 이 신무문이다.

　남문은 바로 광화문이다. 을사보호조약 체결 직후 일제는 조선강점을 위해 남산 언덕에 조선통감부를 설치했다. 그 정신을 이어받기나 하려는 듯 비슷하게 악명 높은 남산 중앙정보부가 그 자리를 차지했다. 한일합방 이후 일제는 광화문 안쪽에 총독부청사를 짓고 시야를 가린다 하여 광화문을 헐었다.

　조선총독의 관저는 신무문 밖 후원에 지었다. 이승만은 조선총독 관저의 이름을 조선왕 후원의 원래 이름인 경무대로 명명했다. 경무대는 조선 왕들이 과거를 열거나 농사짓는 흉내를 내던 곳이다. 박정희는 경무대를 청와대로 바꿨다. 백악관을 의식한 이름이었다.

　경무대 역대 주인들의 말년이 불우한 것을 집터 탓으로 여기는 사람들도 있다. 북문인 신무문 쪽의 음기를 일컫는 것이다. 그러나 비단 음기 탓만이랴. 마음 씀씀이가 곱지 않았던 까닭도 컸던 것이리라. 국민의 기본권을 보완하라고 헌법이 부여한 대통령의 사면권을 고작 총선 의석 몇 석 차원에서 악용하는 마음보를 보노라면 경무대 옛 주인들처럼 그의 말년과 관련한 불길한 예감을 지울 수 없다.

　권영길 대표의 총동원령에 제대로 응한 사람들이 여의도로 몰려들었다. 임수태 경남지부장은 아침에 인터넷에서 대표의 총동원령을 듣자마자 상경하였다. 저녁에 경남도지부 후원회를 주최해야 한다는 박동신 사무처장의 만류에 "돈 몇 푼 걷겠다고 당 대표의 총동원령을 묵살할 수 있느냐"며 오히려 호통을 치고 올라왔다.

　임 지부장은 지금 정세에서 당 대표의 총동원령이 발동된 그 자체를 매우 기뻐했다. 당 대표가 총동원령을 내리면 당원들이 적극 응해야 조직이 산다고 한다. 올라오면서 나양주 거제시 후보와 주대환 마산 합포 후보에게 총동원령에 응할 것을 강권했다. 저녁에 나양주 후보로부터 지금 막 진주 고속도로에 올라섰다는 연락이 왔다. 자정 무렵에나 도착할 터이다.

　천영세 선대위원장이 나서서 나양주 후보에게 동원 면제시키고 돌아가도록 조치하였다.

　오늘은 경기도와 인천시 후보들이 많이 참석하였다. 전북에선 현주억 익산후보와 이금회 전주완산후보가 당원 7명과 함께 총동원령에 응했다.

　구로을의 한 여성당원이 음료수를 수줍게 놓고 간다. 이상훈 서대문을 후보는 생일케이크를 잘랐다. 비트에선 상상할 수 없던 일이다.

　아침 다섯 시 기상하여 대표, 선대위원장과 함께 목욕탕에 갔다.

　섬에서 노숙하니 양기(陽氣)가 치솟는다.

우수(雨水), 비 대신 봄이 흠뻑 내렸다

2월 19일 목요일 맑음

여성전용선거구제와 석패율 제도는 심대한 부상으로 중태에 빠졌다. 한나라당과 열린우리당도 안락사를 작심한 듯하다.

당의 대응이 의미 있는 성과로 이어지고 있다. 시민단체에 이어 총선여성연대, 부산여연 등 여성단체에서도 여성전용선거구제에 대한 부정적 입장을 피력하기 시작했다. 오히려 26명 전원을 여성 비례대표로 하자는 당의 주장은 공동의 대안으로 수용되고 있다. 결국 여성전용구제 파동은 273명으로 묶인 의원정수를 재론하는 효과를 가져오고 있다.

이 과정에서 부산시지부 이칭우 동지의 활약은 주목할 만하다. 그는 초기에 여성전용선거구제를 적극 환영하는 여성계의 분위기에도 불구하고 적극적으로 여성단체를 설득하고 끝내 입장전환을 이끌어 냈다. 적극적인 정치활동의 모범이다. 흔히 중앙당이나 지도부가 하는 일로 치부되기 쉬운 '정치'를 제대로 해낸 '정치인'이다.

김혜경 부대표를 비롯한 여성후보들도 이재오 정개특위장을 면담하고 당의 강력한 항의를 전달했다.

김민웅 목사가 찾아왔다. 한국사회포럼에 참가하고 내일 미국으로 돌아간다 한다. 현실정치에 대한 안목과 분석이 예사롭지 않다. 정동영 체제가 오래가지 못할 것이라 전망한다. 민주노동당에 대한 각별한 애정을 표시한다. 특히 교육정책에 대한 조언은 공약개발단에 전달하여 참고토록 할 예정이다.

아침 기조회의에서 11시 규탄집회를 약식으로 치르도록 조정하였다. 연일 계속되는 집회동원으로 참가자가 적을 것으로 집계되었기 때문이었다. 집회 대신 선전전을 펼치기로 했다.

11시, KBS 카메라를 비롯해 언론들이 갑자기 몰려든다. 집회를 열기로 방침을 바꿨다. 서울시지부에서도 예상외로 많이 참가했다.

13시, 전여농간부들의 입당식이 중앙당사에서 열렸다.

14시, 언론노조 대의원대회에서 30분을 당에 할애했다. 노동자의 정치세력화와 총선에 대해 강연을 하다. 세액공제 제도 도입으로 정치기부금 10만 원까지는 돌려받을 수 있는데 5만 원 내고 5만 원 돌려받는 사람은 이상한 사람 아니냐고 말하니 모두 웃으며 동의한다.

이수호 위원장과 권영길 대표가 축사를 했다.

KBS 노보의 첫 페이지가 '물갈이 아닌 판갈이로 정치개혁'으로 채워져 있다. 신학림 언론노조위원장과 김영삼 KBS 노조위원장은 노보를 대의원들에게 나눠주도록 했다.

김기식 참여연대 사무처장으로부터 전화가 왔다. 시민단체들이 민주노동당에 유리한 제도를 만들기 위해 애쓰는데 당에서 시민단체들에 너무 직격탄을 날리는 것 같다며 걱정을 전한다.

여성전용구제는 폐기되면서 의원 정수를 299명으로 늘리는 협상이 진행되었다. 보수 4당은 지역 13, 비례 13명을 늘리는 합의를 전광석화처럼 이뤄냈다. 이 합의는 민주당에서 14+12를 주장하면서 무산되었다. 지역구를 14석 늘여야 정균환 의원 선거구가 보존된다는 후문이다. 정치관계법 협상은 마침내 곡예국면으로 들어갔다.

18시 촛불집회는 날로 참가열기가 고조되고 있다. 당 대표단 전원, 이문옥 고문, 최규엽 위원장과 많은 후보, 당원들이 참석했다. 진주지구당에서 선발대 10명도 참석했다. 내일 진주에선 버스 8대가 올라온다고 한다.

19시 30분, 전농과 당의 간담회가 개최되었다. 총선준비와 관련한 양측의 보고가 있었다. 전농에선 비례대표 배려에 대한 강력한 주문을 완곡히 표시한다. 현물 당비납부도 주요하게 제기되었다. 농민들의 특수한 수입일정을 고려하여 년 1회 후납제도도 검토를 요청하였다.

전농 간담회 때문에 대구 수성구 후원회에 내려가지 못했다. 진주, 광주에 이어 원망을 키워가고 있다. 고향 동기 모임도 못 갔다. 재정지원은 물거품이 될 공산이다.

그러나 우수(雨水), 비 대신 봄이 흠뻑 내렸다.

민주노동당은 도처에 진주(眞珠)다

2월 20일 금요일 맑음

주한 스페인대사가 권영길 대표를 면담하기 위해 당사를 방문했다. 그는 주한외교사절 중 민주노동당에 대해 가장 큰 관심을 갖고 있다. 재작년 초에도 당사를 방문했고 작년 3월 20일에는 한남동 자신의 집으로 주한 유럽대사들과 함께 권영길 대표를 초대하였다.

이날 권영길 대표는 조찬연설을 통해 미국이 주도하는 이라크 침공을 강력히 규탄하였다. 독일대사는 권 대표의 연설에 공감을 표시했고, 영국대사는 완곡한 표현으로 침공의 정당성을 주장하였다. 영국대사는 말을 끝내자마자 서둘러 자리를 떴다. 방금 미국의 바그다드 폭격이 시작된 것이다. 그는 곧 광화문 영국대사관으로 가서 기자회견을 갖고 이라크 침공을 변명하는 영국정부의 성명을 발표하였다.

10시, 민주노총 민주노동당 정례협의회가 열렸다. 민주노총의 임원진과 정치위원장, 민주노동당의 대표단과 노동실천단장이 참석하였다. 양 조직의 정례협의회는 3년의 역사를 갖고 있지만 기능과 운영에 있어서 안정적인 모델을 찾지 못한 상태이다. 총선이 끝나면 변화된 정치지형 위에서 정례협의회의 구조, 역할, 운영방식에 있어서 새로운 모델을 만들어야 한다.

오늘 정례협의회에선 주로 비례대표 선출방식과 세액공제 제도에 대해 문제의식을 교환하였다. 비례대표 선출에 당원 아닌 조합원들이 참여할 수 없는 점, 노동할당, 농민할당 등 부문할당이 이뤄지지 않는 점, 민주노총 후보를 추천하는 방식 등이 향후 재론되어야 한다는 의견이 있었다. 이번 경우 등록한 후보 중에서 적절한 절차를 거쳐 민주노총 추천후보를 선정하겠다고 한다.

13시 중앙위원결의대회는 전농, 전여농의 사면복권 촉구 기자회견으로 시작하였다. 강병기 후보의 규탄사가 감동적으로 울려 퍼졌다.

중앙위원회는 15시가 넘어서야 시작되었다. 제1차 중앙위원회의 쟁점은 세 가지였다.

가장 관심을 크게 모았던 비례대표후보 선출방식은 의외로 긴 토론 없이 통과되었다. 사전토론이 충분했기 때문은 아니다. 민감한 문제여서 토론하기 불편한 점도 일부 반영되었을 것이다.

신거제도에 있어서 가장 중요한 것은 민의가 왜곡 없이 최대한 반영되는가 하는 점이다. 민주노동당이 다수대표제를 반대하고 독일식 등 완전비례대표제를 주장하는 것도 마찬가지 이유에서이다.

각국 선거제도의 변천사 역시 이 문제의식을 중심으로 이뤄져왔다. 그래서 선거제도의 제정이나 개정에는 정치가보다 수학자 등 자연과학자들이 주도적 역할을 해왔다.

민의를 반영하는 것보다 정치적 목적이나 의도가 더 크게 작용하는 나쁜 사례는 최근까지도 발견된다. 영국 노동당의 주류가 좌파 정치인 캔 리빙스턴을 노동당의 런던시장 후보로 선출되지 못하게 하기 위해 당내 선출규정을 고친 것도 대표적인 사례이다.

비례대표 선출규정에 관한 최근의 논의는 전체 당원들의 의사를 어떻게, 과학적으로 잘 반영시킬 것인가 하는 점보다 비례대표 명부를 어떤 내용으로 채울 것인가 하는 목적의식이 지배적으로 작용하였다. 중앙위원들이 토론 없는 표결을 선호했던 배경이다.

국회의원단의 운영과 지원에 관한 건은 차기 중앙위원회로 유보되었다. 이 안의 핵심적 내용은 당직공직 겸직 금지와 국회의원의 조직복속을 강제하는 원칙이다. 당직공직 겸직 금지는 당발전특위 논의과정에서도 찬반이 치열하게 비등했던 사안이다.

중앙위원의 다수는 이번 중앙위원회에서 이 토론을 재연하고 결정짓는 것을 거부하였다. 이에 따라 국회의원 보좌관 임명권 등 의원단 운영조항들도 함께 유보되었다. 민주노동당 의원단의 운영과 역할상의 차별성을 부각시키는 것은 이제 선거대책위원회의 과제로 넘겨졌다.

이번 중앙위원회의 논의와 결정을 도덕적·윤리적 당위를 잣대로 평가하는 것은 안이한 접근이다. 어떤 정치적 판단이 우세하였는지, 어떤 노력이 부족했는지를 우선 평가하는 것이 중요하다.

조직은 모순이다. 모순을 지양하는 것은 과학이지 감성이 아니다.

중앙위가 끝나자 강원도지부장 김진주 후보의 후원회원들이 조용히 모였다. 지난해 김진주 지부장의 어려운 처지가 알려지면서 모이기 시작했단다. 우연히 합류했다. 꽃다발 두 개가 수줍게 놓여 있다. 왜 알리지 않았냐고 물으니 빙긋이 웃는다.

김진주 지부장이나 후원회원들이나 똑같은 사람들이다. 후원회를 열면서도 광고하길 쑥스러워하는 사람들이다. 후원회만큼은 제발 김 지부장을 닮지 말라고 당부했다.

민주노동당은 도처에 진주(眞珠)다.

늦은 밤 급한 전갈이다. 어머님이 다시 병원 응급실로 실려갔다고 한다.

1년 만에 KBS 심야토론에 나가게 되었다

2월 21일 토요일 비

연이는 집회투쟁, 철야농성으로 조직의 피로도가 눈에 띄게 나타난다. 전날의 중앙위원회 결과도 정신적 피로도를 높이고 있다. 빈 자리가 많다.

김상희 여연대표의 제안을 수용하기 어렵게 됐다. 지금 상태에서 내일 일요일 단독집회를 개최하고 사람을 동원하는 것은 불가능하다.

지난 19일 김혜경 부대표 등 민주노동당 여성인사들은 이재오 정개특위장을 면담했다. 김 부대표는 이 자리에서 여성전용선거구제를 비판하고 비례대표를 여성으로 확대하라고 요구했다.

이재오 특위장은 이에 대해 "여성전용선거구제를 3당이 합의한 것은 여성계의 거센 요구에 대한 립서비스 차원의 대응이었다. 제대로 시행할 뜻이 없다"고 해명했다.

이 특위장의 구술내용은 동석한 김배곤 부대변인에 의해 기록되었다. 대변인실은 이 발언록을 언론에 공개하였다. 여성계는 이재오 의원실로 몰려갔다.

이의원은 사실을 부인하며 해명했다. "민주노동당 김혜경 부대표가 립서비스 차원이었냐고 물어서 그렇다고 대답했을 뿐이다."

총선연대, 총선여성연대, 정치개혁연대 등 시민단체연합체는 오는 23일 의원정수, 비례대표 확대를 내걸고 한나라당사 앞에서 공동집회를 갖자고 제안해 왔다. 당은 이를 받아들였다. 김상희 여연대표는 민주노동당의 강도 높은 대응을 주문하면서 22일 단독집회를 제안한 것이다.

울산 북구 조승수 후보가 인사차 찾아왔다. 선거 이전에 중앙당에 다시 오기 어려울 것 같다고 한다. 점심을 함께하며 마지막까지 긴장을 늦추지 말 것을 당부했다. 현대자동차 하부영 동지가 합류했다니 적잖이 안심이다.

1년 만에 KBS 심야토론에 나가게 되었다. '노무현 정부 1년 평가.' 몹시 부담스런 주제이다.

각 당들이 나와 집권여당을 주제로 하는 이런 토론은 전선이 세 개이다. 한나라당, 민주당 대 열우당. 민주노동당 대 한나라당, 민주당. 민주노동낭 대 얼우당.

세 개의 전선 중 주 전선은 첫 번째 것이다. 여기서 발언 횟수와 시간의 대부분을 차지하게 되어 있다. 두 번째와 세 번째 전선은 주로 민주노동당의 일방적 싸움걸기로 이뤄진다. 민주노동당은 가장 적은 발언시간을 갖고 야당과 여당 두 전선에서 공세를 펴야 한다. 물론 여당에 대한 공세가 더 우선적이다. 주먹은 여당에게, 발길질은 야당에게가 기본이다.

그런데 주전선에서 여당이 승리하는 상황이면 승승장구하는 여당을 상대하기가 쉽지 않다. 특히 야당 측에서 시원찮은 토론자가 나올 경우 주전선에서 여당은 쉽게 승자가 된다. 따라서 이런 토론에선 야당에서 센 사람이 나와야 민주노동당이 여당을 상대하기 유리하다. 여, 야당에서 비슷하게 센 사람들이 나와서 팽팽하면 더욱 유리하다.

지금 야당은 쑥대밭이다. 센 놈들은 감옥에 가 있거나 몸을 사리고 있다. 전쟁터엔 주로 2진이나 3진이 나온다. 오늘 토론에 여당은 1진, 야당은 3진이 나온다. 민주당 1진인 설훈 의원은 막판에 도망갔다.

정책위원회에는 송태경 박사만 나와 있다. 나머지는 모두 '피로회복' 중이다. 다른 상근자들도 토론준비를 도와줄 상태가 아니다.

21시 30분, KBS에 도착하니 정관용 사회자가 반갑게 맞이한다. 그는 90년대 초반 독자정당론을 주창하는 이론가 중 한 사람이었다. 그 후 강산이 여러 번 바뀌었다.

봄비가 제법 많이 내린다.

최병렬 대표의 실각이 임박했다

2월 22일 일요일 비온 후 갬

새벽 1시. 토론을 끝내고 나오는데 유시민 의원이 섭섭하다는 얘길 한다. 자신은 민주노동당을 치켜세우기까지 했는데 왜 공격하냐는 얘기다. 실제 그는 토론 중에도 민주노동당의 열우당에 대한 비판에 매우 민감해했다. 열우당도 개혁대상이라 지적하자 시청자들에게 안 들리게 "실례되는 말씀"이라 옆에서 말한다.

토론이 끝나고 집으로 오는데 심상정 중앙위원으로부터 전화가 왔다. 다른 나라의 석패율 제도에 대해 묻는다. 일요일 아침방송 '이슈 앤 이슈' 출연 준비 중이다.

최병렬 한나라당 대표의 실각이 임박했다. 재임기간 8개월. 이미 예견한 바 있었지만 '최병렬 현상'은 예외적인 사건이 아니라 포스트 3김 시대의 특징 중 하나이다. 이러한 현상은 2002년 대선을 앞둔 민주당과 한나라당에서부터 이미 벌어지기 시작한 것이다.

민주당의 대선후보 예비경선은 무엇보다 한국 보수정치의 역사가 새로운 단계로 진입하였음을 보여주고 있다. 영남과 호남을 볼모로 한 지역패권구도가 무너지고 있으며, 지역패권에 기반한 보스 정치세력이 와해되고 있음을 말해주고 있다.

상도동계는 이미 산개하였으며 동교동계마저 이인제, 한화갑, 노무현 지지로 사분오열되고 있다. 이른바 3김이라는 카리스마적 보스를 정점으로 하는 지역할거 세력의 대결구도가 해체되고 있는 것이다.

그리하여 거대지역에 기반한 세력대결 양상은 소지역, 소집단에 기초한 군웅할거로, 지역패권이 본질인 카리스마정치는 탈지역의 이미지정치로 변화하고 있다.

이제 김영삼당, 김대중당은 존재하지 않으며 한나라당도 이미 이회창당이 아니다. 지지율 급상승이라는 돌풍이 불 수 있고, 빌라문제 하나로 급추락이 가능하며, 97년에 참신했던 이미지가 5년 후엔 이미 낡은 이미지로 전락하는 것도 이 시기의 특징이다.

2002년 대선의 대결구도와 힘 관계가 마지막까지 변화에 혼미를 거듭할 것으로 예상되는 것도 이 때문이다.

- 2002년 3월 《노동과 세계》 기고문 중

대선 이후 이같은 최병렬 현상은 식물정당인 자민련을 제외한 모든 보수정당에서 공통적으로 나타나는 일상적인 특성으로 자리잡고 있다.

어머님을 서울집으로 모셨다.

세액공제 팸플릿도 준비 중이다

2월 23일 월요일 맑음

전교조 대의원대회에 참석하여 축사를 하다.

부대표들 일정이 나지 않아 대신 참석하기로 되어 있었다. 어젯밤 노동실천단 오현아 부장에게 연락하여 반드시 가야 하냐며 물었다. 개최장소가 충남 병천인데 월요일 오전부터 지방 다녀오는 것이 업무상 몹시 부담스러웠다. 전교조 대의원대회에서 당을 초청한 것은 처음 있는 일이라며 오현아 부장은 강력히 참석을 지시한다.

전교조 대의원대회장 안팎에는 총선승리 결의와 민주노동당 지지를 나타내는 대형 플래카드가 힘차게 붙어 있다. 축하하러 갔지만 격려를 받고 돌아왔다.

충남지역 대의원들은 "이대로 가면 이용길 후보가 그냥 당선될 것 같아요"라며 자신만만해한다.

조직실장은 세액공제 기부금 목표를 최소 1만 5천 명으로 잡으면서 대대적인 캠페인을 위해서도 당의 각 지구당들이 지역연고를 통한 수공업적 모금방식을 지양해야 한다며 주문한다.

상경하는 길에 라디오뉴스로 권영길 대표의 관훈토론회 소식을 들다. 보도내용은 명쾌하고 깔끔했다. 비중 있는 토론회인데 성공한 것 같다.

이날 토론회에서 "비정규직을 정규직으로 전환하겠다"는 대표의 발언은 '비정규직 (차별) 철폐'라는 그간의 구호에 비해 대안적 성격이 강하고 총선을 앞둔 정치세력으로서의 결의와 책임감이 느껴져 가슴에 와 닿았다.

중앙선대본 전체회의에서 현대중공업 박일수 열사 대응방침을 포함한 현안을 다루었다.

비례대표후보를 최대한 많이 내야 한다는 중앙위원회의 결정을 집행하는 문제를 토의했다. 당에서 출마를 권고해서 입후보하는 경우의 기탁금 부담문제는 선대위회의에서 판단해서 다시 논의하기로 했다. 현재까지 비례대표후보의 기탁금과 관련하여 결정된 내용은 입후보 당사자가 후원금을 조직하여 납부하되 선거 후 반환하지 않고 조직에 귀속시키는 것이었다. 그리고 이 재원은 선거 후 중앙위원회의 결의를 거쳐 열악한 지구당에게 나누어 교부하기로 되어 있다.

권영길 대표께서 창원으로 내려가기 전 당의 총선 정책, 공약 발표 프로그램에 대해 의견을 제출하였다.

홍우철 도봉갑 후보로부터 항의전화가 왔다. 노(老)당원의 권유로 오전 관훈토론회에 갔는데 당직자로부터 출입 금지당했다는 것이다. 지금부터 이러니 나중에 당 국회의원은 제대로 만나기나 하겠느냐며 강력히 문제제기한다. 대변인실로부터 사정을 들어보니 당에 할애된 좌석이 모두 차서 더 이상의 입장이 불가능했다고 한다.

현장에서 사정을 잘 설명하거나 융통성을 발휘하여 좌석을 하나 더 만들 수도 있었던 것이다. 아직 우리에겐 필요한 만큼 여유가 없다.

홍보대사 팸플릿을 검토하였다.

세액공제 팸플릿도 준비 중이다.

늦은 밤 아내로부터 호출이 왔다. 어머님이 위독하여 119를 부르겠다고 한다. 일을 끝내고 바로 병원으로 가겠다고 했다.

종일 병원 응급실에서 대기하다

2월 24일 화요일 맑음

병원 응급실 중환자실에서 뜬눈으로 밤을 새웠다.

오후에 언론노조 박강호 부위원장으로부터 연락이 왔다. 공공연맹에서 총선후보들에 대한 TV토론 교육 요청이 왔는데 당에서 일괄해서 처리하는 것이 더 낫지 않겠냐는 제안이다. 박 부위원장은 내친 김에 각 선거구에서 시의회, 구의회 등 기초응회 회의록을 일독하면 평소 알기 어려운 지역현안에 대해 소상히 파악할 수 있다며 다른 지역도 그렇게 하도록 알려주라고 한다. 그는 이미 자신이 속한 지구당에서 그렇게 하고 있는 것이다.

KBS에서 일요진단 출연제안이 왔다. 이번 일요일 오전 각 당의 공천심사위원장 혹은 원내총무들이 참석한다고 한다.

종일 병원 응급실에서 대기하였다.

이재오 한나라당 의원으로부터 전화가 왔다

2월 25일 수요일 흐림

기획조정회의에서 27일 예정된 국회본회의 문제를 논의했다. 정치개혁연대 등 시민단체들에게 당과 시민단체들의 보수 3당 순회 규탄대회 안을 제안키로 했다.

3월 초반의 정책이슈사업과 홍보대사 등 주요현안 추진계획을 금주 안에 마무리짓도록 했다.

녹색사민당에서 양당의 사무총장과 대협위원장 연석회의를 갖자고 제안해 왔다. 우선 대협위원장들끼리 만나서 사전 협의하도록 수정 제안하기로 했다.

KBS 일요진단 출연자에 대해 논의했다. KBS는 다른 당 출연자와 격을 맞추기 위해 일정 직급 이상을 요구한다. 천영세 선대위원장과 논의하기로 했다.

이재오 한나라당 의원으로부터 전화가 왔다. 정치개혁특위 활동 시한이 끝나 자신은 지금 정개특위장이 아닌데 왜 자신의 지구당사 앞에서 민주노동당이 규탄 집회를 하느냐는 것이다. 자신은 민주노동당에게 조금이라도 도움되는 방향으로 정개특위를 이끌어왔는데 이러면 곤란하지 않느냐는 것이다.

이재오 의원은 은평을이며 민주노동당의 정태연 후보가 있는 곳이다. 정태연 후보는 후보선출대회에서 민중당 시절 자신은 안산지구당 사무국장이었다며 이재오 의원과의 악연을 투쟁으로 돌파하겠다고 다짐한 바 있다.

전국농업협동조합 임성주 위원장으로부터 연락이 왔다. 전농과 농협노조 간의 갈등을 해소하는 데 당이 나서달라는 것이다. 내일 중앙당을 방문하겠다고 한다.

정치적 단결의 첫걸음은 노동자가
노동자임을 시인하는 커밍아웃

2월 26일 목요일 맑음

전빈련 김흥현 의장 등 지도부가 중앙당을 방문했다. 비례대표후보와 관련한 의견을 당에 전달하였다.

10시로 예정되었던 보수3당 순회 규탄투쟁은 취소되었다. 금쪽같은 시간을 내어 참석한 민동원 양천을 후보를 비롯한 몇 후보들에게 중앙당은 양치기 소년이 되어가고 있다.

이날 서울시지부는 같은 시각에 4개의 집회에 나가야 했기 때문에 참석한 사람이 너무 적었다. 시민단체들도 정치제도개혁에 대한 피로도가 매우 높다. 낙천낙선운동에나 전력하겠다고 한다.

11시 전국농협노조 임성주 위원장이 당사를 방문했다. 지금 강원도 신북농협에선 농민과 노동자들의 갈등이 물리적 충돌로 비화되고 있다. 농민회에선 농민들의 삶이 도탄에 빠져 있는데 농민들이 출자해서 만든 농협에 고용된 노동자들은 부당하게 높은 임금과 처우를 받고 있다고 주장한다.

농협노조에선 그것은 근본적으로 농정파탄에서 비롯된 일이며 책임을 피고용인인 노동자들에게 물어선 안 된다는 인식이다. 특히 농민회가 나서서 노동조합 무용론을 주장하고, 인사위원회에 노동조합 배제를 요구하고 인건비 절감을 이유로 고용조정, 복지수당 축소 등을 추진하는 것은 노동운동에 대한 탄압에 다름 아니라는 것이다.

해당 농민회와 노조에 각각 민주노동당 당원들이 있으나 이들은 물리적 충돌과 적대적 대립의 당사자일 뿐이다. 민주노총과 전농 사이에서도 이 문제가 원만하게 해결되고 있지 않다. 당이 아니면 누가 해결할 것인가? 총선 전야이긴 하지만 당이 이 문제를 외면할 수 없다.

14시 30분, 전교조 사립학교 북부지회에서 총선관련 강의를 하다. 북부지회 교육은 2년 만이다. 전교조 서울지부 유승준 지부장은 며칠 전 서울지부 내 교사 당원 60여 명이 모여 총선투쟁에 앞장설 것을 결의하였다고 한다.

노동자의 정치적 단결을 특히 강조하였다. 정치적 단결의 첫걸음은 노동자가 노동자임을 시인하는 커밍아웃으로부터 시작해야 한다고 말했다. 스스로 노동자임을 만천하에 공개하는 절차가 바로 민주노동당 입당원서를 작성하는 것임을 강조했다. 곳곳에서 전교조의 분위기가 적극적으로 발전하고 있음을 체감할 수 있다.

정치개혁안은 마지막 벼랑 끝 전술이 충돌하고 있다. 지역구와 비례대표를 각각 13인씩 늘리는 13+13안은 민주당에 의해 거부되었다. 민주당의 수정안 14+12안은 열우당이 적극 반대함으로써 합의가 무산되었다. 그러자 민주당은 지역구만 14석 늘리는 안을 제출하였고 열우당은 지역구, 비례대표 모두 동결하는 안을 제출하였다.

이해하기 힘든 것은 열우당의 태도이다. 지역구를 한 석 더 추가하는 것을 택하느니 비례대표 증원 자체를 포기하겠다는 태도를 이해할 수 없다. 민주당의 태도를 바꾸기 위한 벼랑 끝 전술이 아니라면 속마음이 딴 데 있다는 증거이다.

김근태 원내대표는 민주노동당의 항의에 대해 한나라당이 14+2를 제안하면 투표에서 찬성할 수 있으나 열우당이 그것을 제안할 수는 없다고 한다. 즉시 한나라당 이재오 의원에게 연락하니 열우당이 14+2를 제안하면 받겠다고 한다. 겉으론 양 당이 모두 의원정수 늘리기의 총대를 메지 않겠다는 것이다.

물론 속은 알 수 없다.

저녁에 강서을 지구당 당원의 날 행사에 갔다. 인사말을 통해 저간의 사정을 설명하고 양해를 구하였다. 처음 예상과 달리 4.15선거 마지막까지 중앙당 선대본부장을 맡지 않을 수 없는 사정을 설명하였다.

선대본부장을 맡으면서 강서을에 출마할 경우 선거운동기간 중에도 대부분의 시간을 중앙당에서 정당득표운동 지휘에 쏟아 부어야만 하고 강서을에선 후보를 앞장세우지 않는 선거운동을 할 수밖에 없는 문제점도 설명하였다. 강서을에서 다른 후보가 나서서 열심히 선거운동을 할 경우 더 좋은 성과가 나올 수 있는데 이를 원천 봉쇄하는 것도 공조직에서 취할 수 없는 길이라는 것도 말했다.

강서을 지구당 운영위원회가 이런 사정을 이해하고 현 위원장은 중앙당 선대본부장 일에 전념하게 한다는 결정을 내려준 것은 조직 전체의 이익을 우선시하는 것으로서 고맙게 생각한다고 말했다.

다른 후보를 물색한다는 운영위원회의 결정에 따라 그간의 접촉결과를 설명하였다. 지역구 내 연관 사업장 종사자들이 많아 상당한 득표가 예상되는 한 간부는 흔쾌히 출마의사를 굳혔음에도 노조 내부 사정으로 부득이하게 포기한 사정을 설명했다. 서울시 지구당들에서 최고참 사무국장으로 강서을에서 두 번의 출마경험을 갖고 있는 김단성 동지가 후보를 수락한 데 대해서도 감사를 표시했다.

김단성 동지는 자신이 결코 대타가 아님을 강조했다. 두 번의 출마경험에다 8년에 걸쳐 지역 주민모임을 끌어온 그는 TV에 많이 나온 열우당 김성호 의원이 구청장 출신인 노현송 후보에게 당내 경선에서 패배한 사실을 예로 들었다. 그러면서 방송출연을 통해 많이 알려진 현 위원장보다 지역 바닥을 쓸어온 자신이 더 많은 득표를 할 수 있다고 당당하게 말했다. 자신의 거취문제는 영등포갑에 출마하는 홍승하 위원장과 오래 전부터 고민해왔으며 홍 위원장이 자신의 결단을 흔쾌히 수용했다고 밝혔다.

김단성 동지의 발언은 많은 사람들에게 새로운 인식을 갖게 했다. 만일 내가 강서을에서 출마를 했다면 김단성 동지가 저런 생각을 갖고 있는지도 몰랐을 것이다.

비단 강서을 후보만이 아니다. 하나의 자리를 차지하고 있는 것은 그 자리의 주인이 될 다음 사람들을 그만큼 기다리게 하는 것이다. 그것을 알고 무겁게 느끼면서 그 자리에 앉아 있어야 한다.

이덕우 인권위원장으로부터 밤늦게 전화가 왔다. 입원 중인 어머님의 병세를 묻고 걱정을 함께한다. 그는 늘 온 세상의 아픔에 동참하려 노력하는 사람이다. 그의 운동은 공($公$)과 사($私$)가 늘 통일되어 있다.

　낮에도 캄캄하고 밤에도 밝은 나날이다. 한밤에 잠깐 흰눈이 내렸다.

낮에도 캄캄하고 밤에도 밝은 나날이다. 한밤에 잠깐 흰눈이 내렸다.

철학 없는 이미지 정치,
고뇌하지 않는 이벤트 정치

2월 27일 금요일 맑음

10시, 민주당사 앞에서 규탄기자회견을 가졌다.

천영세, 최순영, 김혜경 부대표와 이문옥 고문이 참석하였다. 사회를 본 김종철 대변인은 김단성 강서을 후보를 부부 출마자로 소개하면서 연설을 시켰다.

김단성 동지는 출마를 결심한 후로 눈에 띄게 표정이 밝아지고 자신감에 차 있다. 내가 지역구 출마를 포기하면서 일부의 비판을 받는 것과 별개로 그는 자신의 자리를 찾은 사람처럼 강해지고 있다.

스포츠신문 《스포츠투데이》에 이어 《말》지에서도 부부 출마를 기사화하려 하자 더욱 고무되고 있다.

이덕우 인권위원장으로부터 급한 전갈이다. 김근태 열우당 원내대표가 오늘 국회 본회의에서 지역구 증원 정수만 결정하고 비례대표 수는 3월 2일 본회의에서 결정하겠단다. 실제 본회의에서는 어느새 15석으로 증원한 지역구 수를 민주당 발의로 통과시켰다. 이제 남은 문제는 비례대표 수에 관한 것이다.

민주당은 비례대표 11석 증원을 당론으로 결정해놓고 있다. 열우당은 지역구 수를 늘인 민주당과 한나라당을 비난하면서 비례대표 수를 늘여야 한다고 주장한다. 한나라당은 자신에게 불리한 비례대표 수 증원에 비판적이다.

결국 이해 못할 것은 열우당의 태도이다. 열우당은 13+13을 주장하며 14+12를 반대해왔다. 그런 열우당이 지금은 15+11을 위해 투쟁하겠다고 한다. 비례대표 의석 수가 늘면 유리하다고 평가되어온 열우당이 비례대표 12석은 거부하고 11석을 위해 투쟁하는 꼴이 되었다. 이러한 열우당의 태도에 의혹이 제기되는 것은 당연하다. 자신에게 유리한 비례대표 의석을 한 석이라도 더 늘이는 것보다 더 중요한 목적이 열우당에겐 있는 것이다. 그것은 바로 민주노동당의 의석을 최소화하는 목적이다. 비례대표 의석 확대에 부정적인 한나라당을 내세워 열우당의 목적을 관철시키는 것이다.

열우당과 노무현 정부의 17대 국회운영 전략 차원에서 볼 때 제일 부담되는 것은 한나라당보다 민주노동당일 수 있다. 2007년 대선구도를 생각하면 민주노동당의 약진은 더욱 경계대상이다. 민주노동당의 5인을 끝내 사면복권시키지 않는 것을 보더라도 진실은 명확하다.

열우당이 아직 모르고 있는 것은 민주노동당이다. 비례대표 의석이 줄어든다고 민주노동당의 거센 도전이 멈추는 것이 아니다. 국회의원이 몇 명이냐에 따라 민주노동당의 약진이 움츠러드는 것이 아니다.

열우당이 무슨 수를 쓰더라도 민주노동당이 2007년 대선에서 500만 표 이상의 득표를 하고 노무현 정부가 어떻게 방해하더라도 2008년 총선에서 제1야당이 되는 것을 막을 수는 없다. 열우당의 불행은 민주노동당이 어떤 당인지 잘 모른다는 사실로부터 시작되고 있다.

농협노조문제로 김광호 원주시 후보가 전화를 하였다. 투쟁과 실천에 있어서 김광호 후보의 원칙적 자세는 당내에서도 이름 높지만 이 문제를 대하는 관점 역시 마찬가지이다.

KBS 일요진단은 다른 당 출연자가 대폭 바뀌면서 천영세 선대위원장이 출연하지 않는 것이 좋겠다는 의사를 전해왔다. 선대위원장에게 최규엽 금천구 후보를 추천하였다. 대변인은 최규엽, 이상현 두 후보를 추천하겠다고 한다. 그렇게 하라고 했다.

.

18시,《숨겨진 한국여성의 역사》출판기념회에 가다.

YH노조 지부장이었던 최순영 대표, 동일방직의 이총각 선배, 원풍모방의 박순희 선배, 전남제사노조의 정향자 선배 등이 반갑게 맞이한다. 처갓집 경사에 온 기분이다.

19시 30분,《브레이크뉴스》창간 5주년 기념식에 참석하다. 온라인 사람들을 오프라인에서 집단적으로 만날 때마다 각별한 인상과 흥미에 젖게 된다. 신학림 언론노조위원장과 MBC 최상익 PD, KBS 노조 식구들이 와 있다.

정치인이라고 한나라당의 박진 의원, 민주당의 김민석 전 의원, 열우당의 김부겸 의원 자리에 합석시킨다. 김민석 전 의원은 영등포갑 공천 사실을 "밥 먹다가 들었다"고 한다. 김부겸 의원은 후보조정으로 아직 공천받지 못한 것이 불만인 듯 "한나라당에서 돌아오라고 한다"며 웃는다. 망하는 당 가지 말고 민주노동당으로 오라고 하니 자신은 때가 묻어서 안 된다고 한다. 민주노동당에는 대형세탁기가 있어서 괜찮다고 하니 더 이상 말이 없다.

1980년 봄, 5.17쿠데타가 일어나기 전까지 서울의 봄은 뜨거웠다.

곳곳에서 집회와 시위가 있었다. 이때 발군의 연설로 부각된 사람이 바로 박홍 서강대 교수와 학생 김부겸이다. 육두문자까지 섞은 특유의 대중연설로 인기를 모은 두 사람은 그 후 '서울의 봄'과 멀어졌다. 한 사람은 겨울로 또 한 사람은 가을로.

정치인들을 불러 세우고 축사를 시킨다. 주최 측의 잔칫날이니 마다할 수 없다.

"우리나라 뉴스엔 두 종류가 있다. 브레이크 뉴스와 브로큰 뉴스가 그것이다. 우리나라 정당에도 두 종류가 있다. 브레이크 파티와 브로큰 파티가 그것이다.

지금 이미지 정치, 이벤트 정치가 난무하고 있다. 철학 없는 이미지 정치, 고뇌하지 않는 이벤트 정치에 브레이크를 거는 뉴스가 되어 달라. 다들 배고플 때, 나부터 허겁지겁 먹기보다 배고픔의 근원을 생각해볼 줄 아는 뉴스, 내가 몹시 아플 때라도, 주위에 혹시 아픈 사람들이 없나 살펴볼 줄 아는 뉴스가 되어 달라."

한밤중에 대변인으로부터 연락이 왔다. 내일 KBS 심야토론 주제가 갑자기 바뀌는 바람에 민주노동당에 출연요청이 왔다는 것이다. 주제는 국회의원의 불체포 특권. 전문가가 나갈 수밖에 없다. 아침에 선대위원장과 의논해서 정해야 한다.

직업적으로 운동하지 않는 사람과 얘기해보면
의견일치의 면적이 훨씬 넓다

2월 28일 토요일 가끔 비

천영세 선대위원장과 의논하여 오늘 KBS 심야토론엔 이덕우 인권위원장이 출연키로 하였다.

여성비례대표 입후보자가 적은 사태에 대한 대책을 선대위원장과 의논하였다. 각 지역과 부문에 출마를 독려하되 특히 여성후보 만들기에 적극 나서기로 했다.

전기환 전농 정치위원장으로부터 급한 연락이 왔다. 전농에서 비례대표후보를 물색하는 일이 난항을 겪고 있다. 추천된 인사들이 사면복권문제 등으로 여의치 않게 되었다고 한다.

현재의 임원들은 2차 입당을 위해 당적취득을 보류하고 있었는데, 이들 아직 입당하지 않은 간부 중에서 한 사람이 입후보할 수밖에 없게 되어 당헌, 당규 상의 문제가 없는지 문의한다. 당원이 아닌 사람은 중앙위 인준을 받을 경우 피선거권을 갖게 되며 그 후 당내 선출절차에 임하면 된다. 지난 중앙위원회는 이 인준권을 중앙당 선거대책위원회에 위임하였기 때문에 선대위에서 결정하겠다고 말했다.

최근 학생위원회 내부선거 파행과 관련하여 문제를 제기한 학생당

원들이 찾아왔다. 학생위원회 운영위원회가 선거공고를 한 뒤 선거일
정 진행 중에 다시 운영위원회를 열어 선거 자체를 연기시키는 것은
상식 밖의 일이다. 그것이 불가피했다면 그것을 예견하지 못한 정치적
무능이 지적되어야 할 것이다. 사태를 수습하는 데 조직실이 나서도록
했다.

단병호 동지가 비례대표후보 접수를 위해 당사를 방문했다. 중앙당
에 후보 접수창구가 따로 마련된 것을 오늘 알게 되었다.

기획조정회의에서 3월 초부터 시작될 정책활동에 대해 논의했다.
비례대표후보 선출에 당내 관심이 집중되는 것은 불가피한 일이지만
이 중요한 시기에 당 전체가 이 선거에 매몰되지 않도록 적극적인 당
활동을 만들어내야 한다.

3월 1일 정치개혁투쟁안을 검토하였다.

김해근 인터넷위원장이 전반적인 인터넷사업 추진현황에 대해 보
고하였다. 비례대표선거에 인터넷투표를 적용하는 방식은 한국정당사
에서 가장 선진적인 전자민주주의 사례가 될 것이라고 한다.

초저녁에 심은수 당원이 김장민 당원과 함께 방문하였다. 심은수
당원은 미국 동부에서 밥벌이와 공부를 병행하는 공학도이다. 미국에
있는 원시당원과 비슷한 분위기다. 소박하고 맑은 사람이다.

짧은 면담시간 동안 당의 관료주의와 민주주의에 대해 인터넷의 역
할과 광장매체에 관련한 많은 얘길 나누었다. 항상 느끼는 점이지만
직업적으로 운동하지 않는 사람과 얘기해보면 의견일치의 면적이 훨
씬 넓다. 출국 전 다시 한 번 보기로 했다.

여성후보가 절대 부족하다

2월 29일 일요일 맑음

민생보호단에서 주최하는 '신용불량자 권리선언' 행사에 참석하다. 행사 17분에 급히 참석하라고 연락이 왔다. 신용불량자 등록증 모형을 풍선에 달아 날려 보내는 장면도 연출되었다. 나 역시 최근까지 신용불량자였고 가압류 등 채권추심을 당한 사람으로서 동지애를 느끼며 풍선을 날려 보냈다.

여성후보가 절대 부족하다. 선대위원장과 이 문제를 의논하였다. 내일 아침까지 노력하되 안 되면 비상수단을 강구키로 했다.

전기환 전농 정치위원장으로부터 연락이 왔다. 전농 상무위원회에선 강기갑 전농부의장을 전농추천 비례대표후보로 정했다고 한다. 인준을 요청하는 공문을 보내겠다고 한다.

엊그제 출판기념회에서 구입한 《숨겨진 한국여성의 역사》를 읽었다. 70년대 민주노조운동의 대표적인 인물인 이총각, 최순영, 박순희, 이철순, 정향자 다섯 사람과 그들의 투쟁에 대한 책이다. 일종의 구술사(oral history)이다. 이들과 이들의 투쟁이 벌써 숨겨지고, 잊혀진 역사가 되었다니 안타까울 뿐이다.

박정희만 가지고는 그 시대를 알 수 없다. 박정희와 전태일을 함께 보아야 60년대와 70년대의 한국사회를 알 수 있다.

마찬가지이다. 유동우의 〈어느 돌멩이의 외침〉, 석정남의 〈공장의 불빛〉, 장남수의 〈빼앗긴 일터〉, 송효순의 〈서울로 가는 길〉, 민종숙의 〈인간시장〉, 이경민의 〈광산촌〉.

이들의 삶과 투쟁과 인간적 애환을 느끼지 않고는 한국의 70년대와 80년대를 알 수 없다. 경공업에서 중화학공업으로 발전하는 한국독점자본의 축적과정을 알 수 없다. 한국노동자계급의 형성과 수탈의 역사를 알 수 없다. 1300만 노동자의 단결의 구심이라는 민주노총의 뿌리를 알 수 없다. 일하는 사람의 희망이라는 민주노동당의 근원을 알 수 없다.

200년 전의 어느 판관부인이 명승고적을 둘러보며 쓴 수필 〈의유당 일기〉가 교과서에 실리고 대학입시에도 출제되는데, 불과 30여 년 전 우리 민중들의 고통과 희망을 절절히 담아낸 주옥같은 보고문학들은 민중운동에서도 잊혀지고 민중들에겐 숨겨진 역사와 문학이 되고 있다.

음악도 마찬가지이다. 한국음악사의 불멸의 작품인 김민기의 악극 〈공장의 불빛〉을 듣는 사람은 없다. 노동운동도 이 음악을 잊고 지낸다. 노동운동가들도 노래방에선 '지배적인 음악'만 부른다.

민중미술은 더욱 비참하다. 80년 광주 이후 투쟁과 삶의 현장에서 찍어냈던 민중판화 작품은 개인 작가의 작품만 겨우 구경할 수 있을 뿐이다. 많은 사람들이 높게 평가했던 이름 없는 민중들의 공동작품,

집단 창작물은 챙기는 사람 없이 사라져버렸다.

어느 시대에나 지배계급의 문화가 지배적인 문화가 된다. 그러나 지배계급이 피지배계급을 없앨 수 없듯이 지배적인 문화가 절대적인 문화였던 때는 없었다. 오늘의 피지배계급에게 미래가 있다면 문화도 내일을 준비해야 한다. 그래서 노동의 문화, 농민의 문화, 민중예술은 오늘도 살아 있어야 한다.

당이 해야 할 일이 많다.

삼월

D-Day를 세다

3월 1일부터 5일까지, 3월 15일부터 31일까지

당은 어느새 편의주의적 경향을 자주 보이고 있다

3월 1일 월요일, 맑고 바람 불다

11시, 한나라당사 앞에서 정치관계법 개악 규탄기자회견을 가졌다. 천영세 선대위원장과 최순영 부대표가 규탄발언을 하였다.

국회 본회의를 하루 앞둔 지금 비례대표 의석수는 전적으로 한나라당에게 달려 있다. 한나라당의 손에 칼자루를 쥐어준 것은 열우당이다. 한나라당으로선 비례대표의석 수를 줄이는 것도 악역이고 늘이는 것도 또 다른 악역이다. 열우당이 진정으로 비례대표 의석 확대를 원했다면 칼자루를 한나라당에게만 맡기지 않을 수 있었다. 이 점에서 열우당은 한나라당이 맡을 악역을 특정해놓고 있는 셈이다.

비례대표 후보 등록 마감날인 오늘 중앙선대본은 하루종일 장날 장터 분위기였다. 이미 등록한 후보들은 당사에 와서 동영상 촬영을 시작했고 마감시간에 임박해 몰려든 후보등록으로 법석이다.

선대위 지도부는 여성후보 채우기로 분초를 다투는 소동을 벌였다. 여성의 정치세력화가 왜 중요한지 반증하는 시간이었다. 당사에 출입하는 어느 기자는 민주노동당에서도 여성 부족이라는 현상이 벌어지는 것을 신기하게 받아들였다.

이번 선거가 끝나면 비례대표 선출방식은 냉혹한 평가를 피하기 어려울 것이다. 당의 정체성과 당이 추구하는 가치를 비례대표후보로 표현해내는 일은 사실상 실패했다. 이를 추구하는 것이 당원 직선제라는 근본 전제와 충돌할 수밖에 없다 하더라도 차선의 방법을 만들어냈어야 했다.

당은 어느새 편의주의적 경향을 자주 보이고 있다. 원칙과 과학을 중시하기보다 무사고, 무소음을 선호하는 경우가 많다.

비례대표선거가 끝날 때까지 선대본이 중심을 잘 잡는 것은 대단히 중요하다. 중앙당이 비례대표 선거운동에 함몰된다면 지역에서 열심히 뛰고 있는 당원들에게 찬물을 끼얹는 꼴이 될 것이다. 선대본 간부들에게 이 기간 동안 특히 선대본 본연의 임무에 충실할 것을 각별히 당부하였다.

선거관리 업무와 비례대표선거를 민주노동당의 장점으로 국민들에게 홍보하는 일 외엔 4.15총선 준비에 매진하여야 한다. 3월 전반부는 정책사업, 홍보사업, 세액공제 재정사업을 집중적으로 벌이기로 했다.

내일 창원을에서 선대위 발족식과 사무실 개소식이 있다. 중앙당 지도부가 대거 참석하길 기대하고 있다. 다른 당들은 이런 경우 전국 각지의 후보와 지도부가 집결한다. 민주노동당은 정반대의 문화와 관습에 젖어 있다. 같은 지역에서 다른 지구당 행사가 열려도 인근 지구당위원장이 참석하지 않는 경우가 더 많다. 바쁘기도 하지만 마음의 여유가 없는 것이다.

천영세 선대위원장과 최순영 부대표가 참석키로 했다. 천 선대위원장은 창원만이 아니라 거제 등 경남 일대를 순회할 예정이다.

창원을의 유일한 걱정은 내부 단합이다. 내일 출범하는 선대위는 결국 선대위원장 없는 선대위가 되어버렸다. 선대본부장은 열 명이 넘지만 상임선대본부장은 없다. 2000년에도 창원을 선대본은 바퀴 다섯 개 달린 자동차 같았다.

이번 선거에서 창원을의 중요성은 전당적으로 부여받은 것이다. 게다가 4.15총선이 끝나면 두 달 후에 창원시장과 경남도지사 보궐선거가 있다. 창원 동지들이 전국의 수많은 당원들을 보다 더 의식해야 한다.

이홍우 일산을 후보로부터 재촉이다. MBC 2580에서 변화된 선거운동방식이란 주제로 일산을 이홍우 후보 진영이 벌이는 고봉산 살리기 운동을 소개한다는 것이다. 방송사에선 여기에 잘 알려진 문화예술인 당원이 함께하면 그림이 좋겠다는 것이다. 당연하고 절실한 요청이다. 그러나 중앙당 마음대로 되는 일도 아니다.

지역 선거운동이 불붙으면서 영남벨트론에 대한 문제제기도 날카롭다.

광주 서구 오병윤 후보는 당 대표가 관훈클럽 토론회에서 당선 유망지역을 구체적으로 적시한 데 대해 항의전화를 해왔었다. 예상 밖으로 지역분위기가 좋은데 그러한 당 대표의 발언은 결국 다른 지역은 당선 불가능지역이라 선포하는 것과 같다는 것이다. 분위기가 뜰수록 당선 가능성에 관심이 옮겨지고 그래서 호의적인 유권자들은 당선 여부에 걱정스런 반응인데 여기다 당이 사망선언을 하면 어떻게 하냐는 것이다.

개정 선거법을 돌파하는 방법에 대해 논의하였다. 노동조합의 기부금 금지 조항은 노동조합의 이미 확보된 예산 중 일부를 기부하는 경우로 축소해석될 가능성이 크다. 즉 조합원들로부터 특정 사유를 내걸고 모금하는 것이 예외적으로 허용되도록 싸울 경우에는 가능성도 있다. 개인후원회 금지 조항도 지지자 모임이 자발적으로 후원회를 개최하고 후원금을 모아 후보에게 전달하는 방법을 법률적으로 검토하기로 했다.

다시 3.1절이다. 한국의 3.1절은 반제 민족해방운동차원에서 해석되지 않는다. 그래서 만세운동의 정점에는 늘 유관순 열사가 있을 뿐이다.

열여섯에 만세운동을 주도한 유관순은 열여덟에 옥사하였다. 열여섯에 만세운동에 나선 유관순 열사를 높이 받드는 사람일수록 열여섯은커녕 열여덟에 선거권 행사하는 것도 결사반대한다.

세액공제 후원금 모금 추진계획을 최종 검토했다

3월 2일 화요일 맑음

기획조정회의에서 세액공제 후원금 모금 추진계획을 최종 검토했다. 연간 10만 원 한도 내에서 정치후원금 전액을 세금공제하는 이 제도는 획기적인 것이다. 이른바 소액다수 후원금으로 정치자금을 마련하게 하는 이 제도는 자발적 참여자들의 정당정치를 만들어가는 데도 큰 기여를 할 것이다. 이 제도가 도입될 때 가장 큰 혜택을 받는 것은 민주노동당이다.

민주노총, 전농 등 대중조직과 긴밀히 협의해서 계획을 완성토록 했다. 세액공제와 관련한 1차 홍보물을 즉각 제작하도록 했다. 특히 세액공제 기부금 모금 캠페인을 1인 2표제 문제, 또 이 캠페인을 민주노동당의 핵심정책 실현과 연계시키는 문제를 집중 고민할 것을 주문했다.

정책사업은 아직 마지막 형상을 드러내지 못하고 있다. 일단 3월 8일 100대 공약발표회를 갖기로 했다. 이날 발표된 공약은 당원들의 의견수렴을 거쳐 최종 조율을 거칠 것이다. 3월 중에 약 10회 정도의 정책발표회를 갖고 3대 핵심정책 중심으로 전당적인 캠페인을 벌이기로 했다.

　오후에 열리는 민주노총 정치위원회에 선대본이 참관하기로 했다. 조직, 홍보, 재정 등 제반 실무 사안들을 제안하고 조정하기로 했다.

　18시, 전북 무주에서 열린 대우자동차 서비스본부 노동조합 교육에 참석하다. 두 달 전에 잡힌 일정이라 무리가 따르지만 약속을 지키지 않을 수 없었다. 바로 앞 강의를 마친 백기완 선생과 식사를 함께했다.

　백 선생님은 이북에 있는 누님 얘길 꺼내며 생사라도 알았으면 하신다. 2001년 10월 조선로동당 창건 55돌 기념식에 백 선생님과 함께 초청받아 평양에 갔다. 대동강 물에 손을 담그고 "내가 어떻게 평양엘 다 와" 하며 감격하던 모습이 생생하다. 북측은 평양단고기 집에서 백 선생 누님과의 상봉을 배려하였다. 감격스런 이 자리에서 내가 자청하고 나서 임화의 〈문경새재〉를 불러드렸다.

　그후 누님의 소식을 백 선생은 궁금해하신다. 평양에 가게 되면 꼭 물어봐 달라고 하신다.

　서울로 돌아오는 길에 연신 전화가 온다. 정치관계법이 처리되는 과정을 생중계하듯 알려준다.

　자정이 지나자마자 대변인의 연락이다. 회기 종료로 법안 처리가 무산되었다고 한다. 자신들의 이해관계가 걸린 문제에 대해선 저보다 지독할 수 없다. 이제 6월 이후부터는 저 지독한 무리들과 민주노동당이 직접 대면하고 실랑이를 해야 한다. 끔찍한 일이 아닐 수 없다.

비례대표 여성명부에 입후보한 김수정 동지가 끝내 등록을 취소하였다. 김수정 변호사가 입후보한 것은 당 인권위원회 소속 변호사들의 강권에 의해서였다.

김수정 변호사는 부안 출신으로 그의 부모님은 부안 핵폐기장 반대 주민대책위에서 열심히 투쟁하셨다. '부안의 딸' 인 김수정은 부안 주민대회에 연사로 나서기도 했다. 그래서 최근까지 일부에선 부안 고창 지역구 출마를 강력히 권고하기도 했다. 그가 이를 거부한 것은 "부안 사태를 활용하는 것처럼 보인다"는 것이었다.

그는 여성 법조인이지만 '젊은 강금실' 은 아니다. 강금실이 역사를 구경했다면 그는 역사에 참여했다. 참여방식도 투쟁적이고 실천적이었다. 대학 3학년 때는 민자당 점거사건으로 구속되기도 했다. 93년에는《네 멋대로 살아라》라는 책의 공동집필자로 주목을 모으기도 했다. 지금 그는 열성당원이지만 아직 정치일선에 설 결심을 하지 못했다.

민주노동당에 미래가 있다면 이처럼 아직 안 알려진 보물들이 널려 있기 때문이다.

늦은 밤 《프레시안》에서 폴 스위지의
부음기사를 읽다

3월 3일 수요일 맑음

빈민운동을 해온 이영남 동지가 전노총련 소속 당원들과 함께 중앙당에 항의방문 왔다. 빈민 비례대표후보 등록과 관련해서다.

선대위 지도부는 중앙위원회 결정에 따라 비례대표 후보를 한 명이라도 더 늘리기 위해 많은 애를 썼다. 선대위원장이 전빈련 지도부에게 남녀 빈민후보의 출마를 종용한 것도 이런 취지에서였다.

이영남 위원장 측은 빈민단체 내부의 조율이 잘 안 되자 출마를 포기했고 상대방 측은 당의 요청에 의해 일정한 절차를 밟아 입후보한 것이다. 빈민단체 내부에서 잘 정리되지 않은 문제가 당으로까지 비화된 것이다. 선대위원장이 사정을 설명하고 유감을 표시하였다.

한 농촌지역에서 지구당 창당준비를 하는 당원들이 후보문의를 해왔다. 현역 변호사인데 열우당 공천 내정단계에서 탈락한 사람이라 한다. 선대위의 생각을 묻는다. 선대위원장, 부위원장과 의논하였다.

알지도 못하는 사람을 함부로 평가하긴 어렵다. 그러나 이번 선거에서 열우당 공천과정에 참가한 사람을 영입인사 차원에서 인준할 수는 없다는 결론을 확인했다.

어머니 병원 일로 선대본 전체회의를 천영세 선대위원장이 주재하셨다.

《내일신문》 김형선 기자와 인터뷰하였다. 참한 인상의 정치부 여기자다. 인터뷰를 마친 김 기자는 자신이 그전에 만난 민주노동당 당직자와 달라 당에 대한 인식이 바뀌고 있다고 말한다. 무엇이 다르냐고 물으니 자신이 만났던 당직자는 기자의 질문에 "그런 건 왜 물어요?"라고 했단다.

앞으로도 인터뷰하러 온 기자에게 "그런 건 왜 물어요?" 하고 퉁명스레 반문하는 투박함을 잃지 않는다면 민주노동당은 성공할 것이다.

저녁 7시부터 9시까지 두 시간 동안 기독교방송 '시사자키' 토론이 있었다. 각 당의 총선 집행책임자들을 초청하였다. 한나라당은 고흥길 사무부총장, 민주당은 김성재 총선기획단장, 열우당은 김한길 단장으로 예정되었으나 민병두 수석부단장으로 교체되어 나왔다. 자민련은 유운영 대변인이 나왔다.

라디오 토론이니 점잖게 진행될 줄 알았는데 시작부터 난투극이다. 5분도 채 되지 않아 서로 사과하라고 언성 높인다. 국민들 앞에 고개를 들 처지도 아닌데 희대의 영웅처럼 큰소리다. CBS의 좁은 스튜디오가 동물원 우리처럼 느껴진다.

이러니 점잖고, 상식적이고, 순박한 사람들은 정치권을 꺼려하지 않았는가. 그 정치권에 이제 민주노동당이 들어간다. 타잔이 되어야만 이 동물들을 다룰 수 있다.

늦은 밤《프레시안》에서 폴 스위지의 부음기사를 읽다.

미국 마르크스 정치경제학의 대부인 그는 2월 27일 94세를 일기로 눈을 감았다. 그가 32세에 쓴《자본주의 발달이론(*The Theory of Capitalist Development*)》은 그가 70세가 될 무렵에야 한국의 운동권에게 소개되었다. 한국에서 마르크스의 원전이 영문판, 일어판으로 막 보급되기 시작하던 때였다.

스위지의《자본주의 발달이론》영문판은 평이한 문체에 읽기도 쉬워 금세 퍼져나갔다. 강금실 장관의 남편이었던 김태경 씨가 광화문 논장 서적에서 이 금서를 2천 원씩 받고 팔았다.

폴 스위지의 또 다른 공헌은 월간지《먼쓰리 리뷰》를 창간한 데 있다. 물리학자 아인슈타인이 〈왜 사회주의인가〉라는 글을 기고하여 화제를 모은 것이 바로《먼쓰리 리뷰》창간호에서이다.《먼쓰리 리뷰》는 1949년 매카시의 광풍 속에서 태어나 사회주의의 불모지 미국에서 50년 이상을 버텨왔다. 리오 후버만, 폴 바란 같은 당대의 이론가들이 활약하며 중국혁명, 남미혁명, 종속이론 등 미국 내 사회주의 논쟁의 마당 역할을 해왔다. 발행부수 만 부도 안 되는 사회주의 이론 월간지가 반세기 이상 발간되어온 사실만으로도 동토에서 뜨겁게 살아온 고인을 느낄 수 있다.

삼월 초사흗날 부산에는 올 겨울 첫 눈이 내렸다. 부산에 홀로 계신 아버님께 전화 드린 지도 오래다.

아내에게 줄 붉은 장미를 사기로 한다

3월 4일 목요일, 큰 눈이 오다

10시 30분 동아일보사와 미래전략연구원이 공동주최하는 토론회에 참석했다. 주제와 구성이 독특하다.

첫날 주제는 '보수세력' 으로 한나라당의 박진, 원희룡 의원이 참가했다. 둘째 날은 '개혁세력' 으로 민주당의 설훈, 열우당의 김영춘, 임종석 의원이었다. 마지막 날 주제는 '진보세력의 현주소와 미래', 사민당 장기표 대표와 함께했다. 토론은 이론과 현실과 전략으로 이어졌다. 오랜 선배인데도 이젠 서로 다른 언어를 구사하고 있다. 소통이 쉽지 않고 토론이 엉킨다.

2008년에 제1야당이 될 것이라는 정치적 발언에 토론에 참가한 최태욱 교수는 놀란다. 당이 성장주의에 빠져 있지 않나 걱정하는 기색이다. 실제 당내에서도 당원이 많아지는 것을 두려워하는 당원들이 있다. 성장의 뒷면에 이념의 세속화, 권력의 속류화라는 버섯이 자라지 않을까 염려해서이다.

3월 8일 KTV에서 각 정당의 공천제도를 주제로 한 토론회 참가 요청이 당으로 왔다. 다른 당 출연자들과의 균형을 위해 일정한 직책을 요구한다. 상집 중에서 내보내기로 한다.

3.8 세계 여성의 날을 기념하는 주말 당 행사는 준비부족으로 취소될 것 같다. 많은 문제의식에도 불구하고 창당 이래 제대로 된 3.8절을 민주노동당은 만들어내지 못하고 있다.

한국여성의 여성권한지수(GEM)가 세계 최하위를 기록하는 유엔개발계획(UNDP)의 통계만 문제의 심각성을 말해주는 것이 아니다. 각 나라의 노동운동이 메이데이를 어떻게 기념하는가를 보면 그 나라의 노동운동의 상태와 수준을 알 수 있는 것처럼, 3.8절을 어떻게 기념하는가를 보면 그 나라의 여성운동과 민중운동의 여성관을 알 수 있다.

1908년 3월 8일 1만 5천여 명의 방직공장 여성노동자들이 미국 룻저스 광장에 모여 여성의 참정권을 요구한 것으로부터 이날은 유래했다. 1910년 클라라 제트킨이 국제사회주의 여성대회에서 제안하면서 그 다음해부터 세계 여성의 날이 기념되었다. 유엔까지 나서서 세계 여성의 날로 지정하면서 이 사회주의권의 명절은 '세계화' 되었다.

메이데이와 마찬가지로 러시아, 중국, 북한에선 3월 8일이 빨간 공휴일이다. 우리의 어머니날처럼 이날 하루는 그야말로 여성해방의 날이다. 모든 여성들이 꽃을 선물받고 가사에서 해방되어 거리를 누빈다. 모스크바에선 이 무렵 꽃값이 세 배나 오르고 완고한 북한 가정에서도 남성들이 저녁식사 준비를 한다.

우리나라에선 1920년대 초반 잠깐 기념되었지만 메이데이와 함께 일제에 의해 금지되었다. 해방 후 부활한 3.8절은 1948년 이후 이승만 정권에 의해 다시 탄압받고 금지되었다. 여성노동자들의 참정권 쟁취 투쟁으로부터 비롯된 이날을 다시 부활시킨 것은 노동운동이 아니었다. '민족·민주·민중과 함께하는 여성운동'이라는 주제로 1985년 3월 8일 제1회 한국여성대회를 개최한 것은 여성단체들이었다. 1987년부터는 한국여성단체연합이 이 대회를 매년 개최하고 있다.

민주노조운동이 이날에 관심을 갖기 시작한 것은 근래의 일이다. 민주노동당은 창당 4년 차에도 아직 이날을 제대로 기리지 못하고 있다.

북한의 3.8절은 '아내의 날'로 대중화되었다. 〈사랑하시라〉는 이날 가장 많이 불리는 노래가 되었다.

…… 때로는 투정도 모두 다 달게 여기며
남몰래 정성을 고여온 그대의 안해
그 마음 아신다면 사랑하시라
그 수고 아신다면 사랑하시라
첫사랑 고백하던 그 저녁처럼 ……

우리의 3월 8일은 여성정치세력화의 날로부터 다시 시작해야 한다. 발렌타인데이보다 이날이 훨씬 중요하다는 것을 강조하는 데 민주노동당이 앞장서야 한다.

일요일 저녁 아내에게 줄 붉은 장미를 사기로 한다.

비정규직노조 대표자 간담회가 열렸다

3월 5일 금요일, 눈 온 후 개임

간밤 폭설 속에 번개가 치고 천둥이 울렸다. 놀랄 경(驚), 숨을 칩(蟄), 경칩은 이 무렵 대륙에서 남하하는 한랭전선이 통과하면서 흔히 천둥이 울리기 때문에, 땅속에 있던 개구리·뱀 등이 놀라서 튀어나온다는 속설이 있다. 제대로 된 경칩이 찾아온 것이다.

총선을 앞두고 있어서인가. 경칩마저 개구리가 아니라 민주노동당이 땅 속에서 튀어나오는 날로 여겨진다.

기조회의에서 신문광고, 방송광고 제작 및 집행계획에 대해 검토하였다. 법정 선거운동 기간 전에 게재되는 신문광고는 1인 2표제와 당의 주요정책을 연계시키기로 하였다. 조직실은 지역선거준비 중간점검에 나서기로 했다. 3월 임시국회가 폐회되면 개정 정치관계법 중 독소조항에 대해 헌법소원을 준비하기로 했다.

선대본의 약속 불이행을 추궁하는 서울시지부의 공문이 왔다. 점검해보니 휴대폰 컬러링과 레터링은 SK 본사의 저항에 부닥쳐 있다. 당원의 집 명패는 담당부서에서 선대본 결정사항을 잘못 이해하고 있었다. 이래서 서울시지부의 정호진 사무국장은 중앙당 간부들에게 늘 두

려운 존재다.

11시, '전국 임대아파트 입주자 대표 연합회' 간부들이 중앙당을 방문했다. 이선근 본부장, 송태경 박사와 함께 이들을 맞이했다. 임대 아파트에 거주하면서 제반 불합리한 관행과 제도를 발견해내고 거의 혼자서 문제해결에 나선 사람들이 어제 조직을 결성하고 오늘 당으로 달려왔다.

택지개발과 주택건설 원가 공개. 고율의 임대료 인상, 위탁 수수료 문제 등.

이런 간담회는 학습의 장이다. 설명을 들으면서 사안의 핵심을 알 게 되고 대화를 하면서 당이 할 일을 발견할 수 있다. 자생적으로 문 제해결에 뛰어든 이들만의 힘으로는 한계가 있다. 전지전능하지 않은 당도 혼자 나서서 될 일이 아니다. 결국 이들 현장과 당이 굳게 연계 될 때 문제해결의 방도와 힘이 만들어질 수 있다. 해결을 자신 있게 약속하며 어느새 커진 당의 힘을 느낀다.

14시, 비정규직노조 대표자 간담회가 열렸다.

근로복지공단, 건설, 골프장, 학습지 등의 비정규직, 특수고용직 대 표들이 참석하였다. 간담회 과정에서 당의 정책, 공약에 대한 토론이 깊이 있게 진행되었다. 비정규직 노동자들을 원청기업의 노동조합에 가입하게 하는 것에 대해 문제제기가 있었다. 제대로 된 문제해결책이 아닐 수 있다는 것이다. 오히려 비정규직 노동자들로 지역 혹은 권역 단위로 업종별 노조를 만들어 대응하는 것이 효과적이라는 것이다. 매 우 흥미로운 문제제기이다. 일단 공약에서 제외하고 별도의 차원에서 재검토하기로 했다.

홍국생명노조 김득의 수석부위원장이 당사를 방문했다. 그는 좋은 소식 하나와 나쁜 소식 하나를 가져왔다. 좋은 소식부터 보따리를 풀었다. 조합원 38명의 입당원서를 내놓는다. 전체 조합원은 550여 명, 이미 입당한 당원은 25명. 이제 입당률이 10퍼센트를 넘어서는 것이다. 김 부위원장은 목표가 20퍼센트임을 강조한다.

나쁜 소식은 김형탁 당 부대표에 관한 것이다. 회사 측에서 홍국생명노조가 김형탁 부대표를 상급조직에 파견한 것에 대해선 아무런 말도 없다가 총선에 출마하려 하자 복귀명령을 내리고 어기면 해고하겠다고 한다는 것이다. 김형탁 부대표는 과천에서 총선 출마 준비 중이다. 휴가 내지 휴직처리해도 될 것을 노조파괴의 일환으로 초강경 공세를 편다. 회사 측 태도가 가관이다.

"이번 총선에서 민주노동당 국회의원이 7명 생기는 것으로 알고 있다. 하나도 겁 안 난다. 할 테면 해보라. 우리도 방어할 국회의원들이 있다."

경총의 지침을 받은 냄새가 난다. 바야흐로 제17대 국회는 계급과 계급이 부딪치는 투쟁의 장을 예고하고 있다. 그래서 올해의 경칩은 각별한 의미로 다가온다.

드디어 민주당을 앞질렀다

3월 15일 목요일 맑음

비례대표후보 선거가 끝났다. 당선자는 18명이다. 여성후보가 50퍼센트 이상 되어야 하는 선거법 때문에 남만진, 장봉주 후보는 탈락되었다. 후보마다 자신의 명부순위를 받아들이는 태도는 달랐지만 투표 결과는 명명백백하다. 당원 총투표의 힘이다.

권영길 대표가 바로 창원으로 내려가야 하기 때문에 비례대표후보들이 함께 모인 자리에서 내일 집회 건이 논의되었다. 민주노총, 전농과 당이 함께하는 독자집회 건이다.

탄핵정국과 관련하여 보수정당들의 공동책임론을 분명히 하고, 집회장소도 광화문이 아닌 제3의 장소에서 개최해야 한다는 기획조정회의의 의견을 제출하였다. 다들 난감해하는 분위기다. 제3의 장소에서 초라한 집회가 만들어질 경우의 우려도 제기되었다. 강기갑, 현애자 후보는 특히 광화문집회에 적극 참여하여 시간이 걸리더라도 그곳에 모인 대중들을 견인해야 한다는 전농의 방침을 설명하였다.

분명한 결론이 나지 않았으나 광화문에 가서 '다른 목소리'를 내야 한다는 의견이 다수였다.

TV화면에 비치는 것처럼 광화문집회의 중심 슬로건은 '탄핵무효'이다. 민주노총은 3월 12일 탄핵무효투쟁을 선언한 성명서를 몇 시간 만에 취소한 바 있다. 그러나 민주노총은 광화문 '탄핵무효' 집회의 주요 참가단체로 보도되고 있다.

월간《말》의 박권일 기자가 찾아왔다. 월간지 마감 시점에 갑자기 탄핵정국이 전개되면서 모든 월간지가 기획을 뜯어고치느라 비상이다. 어저께는 월간《신동아》에서도 이미 취재한 인터뷰기사를 보강하는 추가 인터뷰가 있었다.

오늘 저녁 발표될 MBC 여론조사가 입수되었다. 민주노동당 5.8퍼센트, 민주당 5.4퍼센트.

드디어 민주당을 앞질렀다. 이제 민주노동당 앞에는 한나라당과 열린우리당뿐이다. 3월 31일까지 민주당을 따라잡고 법정선거운동을 시작하는 것이 목표였는데 탄핵정국이 이를 앞당긴 셈이다.

비공식 루트로 입수된 다른 여론조사에선 민주노동당 4.6퍼센트, 민주당 4.7퍼센트다. 이 조사에서 정당투표 지지율은 민주노동당 7.7퍼센트, 민주당 4.3퍼센트로 나왔다. 서울과 부산에서 그전보다 상승세를 보였고 나머지 지역에선 소폭하락이다. '초원복집 효과'인지는 주말 조사까지 보고 판단할 문제다.

15시, 예정대로 선대본회의를 주재하였다. 여성공약발표 기자회견은 16일, 교육공약은 17일로 확정하였다. 17일로 예정되었던 환경미화원들의 집단 입당식은 18일로 조정 중이다. 환경미화원들의 입당식에는 대형 청소차가 동원될 예정이다. 법률지원팀에선 최근 통과된 정치관계법 중 위헌대상 조항을 가려내 금주 중으로 제소할 계획이다.

이라크파병반대운동본부에선 3월 19일 미 대사관 앞 기자회견과 미 대사 면담을 추진하기로 하였다.

기획조정실에선 마지막 여론조사가 4월 1일 발표되는 점을 감안하여 이 여론조사에 포함되기 위해 각 지역구의 후보들이 기탁금 입금을 3월 30일까지 완료하도록 권고하기로 했다. 비례대표후보의 경우 자발적으로 출마한 16명은 본인이 기탁금을 책임지도록 재확인하였다.

당페이지 접속건수가 폭주하면서 속도가 매우 느려졌다. 이 때문에 투표를 하지 못한 당원들도 적지 않았다. 대선 당시 서버를 증설했으나 불과 2, 3년을 내다보지 못한 결과이다. 즉각 서버 증설을 포함한 개선책을 마련키로 했다.

기획조정실에서 지침을 만들었다. 춘천은 TV토론이 6회나 잡혔다고 한다. 이런 경우엔 TV토론만으로도 10퍼센트 이상의 추가득표가 가능하다. 기획조정실에서 만든 지침이 큰 도움이 될 것이다.

중앙선관위의 1인 2표 정당투표제 홍보를 촉구하기 위해 중앙선관위원장 면담을 추진키로 하고 이덕우 인권위원장이 교섭에 나서기로 했다.

긴급 선대위회의를 열고 녹색사민당의 비공식 통합제안을 거부하기로 결정했다. 총선을 한 달 앞둔 상황에서 원칙적으로 수용하기 힘든 제안이다. 개혁당과 녹색사민당의 통합은 불가능해졌지만 다른 방식의 연합이 추진 중이다.

탄핵정국의 근원은 한국보수정치의 위기이다. 4.15총선을 앞두고 이 위기에서 탈출하려는 시도가 탄핵추진과 피탄핵 방조로 나타난 것이다. 당장에는 탄핵을 추진한 쪽이 거센 역류를 만나고 탄핵을 당한 쪽은 망외의 성과를 얻고 있다. 그간의 실정과 부패정치의 책임론도 실종한 듯 보인다. 그러나 시간이 흐르고 흙탕물이 가라앉으면 위기 타개책으로 조성된 탄핵정국은 결국 보수정치세력의 위기를 심화시키는 것으로 귀결될 것이다. 상을 엎은 것은 한쪽이지만 집안 꼴 망친 것은 양쪽의 무능과 타락 때문인 것이다.

진보진영의 혼란은 그 어느 때보다 심각하다. 사태를 종합적으로 규명하지 못하다보니 한나라당, 민주당을 '수구 보수세력'으로 규정하고 탄핵사태의 성격을 '우익 쿠데타'로 파악하기도 한다. 노무현 정부의 1년을 당해보았으면서도 노무현과 열우당을 '개혁세력'으로, 민주당을 '수구세력'으로 바라본다.

노무현을 아옌데 정도로 착각하고 그를 구출하는 것이 사회주의자의 임무인양 주장하는 경우도 있다. 탄핵정국을 '6.15정신'을 파괴하려는 미국의 음모로 보는 시각까지 등장하였다.

황이민 부총장이 내일 집회와 관련하여 민주노총, 전농 등과 합의한 결과를 가져왔다. 집회의 성격을 분명히 하되, 장소는 광화문이다.

오랫동안의 소외감은 많은 사람들에게 광화문에 가고 싶은 유혹을 자극시킨다. 그러나 먼 길을 가는 사람은 때론 외로움도 견딜 줄 알아야 한다. 당장의 손해를 감수하더라도 진실을 외면할 순 없다.

우리는 지금 역사를 쓰고 있다.

아내는 출장 중이다. 어제는 거제, 오늘은 진주

3월 16일 화요일, 흐리고 밤늦게 비오다

탄핵정국의 후폭풍은 특히 경남지역의 총선판도를 뒤흔들고 있다. 15일 KBS 창원총국이 창원대 사회과학연구소에 의뢰하여 실시한 조사 결과는 지금 불고 있는 광풍의 강도를 가늠케 하고 있다.

이 조사에서 창원을의 열우당 정당 지지도는 33.2퍼센트, 경이적인 기록이다. 한나라당은 17.8퍼센트, 민주노동당은 17.5퍼센트, 민주당은 1퍼센트 미만이다. 후보지지율은 권영길 대표가 28퍼센트, 한나라당의 이주영 후보가 14.8퍼센트인데 공천도 받지 못하고 현지에서조차 알려지지 않은 열우당 후보가 22.2퍼센트를 기록했다. 창원갑에서는 열우당이 한나라당을 20퍼센트 격차로 앞서고 있다. 한 달 전에 한나라당 후보를 1.5퍼센트 앞서던 열우당 후보도 16.8퍼센트로 앞서고 있다. 알려진 후보가 포스트로 서 있으니 정당 지지율의 상승폭도 큰 것이다.

민주당과 한나라당 일당 독재 지역이었던 호영남과 달리 수도권 지역은 후폭풍의 영향이 상대적으로 적게 나타나고 있다. 그러나 수도권 지역은 몇 군데를 제외하곤 우리 후보의 인지도도 여전히 당 인지도의 10퍼센트에 미치지 못하고 있는 것이 문제다.

지방에까지 탄핵정국의 후폭풍이 강하게 부는 것은 전적으로 TV방송의 영향력 때문이다. 광화문집회는 전국 방방곡곡에서 매시간 열리는 효과를 보고 있다.

지난 10년 간의 선거에서 TV방송의 영향력이 가장 크게 발휘된 것은 1996년 옐친의 재선을 위한 러시아 대통령 선거에서였다. 대선을 앞두고 러시아 국내문제와 관련하여 옐친에게 유리한 것은 하나도 없었다. 대통령으로서 부적절한 언행과 과음, 건강문제 등 악재투성이였다. 4년 간의 실정과 체첸사태의 악화도 문제였다. 그래서 대선 수개월 전에 실시된 총선에선 러시아연방공산당이 제1당이 되었다. 그러나 패배가 당연시되던 옐친은 결선투표에서 공산당의 쥬가노프를 누르고 승리하였다.

옐친 재집권의 비결은 여러 가지 있었지만 TV를 위시한 매스컴의 독점이 가장 큰 요인이었다는 것이 일반적인 평가였다. 당시 1차 투표와 결선투표까지 수개월 동안 러시아의 모든 TV방송이 연일 틀어댄 것은 다름아닌 '스탈린 공포정치의 추억' 이었다. 내세울 게 없었던 옐친 진영은 한밤중에 무시로 비밀경찰에 의해 잡혀가던 악몽을 드라마로, 다큐멘터리로 틀어댔다. 메시지는 분명했다.

"공산당만은 안 돼!"

마치 선거는 스탈린 후보와 옐친 후보의 대결로 비춰졌고 결국 쥬가노프는 낙선하고 옐친이 당선되었다. 러시아 대선이 끝나자 세계 유수의 신문들은 이 매스미디어 전략은 옐친을 위해 미국이 파견한 작품이라고 보도하였다.

오늘 한국에서 TV방송의 위력은 1996년 러시아를 능가하고 있다. 그러나 일부 한국인들은 미국의 능력에 대해 1996년 러시아와 전혀 다르게 보고 있다. 온 국민이 이처럼 반발할 것이 분명한 '탄핵정국'을 만들어낸 '3류 전문가'가 바로 미국이라는 것이다. 미국을 바보로 보는 것이 '반미'일 순 없다.

오전 11시, 여성정책공약 발표회가 있었다. 수차례 지적했음에도 공약개발단에서 여성실천단과 제대로 조율하지 않은 상태로 기자회견이 강행되었다.

강서을 선대본 동지들과 점심을 함께하였다. 아침 일찍 일인시위와 가두 선전활동으로 일과를 시작하는 김단성 후보는 시민들의 반응이 TV방송의 보도 분위기와는 차이가 있다고 말한다. 민주노동당의 주장에 대해 귀를 기울이고 격려해주는 시민들도 적지 않다고 한다. 저녁 광화문집회에 참석하지 않고 지역에서 탄핵정국의 공동책임론을 알려내겠다고 한다.

늦은 밤《한겨레》서정민 기자와 김창현 지부장의 전화가 연달아 걸려온다.

서 기자는 24일 63빌딩에서 열릴 '21세기를 끌어갈 100인' 선정 기념 리셉션에 정치 분야 11인은 초청 않기로 했다는 본사의 방침을 전달하며 미안해한다. 대신 민주노동당 기사를 많이 써달라고 부탁했다.

김창현 지부장은 과일상자문제의 내막을 설명한다. 10년 전부터 해온 일이며 이번에도 학원 명의로 돌리는 것에 대해 선관위에 사전 문의까지 했다는 것이다. 또 40개를 돌렸는데 학원 원장이 당황하여 6

개만 시인하는 바람에 34개는 김 지부장이 돌린 것으로 누명을 씌우고 있다고 한다. 그렇다면 지역 선관위는 학원 명의로 돌린 것은 문제가 없다는 것을 한편으로 시인한 것이다. 이 정황을 다 알고 있으면서도 선관위가 고발조치를 한 것은 다른 세력이 개입했음이 분명하다는 설명이다.

중앙선관위와 달리 지역선관위 중에는 특정정당의 후보와 유착되어 있는 경우가 적지 않다. 2000년 창원을 선거에서도 창원 선관위는 한나라당 편을 들면서 노골적으로 권영길 후보를 탄압하는 데 앞장선 바 있다. 원래 큰 전투일수록 사상자는 많은 법이다. 지구당 차원에서 즉각 소상히 해명할 것을 권했다.

현재 민주노동당 후보 중에서 선관위로부터 고발된 것은 2건, 수사 의뢰는 1건이다. 각별히 주의하지 않으면 안 된다.

오랜만에 굵은 소나기다. 아내는 출장 중이다. 어제는 거제, 오늘은 진주.

비 소리를 들으며 새벽에 잠들다.

환경미화원, 도로준설원, 도로보수원 등 351명의 입당기자회견이 국회 앞에서 열렸다

3월 17일 수요일 흐리다 갬

아침 기획조정회의가 열리지 못했다. 불참한 간부가 많았기 때문이다. 선대본의 강행군 두 달에다 최근 비례대표후보 선거 관리업무 지원 등으로 피로가 쌓인 탓도 있다. 그러나 전투 중에는 어떠한 사유도 용납될 수 없다. 지금 전국 각지에선 사람이 모자라 속들이 타고 있다.

환경미화원, 도로준설원, 도로보수원 등 351명의 입당기자회견이 국회 앞에서 열렸다. 민주노동당이 생긴 이래 가장 감격스런 행사이다. 환경미화원 복장에다 빗자루까지 들고 나타난 사람들. 이들은 이제 자신의 당을 갖게 된 것이다. 참으로 고맙고 또 자랑스럽다.

경기도노조 홍희덕 위원장이 기자회견문을 읽고 351명의 입당원서를 전달한다. 흐린 하늘에서 축복처럼 진눈깨비가 흩날린다. 목이 메고 눈시울은 뜨겁다.

정창윤 울산시지부 선대본부장의 전화다. 탄핵정국으로 영남권에서 열우당의 지지세가 급증하면서 열우당과의 선거연합론이 울산에서 다시 제기될 가능성을 걱정하고 있다. 울산시지부부터 단호하고 원칙적인 태도를 견지할 것을 거듭 당부하였다. 만일 조직의 방침과 달리 행동하는 후보가 있을 경우 제명을 각오해야 할 것이라 말했다.

《오마이뉴스》에서 김두관 전 장관의 창원 – 거제 선거연합 제의에 대한 질의가 왔다. 일고의 가치가 없는 세 가지 이유를 설명했다.

첫째, 노무현 정부와 열우당의 주요정책과 민주노동당의 정책이 연합할 수 없을 만큼 다르다.

둘째, 민주노동당 후보는 당원 직선으로 선출되었기에 상층협상으로 바꿀 수 없다.

셋째, 열우당과 연합하지 않고 경쟁하는 것이 민주노동당에 더 유리하다.

송영길 열우당 의원으로부터 전화다. 한나라당이 당대표 선출 전당대회를 TV생중계 해달라고 하는데 국회의원 총선거에 임박한 시점에서 생중계는 사전선거운동이 된다는 것이다. 열우당이 공격할 테니 민주노동당도 함께하자는 제안이다.

참으로 딱한 사람이다. 지금 민주노동당이 연일 되풀이되는 '탄핵가결 장면' 생중계 사태에 얼마나 화가 나 있는지 모르고 있다는 얘기다.

열우당 의원들은 3.12 탄핵가결 사태가 나자 그 다음날 국회의원직 전원사퇴를 선언했다. 그러나 그들은 사직서를 국회의장에게 제출하지 않고 있다. 사직서가 수리되면 4.15총선에서 열우당의 선거기호가 현재 3번에서 민주노동당보다 뒤로 밀리기 때문이다. 결국 전원사퇴를 선언하며 국회해산을 주장한 것은 대국민 정치 쇼에 불과한 것이다.

이석행 민주노총 사무총장으로부터 전화가 왔다. 비례대표선거에서 민주노총후보들이 너무 많이 당선되었다며 미안해한다. 민주노총이 더 열심히 하는 것으로 보답해야 한다고 말했다. 18일 양측 간부들이 모여 선대본 파견 문제 등을 논의하기로 했다.

16시, 기획조정회의를 주재했다. 미출마 지역에 정당사무소를 설치할 경우 여기에 거는 플래카드는 중앙당에서 제작하기로 하였다. 선거 슬로건은 당원 및 국민공모를 거쳐 선대위에서 최종확정하기로 했다. 비례대표후보들의 활동방안을 논의하였다. 18일 오후 비례대표후보단 회의를 갖고 활동방안을 확정하기로 했다.

탄핵정국으로 민주노동당 지지율의 완만한 상승세가 꺾이고 있다. 2퍼센트 정도 올릴 수 있는 시기에 오히려 2퍼센트 정도 빠지고 있다. 남은 시간은 많지 않다. 법정선거운동 시작 전에 준비해야 할 일 중에 완성도가 낮은 업무가 적지 않다. 18일 저녁부터 기조회의 엠티를 갖기로 했다.

19시 30분, 건국대에서 한국기독학생총연합 회원들에게 강의를 하다.

며칠 전 한 여론조사에서 가장 진보적이라고 생각하는 정당을 묻는데 44.7퍼센트가 열우당이라 답했다. 민주노동당은 14.0퍼센트, 한나라당은 10.7퍼센트, 민주당은 4.4퍼센트다. 지금 우리 국민들이 가장 진보적이라 생각하는 정당은 열린우리당인 것이다.

이들 국민들에게 진보란 곧 '개혁'이다. 그래서 진보는 '좋은 것'이다. 한나라당 지지자 중 35.7퍼센트가 한나라당을 가장 진보적이라 생각하는 것도 이 같은 이유에서이다. "보수3당 심판하자"는 구호가 우리의 바람과 달리 힘이 없는 것도 마찬가지 이유이다.

'개혁'이 곧 진보라고 생각하는 사람들에겐 민주노동당은 덜 '진보적' 이다. 민주노총을 결코 진보적이라 보지 않는다. 그들 중 일부에게 민주노동당이나 민주노총은 '또 다른 보수' 이기도 하다. 이들에게 민주노동당은 특수한 소수에 의한 소수계층을 위한 '닫힌 정당' 으로 보인다.

'개혁' 을 넘어 진보로 나아가려는 민주노동당이 넘어야 할 산이 많다.

기조실장이 드디어 탈진했다

3월 18일 목요일 맑음

문명학 기조실장이 드디어 탈진했다. 오후에 출근한다고 한다.

아침 기획조정회의는 약식으로 진행되어 몇 가지 현안만 점검하였다. 중앙당에 전문역량이 부족하다보니 몇 안 되는 전문역량에게 일이 집중된다. 기획조정실장이 선거사무에 밝다보니 새벽 3시에도 세세한 선거실무를 묻는 전화가 걸려오는 모양이다. 온갖 실무에 쫓기다보니 최근에는 기조실장이 조간신문도 보지 못하고 기조회의에 참석하는 일이 잦다.

공공연맹 이근원 동지가 당사를 방문했다. 당사를 옮긴 후 두 번째 방문이라 한다. 그의 고향은 노동조합이고 그의 종교는 공공연맹이며 그의 삶은 민주노총이다. 종교를 민주노동당으로 바꾸라는 제안을 그는 몇 년째 거부하고 있다.

10만 원 세액공제제도를 당원 가입에 활용하고 있다고 한다. 당원 가입을 권하면서 1년치 당비 중 10만 원은 세액공제되니 결국 2만 원 내면 1년치 당비가 해결된다는 점을 강조하는 방식이다. 이런 일은 최근 민주노총에서 일반적으로 추진되는 사업방식이다.

틀린 말이 아니다. 매월 1만 원씩 당비 낼 각오를 하고 입당한 당원들도 이제 세액공제제도로 인해 연간 10만 원씩 세금을 공제받게 된 것과 마찬가지다. 그러나 노파심을 감출 순 없다.

연간 12만 원씩 낼 각오를 하고 입당하는 당원과 세액공제로 인해 연간 2만 원만 부담하면 되기 때문에 입당하는 당원이 같을 수는 없는 일. 연간 2만 원만 내면 된다는 편한 생각으로 가볍게 입당한 당원들이 과연 당 활동에 참여하고 당내 민주주의를 지탱하는 기둥이 되는 데 어려움은 없을까? 비록 어렵더라도 민주노동당에 입당하는 것은 그만한 결의가 된 사람들에게 권해야 하는 것이 옳지 않은가?

비록 대중정당을 지향하고 당원 배가사업을 통한 당의 양적 성장이 중요하긴 하지만 당의 몸집 불리기가 당의 발전노선일 수는 없다. 그래서 세액공제제도를 당원 배가사업의 손쉬운 방식으로 활용하는 것은 재고되어야 한다.

개정 정치관계법 중 문제 조항을 헌법소원하였다. 김정진 법률지원단장은 헌법재판소에 위헌판정 청구 최다 기록을 여전히 유지하고 있다.

브리지증권 노동조합의 투쟁결의대회에 참석하였다. IMF 외환위기 이후 들어온 제2금융권 투기자본들이 목표수익에 도달하는 5년차가 되면서 하나씩 떠날 채비를 하고 있다. 단물을 다 빨아먹고 사업을 접으려는 투기자본과 노동조합의 싸움이 치열해지기 시작한다. 브리지증권도 그 경우이다.

브리지증권 노동조합원들은 투기자본의 부도덕성과 위험을 누구보다 더 많이 체험한 사람들이다. 이제 노조원들은 투기자본이 애당초

들어오지 말았어야 할 자본이라는 인식에 도달해 있다. 노조원들에게 4월 15일까지만 견뎌달라고 했다. 민주노동당이 해결해야 할 과제들이 날로 명확해지고 있다.

밤늦게 정종권 후보로부터 전화가 왔다. 술을 한잔 사겠다고 한다.

2001년 구로을 보궐선거 당시 그의 캐치프레이즈는 "정종권은 싸운다"였다. 지금 그는 선거운동 기간 중에도 술잔을 놓지 않고 싸우는 몇 안 되는 후보 중의 한 사람이다.

의원세비를 반납하고 노동자평균임금을 받는 방안을 검토하고 있다고 하자 기자의 코가 벌름거린다

3월 19일 금요일 맑음

비례대표후보 17번 김미경 동지 문제가 심각하다. 김미경 동지는 본인의 희망보다는 당의 강권에 의해 비례대표후보로 등록한 경우이다. 비례대표후보 당내 선출 등록 마감을 앞두고 여성후보가 상당수 부족하자 중앙당은 지역 및 부문에서 여성후보를 발굴하기 위해 노력하였고, 그 과정에서 김미경 후보는 발탁되었다.

등록 마감을 몇 시간 앞두고 이뤄진 일이라 본인의 소속노조 및 그 상급단체와 논의할 상황이 아니었다. 그래서 후보등록 후 관련조직의 양해를 구하게 되었고 이 과정에서 일이 뜻대로 진행되지 않았다. 결국 관련조직의 양해를 얻지 못한 김미경 동지는 사의를 표시하였다.

민주노동당 중앙선거관리위원회는 중앙위원회의 결정에 따라 본인의 사퇴의사에도 불구하고 후보사퇴가 불가능함을 재확인하였다.

문제는 당 중앙위 결정의 효력이 끝까지 관철되지 못할 수 있다는 데 있다. 본인이 끝까지 사퇴를 고집하고 등록 서류제출을 거부할 경우 중앙위 결정에도 불구하고 비례대표후보 등록이 사실상 불가능한 것이다. 더구나 17번 등록이 무산될 경우 남성후보 18번은 자동적으로 등록불가 상태에 빠지게 될 것이기에 큰 문제가 아닐 수 없다. 천영세 선대위원장과 이 문제를 논의하였다. 중앙선대위 지도부가 직접 나서고 민주노총의 협력을 요청하기로 하였다.

아침에 열린 제50차 기조회의에서 정당투표 선거운동방안과 비례대표후보 활동방침을 점검하였다. 병풍형 당원용 선전물을 제작키로 하였다. TV, 라디오, 신문 광고는 정당투표 법정선거운동 비용 전액을 다 집행한다는 전제하에 최대한 적극적인 홍보활동에 나서기로 방침을 정하였다.

10시, 민주노총 이용식 정치위원장, 이석행 사무총장, 오동진 정치국장 등 민주노총 정치담당 간부와 간담회를 가졌다. 민주노총은 50명이 넘는 후보를 내보낼 정도로 어느 때보다 적극적인 총선활동을 벌이고 있다. 이용식 위원장과 이석행 총장은 후보전술만이 아니라 정당투표 선거운동에 있어서도 민주노총의 조직력을 동원한 공세적인 활동계획을 의욕적으로 추진하고 있다.

각급 노조의 노보를 합법적인 선거운동 호보에 활용하는 방안, 정당사무소 설치와 관련하여 노동조합사무실을 활용하는 방안과 조합원의 부모, 배우자를 일차적 홍보대상으로 접근하는 방안을 제안하였다.

이용식 위원장은 민주노총에 정당득표 250만 표를 책임질 것을 약속하였다.

이갑용 울산 동구 구청장에 의해 제기된 의혹사건은 그 배경과 진위가 어떻든 총선을 앞둔 당에 악재가 아닐 수 없다. 이 문제가 신속하게 그리고 강력하게 처리되어 더 이상의 불필요한 논란이 확산되지 않도록 하는 일이 무엇보다 중요하다.

당이 커질수록 문제는 점차 많이 발생할 수밖에 없다. 문제 발생을 최소화시키는 시스템과 일상적인 노력도 중요하지만 더 중요한 것은 발생한 문제를 민주노동당다운 방식으로 신속하게 처리하는 자기정화 능력이다. 울산동구 지구당 선대본은 이갑용 구청장을 중앙당기위에 제소하였다. 당원들에게 판정을 당기위에 맡기고 자중을 당부하는 글을 발표하였다.

14시, 당기관지《진보정치》간담회에 참석하였다. 홍세화 선생, 이용식 정치위원장이 자리를 함께했다. 홍세화 선생은 탄핵사태와 관련하여 노무현 정부의 개혁지체, 야당에게 만만하게 보인 점 등 상황적 빌미를 날카롭게 지적하였다. 홍 선생은 내가 제기한 '진보야당론'에 대해 관심을 보였다.

16시, 비례대표후보 간담회가 중앙당에서 개최되었다. 후보등록에 관한 실무점검과 일정수립 및 활동 기본방침 등이 논의되었다. 비례대표후보 교육일정도 3월 28일로 정하였다. 심상정 후보와 단병호 후보가 교육받는 문제에 가장 적극적인 열의를 보였다.

의원세비, 보좌관 임명 등 의정활동과 선출 공직자 윤리규정에 대한 서약 문제를 논의하였다. 충분한 근거와 전체적인 상세한 운영 내용 없이 몇 가지 원칙만 상징적으로 제시된 데 대해 많은 문제제기가 있었다. 중앙위 결정이 나지 않은 상태에서 비례대표후보들의 이름으로 서약하는 것에 대한 문제도 제기되었다. 후보들이 서약하더라도 중앙위 결정이 나야 실행이 담보된다는 것이다.

《서울신문》 박록삼 기자와 인터뷰를 하다.

의원세비를 반납하고 노동자평균임금을 받는 방안을 검토하고 있다고 하자 기자의 코가 벌름거린다. 반응이 있다는 표시다. 박 기자는 내친 김에 단병호 후보가 국회에 입고 갈 옷차림에 대해서도 질문을 한다.

19시부터 제51차 기조회의를 개최하였다. 다음주 일정을 조정하고 대부분의 시간을 4.15총선 캐치프레이즈 자유토론에 할애하였다. 과거 선거 슬로건 자료를 살펴본 기조실장이 "참지 못해 나왔다"는 어느 후보 슬로건을 소개하자 다들 참지 못하였다.

자정을 넘어서 오랜만에 인근 포장마차에 갔다. 부족한 아이디어를 자탄하며 뇌에 자극을 주기 위해 다들 잔을 빨리 돌렸다.

22시 KBS 심야토론 대기실에 갔다

3월 20일 토요일 맑음

《주간동아》 김기영 기자가 찾아왔다. 민주노동당 기사를 많이 쓰려고 해도 위에서 잘 받쳐주지 않는다고 한다. 언론사 데스크진들이 대개 긴급조치세대거나 5.18세대인데도 신문이든 방송이든 뉴스분야는 '보수적'이다.

SBS 보도국 김수현 기자와 방송 인터뷰를 하다. '야당 교체론', '진보야당론'을 얘기하자 기자의 눈빛이 빛난다.

기조회의에서 향후 구도를 탄핵정국에 대한 직접적 대응방안과 민주노동당의 차별성을 살릴 수 있는 정책 대응방안 등 두 줄거리로 나누어 대책을 논의하였다.

정창윤 울산시 선대본부장의 전화다. 울산 전 지역에서 열우당 지지율이 급상승하고 있다는 '급보'다. 다행히 선거연합론은 최종적으로 정리되었다고 보고한다.

김미경 후보의 사퇴의사는 완강하다. 충남 서부지구협의회를 설득하기 위해 천영세 선대본부장이 귀경 길에 현지에 들르기로 하였다. 오재영 조직실장을 급파하였다.

의정부 지구당의 홍석규 당원이 방문하였다. 의정부갑 지역에 출마 의사를 갖고 있는데 대의원대회에서 이를 받아들이지 않았다는 것이다. 총회 소집을 요구하기엔 시간이 없고, 의정부갑 지구당 준비위원회를 창립하는 방안을 문의한다. 새로운 지구당 창당방침은 기존 소속 지구당 대의기구의 결정이 있어야 한다는 점을 설명하였다. 중앙당 차원에서 의정부 지구당을 설득하는 노력을 약속하였다.

오후 4시 30분, 오늘밤 타당 출연진이 바뀐 것이 확인되었다. 원래 이 토론은 한나라당, 열우당, 민주당 중진의원, 민주노동당, 참여연대 김기식으로 제안되었다. 19일 대변인은 이 토론의 주제와 중요성을 감안하여 선대본부장이 나가야 한다고 견해를 밝혔다. 다른 당 출연진을 보고 결정하자고 답하였다.

19일 오후, 다른 당 출연진이 확정되었다. 한나라당은 공성진, 열우당은 김재홍, 민주당 최인호, 자민련 서준호 등이었다. 천영세 선대위원장과 의논하였다. 타당 출연진이 언론인, 교수, 법조인 등 비정치인 출신이므로 김석연 정책위원장 권한대행을 내보내기로 하였다.

김석연 변호사는 개인 일정도 취소하고 오후부터 중앙당에 나와 토론 준비 중이었다. 그런데 갑자기 방송 몇 시간을 앞두고 타당 출연진들이 바뀐 것이다. 한나라당 김영선, 열우당 송영길, 민주당 김경재 의원.

탄핵반대 100만 명 집회가 저녁에 있어서인지 모두 '싸움꾼'으로 변경되었다. 대변인, 정책실, 김석연 위원장 등과 긴급논의를 하고 선대위원장과도 논의하였다. 17시 다들 지금 시점에서 일대격돌이 필요하다는 결론을 내리고 선대본부장이 나가는 것으로 결정하였다.

22시 KBS 심야토론 대기실에 갔다. 9시뉴스가 길어져서 토론방송은 23시 20분으로 늦춰졌다고 한다. 송영길 의원은 인천지역의 열우당 지지율이 서울보다 더 높게 나오고 있다고 한다. 낙천대상으로 홍역을 치른 자신의 지역구에선 후보지지도가 65퍼센트까지 나오고 있다 한다.

김경재 의원과 김영선 의원은 거의 자포자기 상태이다. 서울 강북을, 경기 일산을에 각각 출마하는 이들은 이번 선거를 거치면서 현역의원 생활을 마감하는 것이 확실시되고 있다. 송영길 의원에게 "좋겠네, 열우당 다 해먹어"라 말한다. 김영선 의원은 은색 실크 옷차림이다. 꽤 많은 돈을 들였다 한다. 몇 차례 토론을 함께했지만 말이 안 통하는 외국인과 함께 토론하는 느낌이다.

한나라당에 김문수, 오세훈 등 우리말을 잘하는 의원들이 있는데 김영선 의원을 선수급으로 자주 내보내는 이유를 알 수 없다.

김경재 의원은 2002년 대선 막바지 후보단일화 토론 때 김민석 의원 등과 함께한 이후 세 번째 조우다. 1997년 김대중 후보, 2002년 노무현 후보 선대위에서 홍보위원장을 내리 맡았을 정도로 논리가 강한 선수급이다. 그러나 그 역시 홍수로 작물을 다 잃어버린 농민처럼 허탈한 기색이다. 김 의원은 민주당 선대위가 추미애 원톱체제로 가면 안 되는 이유를 설명한다. 추미애 원톱으로 할 경우 선대본부장을 설훈으로, 대변인을 장성민으로 하며 설훈 의원을 비례대표로 밀 것으로 보인다고 한다. 특히 추미애 원톱일 경우 이 진영이 무슨 짓을 할지 불안하다는 것이다. 예컨대 추미애 단독 선대위원장이 열우당과 통합 추진 의사를 밝히면 어떡하냐는 것이다.

‘심야토론’ 황진성 PD는 탄핵정국 이후 모든 토론프로그램의 시청률이 두 배로 뛰었으며 ‘심야토론’은 최근부터 ‘100인 토론’ 시청률을 앞지르고 있다고 한다. 토론프로그램이 10퍼센트 대를 넘는 것은 경이적이라 말한다.

열우당 지지율이 50퍼센트를 넘어섰다. 열우당 지지 대기자도 20퍼센트에 이를 것으로 추정된다. 탄핵정국 직전 열우당 지지율은 30퍼센트 대였다. 최근 열우당으로 급속히 몰리고 있는 사람들 속에서 민주노동당의 차별성과 존재가치를 부각시킬 필요가 있다. 오늘 토론의 타깃은 이들이다.

정관용 사회자가 들어선다. 민주노동당 후보 중에 동명이인이 있어 인지도 제고에 도움이 많이 된다고 하니 마포갑 후보가 자신과 이름이 같다는 것을 이미 알고 있다. 선거운동기간 중 마포갑 지원을 요청하니 웃기만 한다.

사멸해가는 낡은 기득권 수구세력은
더 이상 야당의 역할도 제대로 할 수 없다

3월 21일 일요일 맑음

비례대표 17번 김미경 후보 등록 건은 심각한 암초에 걸려 있다. 당 충남지부, 서산태안 지구당, 민주노총 충남도본부, 충남 서부지구 협의회 등이 모두 반대한다. 18번 이선근 후보가 자동 탈락된다고 해도 완강하다. 내일 선대위회의에서 마지막 대책을 논의해야 한다.

'야당 교체론'이 점점 많은 공감대를 형성해가는 것이 눈에 띈다. 득표논리의 보조 축으로 세우는 것을 정교하게 검토할 필요가 있다.

최근 한나라당과 민주당의 지지율 하락은 결코 탄핵정국에 따른 우연적 현상이 아니다. 1997년, 2002년 연거푸 두 차례 대선에서 패배한 한나라당의 경우 더 이상 집권전망을 갖고 있지 않다. 2002년 대선 직후 최병렬 의원이 말했듯이 "한나라당은 노무현에게 진 것이 아니라 시대에게 졌다." 문제는 그 패배 이후에도 시대를 못 따라가는 것이다.

집권전망이 없기는 민주당도 마찬가지이다. 결국 한나라당과 민주당을 유지시키는 것은 지역주의 등 낡은 기득권뿐이다. 그리고 이들의 낡은 기득권은 점점 대중에게 외면당하면서 효용가치를 상실하고 있다.

탄핵정국은 이들의 몰락을 가속화시키고 있을 뿐, 장기적으로 이들이 회생할 가능성은 적다. 4.15총선이 끝나면 한나라당은 제3공화국 이래 처음으로 원내 제1당 자리를 내놓게 되는 것이다. 한국의 보수세력을 대표하는 정당이 수구적인 한나라당에서 온건보수적인 열린우리당으로 변경되는 것이다.

창당 6개월밖에 되지 않는 열린우리당이 '개혁'을 위해 한 일은 아무것도 없다. 그래서 그들의 '개혁'은 성공할 것도 없지만 낡은 기득권에 안존하는 정치세력과 자신의 차별화에 성공함으로써 '개혁 이미지'를 획득하고 '새로운 정당'으로 자리잡는 데는 성공하였다. 이제 3김 시대 이후 한국의 보수정치세력의 대표성은 영남 지역주의에 기반한 수구세력에서 탈지역주의의 온건개혁세력에게 넘어가고 있는 것이다. 따라서 주류로 등장하는 온건보수세력을 견제하는 야당의 역할은 진보정치세력의 몫이 되어야 한다.

사멸해가는 낡은 기득권 수구세력은 더 이상 야당의 역할도 제대로 할 수 없다. 탄핵정국은 이를 웅변으로 입증해주는 사례이다.

오랜만에 어머님 병문안을 갔다. 아파서 미안하다는 말씀만 하신다. 4월 15일 이후 편히 모시겠다는 공허한 약속만 드리고 돌아왔다.

상식은 끝내 통하기 마련이고 진심은
시간이 걸리더라도 전달되기 마련이다

3월 22일 월요일 맑음

아침 기획조정회의를 09시까지 끝내고 심층논의가 필요한 사안은 밤에 별도의 회의를 잡기로 하다.

10시, 정책대결을 촉구하는 기자회견이 중앙당사에서 열렸다.

10시 30분, 민중연대 간부들이 당사를 방문했다. 정광훈 의장, 박석운 집행위원장, 정대연 정책위원장이 함께했다. 민중연대에선 세 가지 제안을 가지고 왔다. 그 중 두 가지 제안에 대해 당에서는 이견을 표명했다. 4월 3일과 10일 시군구 공동정치 캠페인과 4월 3일 '보수정치심판 진보정치실현 민중대회' 개최 건이다. 민중연대에서 민주노동당 지지를 공식결의하기 어렵다고 한다. 그래서 생각해낸 것이 민주노총, 전농 등 주요 소속 대중조직과 함께 보수정치를 비판하고 진보정치를 실현하자는 캠페인을 공동으로 벌이고 집회도 갖겠다는 것이다.

4월 3일과 10일은 선거운동기간 중의 두 번의 토요일이다. 각 지구당에서 후보들이 총력 거리유세를 벌여야 할 때이다. 있는 역량, 없는 역량 다 모아서 기세를 올려야 하는 주말이다. 이럴 때 민중연대가 민주노총, 전농 등을 중심으로 별도의 진보정치실현 캠페인을 벌이고 집회를 갖는 것은 각 후보의 활동에 도움이 안 될 수도 있다는 견해를 전달했다. 민중연대측은 다시 논의하겠다고 한다.

광주와 인천에서 여성후보에 대한 재정지원요청이다. 여성후보가 출마하는 지역은 재정사정이 보다 열악한 것이 사실이다. 이런 상황을 감안하여 작년 하반기 중앙당 후원회는 여성정치세력화를 주제로 내걸고 후원금 전액을 여성정치 기금으로 쓰기로 한 바 있다. 그러나 이 후원회를 통해 모금된 금액은 당의 여성후보들에게 1인당 50만 원 정도 밖에 안 되는 소액이다. 재정요청을 하는 지역에선 이보다 10배 정도 기대한다.

선대위회의에서 김미경 후보 사퇴문제와 의정부사태를 다루었다.

의정부 지구당에서 일부 소속당원들이 대의기구의 의결 없이 임의로 새로운 지구당 창준위를 결성한 것은 원인무효의 잘못된 일이며, 이를 당규에 따른 합법적인 일로 잘못 해석한 경기도지부에게 시정을 요구하기로 했다.

선대본회의에서 캐치프레이즈와 당면 일정을 검토하였다. 25일 다시 선대본회의를 열어 캐치프레이즈를 집중 검토키로 했다.

원주지구당 김광호 후보가 체포되었다. 원주노동사무소를 규탄하는 집회를 가졌다는 이유로 고소되었고, 재판을 받으러 가며 법원 앞에서 다시 규탄집회를 가진 혐의로 원주경찰서가 미리 체포영장을 발부받아 놓고 있었던 것이다. 김정진 법률지원단장은 그간 '평온' 했던 원주가 민주노동당 원주지구당이 생기면서 특히 김광호 위원장에 의해 '원주의 평화'가 깨졌다고 판단한 원주경찰서의 보복이라고 진단한다.

《한겨레신문》 서정민 기자,《민중의소리》 이정미 기자,《굿데이》의 최민규 기자와 인터뷰를 하다.

오늘 아침 MBC 라디오 '손석희의 시선집중'에서 '말, 말, 말' 코너는 '노회찬 어록' 중에서 세 가지를 골라 방송하였다.

점심 때 식당에선 일하는 아주머니가 토론 잘 봤다며 생굴무침을 한 접시 서비스로 가져다준다. 늦은 밤 당사 부근 호프집에선 국민은행 직원들이 팬이라며 사인을 요청한다. 어색한 순간이다.

민주노동당은 이제 상식이다. 상식은 끝내 통하기 마련이고 진심은 시간이 걸리더라도 전달되기 마련이다. 목련 흰 봉오리가 유난히 밝은 밤이다.

세비 귀속문제와 보좌관 임명권에 대한
후보들의 저항이 생각보다 크다

3월 23일 화요일 맑음

기획조정회의에서 비례대표후보 서약식 안을 검토하였다. 그러나 서약식을 하루 앞둔 시점까지 후보들의 동의를 다 구하는 일이 만만하지 않다. 특히 세비 귀속문제와 보좌관 임명권에 대한 후보들의 저항이 생각보다 크다.

이상기 기자협회장과 점심을 함께하다. 그는 2002년 대선 당시 민주노동당 후보가 방송토론에 참석하는 데 크게 노력한 바 있다. 선거방송토론위원회 위원이었던 그는 마지막 표결 당시의 긴박했던 순간을 말해준다. 모두 10인이었던 위원회에서 6표를 얻어야 하는데, 4 대 0으로 뒤지다가 결국 6 대 4로 역전했던 개표상황을 생생하게 설명해준다. 방송토론에 참가하느냐 못하느냐 하던 일이 이젠 '옛말'이 되었다.

고수정 강원도 도의원으로부터 전화다. 김광호 후보 체포 사건에 대한 중앙당 지원 요청이다. 오전에 예정되었던 강원도지역 후보 3인의 항의 기자회견이 후보들의 불참으로 무산된 데 대한 서운함도 말한다. 지금 김정진 법률지원단장이 김광호 후보 면회를 위해 원주 현지로 내려가 있다. 김 변호사가 상황을 파악한 후 대책을 수립키로 한 상태다.

《일간스포츠》오미정 기자가 찾아왔다. 심야토론 '어록' 기사가 《일간스포츠》오늘자 조간에 실렸는데 추가 인터뷰다. 정치부 기자를 두고 있는 스포츠 신문은 세 군데인데《일간스포츠》는 정치팀이 모두 5명으로 가장 많은 편이다.

MBC 조현모 부장과 조수현 차장이 방송작가와 함께 중앙당을 방문했다. 4월 20일에 방영될 민주노동당 특집 기획을 위해서다. 선거 결과가 나온 후에 방영되는 프로이니 민주노동당 의원들의 활동 방향과 상을 부각시켜 달라고 당부했다.

이덕우 인권위원장의 연락이다. 중앙선거관리위원장과 당 대표의 면담이 다음주에 가능하다고 한다. 그러나 다음주 중반 이후부터 권 대표를 창원 밖으로 불러내는 것은 거의 불가능하다. 중앙선관위원장 면담 건은 이덕우 위원장에게 맡기고 금주 중에 선대본 차원의 대응책을 마련키로 하다.

17시, 김정진 단장이 기쁜 소식을 전한다. 김광호 후보의 석방이다.

서울지검으로부터 출두 연락이 오다. 작년 12월 정기국회에서 정치관계법 개정이 무산되자 당은 국회의원 271명 전원을 고발조치한 바 있다. 이 건에 대한 고발인 진술을 듣겠다는 것이다. 대리인을 보내기로 하다.

전국공무원노조 대의원대회에서 민주노동당 지지안이 64퍼센트의 찬성으로 통과되었다. 개혁적이고 진보적인 정당 지지라는 수정안은

부결된 것이다. 한국 노동운동사와 진보정당운동사에 굵은 획이 그어
지는 순간이다.

작년 가을 서울 YMCA가 개최한 정치관계법 토론회에서 박근혜 의
원과 함께 토론자로 참석하였다. YMCA 관계자가 박 의원을 정치개
혁의 기수로 소개할 때 달필로 쓰여졌던 김재규의 '항소 이유서'가 눈
앞에 떠올랐다. 박정희를 살해한 김재규는 유명한 그의 '항소이유서'
에서 암살동기 중의 하나로 박근혜의 '권력남용'을 들고 있다. 청초한
외양만으로는 도저히 상상할 수 없는 박근혜의 변칙적인 권력행사와
야욕을 김재규의 '항소이유서'는 처절하게 고발하고 있었다.

엊그제 김문수 의원은 한나라당 대표 경선 토론회에서 박정희를 흠
모하는 5, 60대의 사랑을 받는 박근혜 의원이 한나라당에 있다는 사
실이 고맙다고 했다.

독재와 부패의 대명사였던 그의 아버지는 공화당의 총재였다. 오늘
그의 딸은 부패와 반동의 대명사인 한나라당을 구출할 새 대표로 선출
되었다. 사멸해가는 한나라당이 남기는 마지막 장면 중의 하나이다.

오한홍《옥천신문》사장으로부터 연락이 왔다

3월 24일 수요일 맑음

10시 조금 넘어 비례후보 서약식이 개최되었다. 지난번 비례대표후보 간담회에서 최종 정리된 문안을 정리하여 발표했다. 중앙위원회에서도 마찬가지였지만 세비를 당에 귀속하고 노동자평균임금을 받는 문제와 보좌관 당 임명제의 취지와 철학에 대한 이해가 고르지 못한 것은 사실이다.

일부에선 이를 비현실적이고 경직된 유치한 발상으로 오해하는 경우도 있다. 정신을 공유하고 방침을 구체화하는 과제가 앞으로 남아있다.

비례대표후보들은 28일 회동에서 이 문제를 더 논의하기로 했다. 지역출마 후보들의 서약서도 받기로 했다. 울산의 김창현 후보와 이영순 후보가 제1착으로 서약서를 보내왔다.

10시 20분, 전농 사무총장, 정책위원장, 전여농 사무총장이 당사를 방문했다. '노동자 중심의 당'에서 농민이 소외당하고 있다는 피해의식은 여전하다. 이를 불식시키는 일차적인 노력은 당의 몫이다.

당과 전농의 연결통로가 썩 원활하지 못한 것 같다. 전농조직의 어려운 사정을 감안하여 전농회원 등의 투개표 참관비용은 전농에서 사용할 수 있도록 적극 검토하기로 했다. 식량주권 사수 공약을 도시지역 후보들의 선거공보물에 싣는 것도 적극 권고하기로 했다. 전농회원 신규 입당자에 대한 당권부여 특례는 중앙위원회에서 정한 대로 2004년 3월 29일까지 입당자에 한해서이며 이를 연장하는 것은 어렵다는 것도 밝혔다.

지금 중앙당 기자실은 늘어나는 기자들로 인해 기자실 공간을 더 넓혀야 할 상황에 이르렀다. 한 기자가 말한다.

"민주노동당 출입 기자들은 심심하다."

다른 당과 달리 민주노동당 기자실엔 대변인실 사람과 선대본부장만 찾아온다는 것이다. 민주노동당에선 기자실로 찾아와 당 소식을 적극적으로 홍보하는 당직자가 너무 드물다는 얘기다. 또 기사 쓸 거리도 너무 적다는 것이다. 뼈아픈 말이 아닐 수 없다.

한국노동방송 박현진 기자와 인터뷰를 하다.

《경향신문》과 《굿데이》에서 전화가 오다. 김경재 의원의 발언에 대한 반응을 묻는다.

김경재 의원은 조금전 기자간담회에서 민주노동당의 한 인사가 말로 선거연합 제의를 자신에게 한 바 있다고 주장했다고 한다. 이젠 민주당에 신경 쓰는 것 자체가 민주노동당에겐 시간낭비이다.

전국 공무원노조 김형철 정치위원장, 정용해 대변인, 현인덕 연대사업국장이 찾아왔다.

대의원대회에서 민주노동당 지지를 결의한 공무원노조는 3월 29일 이를 기자회견을 통해 밝힐 예정이다. 이미 행자부 장관이 엄중처벌을 한 상태에서 기자회견까지 강행하면 대대적인 탄압이 예상된다. 이들의 의지는 생각한 것보다 더욱 굳건하다, 이들은 지금 자신들이 무슨 일을 하고 있는지 잘 알고 있다. 지원대책을 논의하였다.

KBS2 뉴스 프로그램 '생방송 시사 투나잇'에서 찾아왔다. '노회찬 어록' 취재이다. 인터뷰를 따갔다.

17시, 기획조정회의를 개최하다.

캐치프레이즈 토론을 마쳤다. 정책, 당, 1인 2표 세 분야의 캐치프레이즈를 좁혀가기로 했다.

출정식 기획은 옥내행사와 옥외행사로 의견이 나뉘었다.

법정선거운동 기간 중의 방송광고, 신문광고에 대해 논의하였다.

TV, 라디오, 신문광고는 법적으로 허용된 횟수를 모두 채우기로 하였다. 각 매체의 특성과 시청률, 열독률, 비용, 전술 등을 종합적으로 고려하여 광고 게재 일시를 잡았다. 최종 확정은 26일까지다.

MBC '2580' 팀 조헌모 부장과 조수현 차장을 면담하다. 민주노동당의 총선준비과정을 담아 4월 말에 방영할 계획이라 한다.

19시, 천영세 선대위원장으로부터 전화다. 《서울신문》 내일자 가판 1면 톱이 공무원노조의 민주노동당 지지선언 파문에 대해서이다. 지원대책 일정을 앞당기기로 했다. 내일 10시 교육공약 기자회견에도 불구하고 공무원노조 탄압에 대한 기자회견을 갖기로 했다.

오한홍 《옥천신문》 사장으로부터 연락이 왔다. 《한겨레신문》의

'21세기를 이끌 100인' 선정위원으로 행사에 참가하러 올라왔다고
한다. 진작 만나 뵙고 싶던 분이다. 오늘 밤 23시 기차로 내려갈 예정
이라고 한다. 그때까진 시간을 내기 어려워 전화로 애석함만 전했다.

청주교도소에서 만난 성삼영 동지가 전화를 걸어왔다. 학생운동으
로 구속된 그를 청주교도소에서 만난 지 13년 만에 처음 목소리를 듣
는다. 유아용 휴대 변기를 만드는 사업을 하고 있다고 한다.

광화문 촛불시위에 가보니 부모를 따라온 어린아이들이 많던데 이
아이들의 용변문제가 현장에서 어려움이 많은 걸 보고 전화를 걸어온
것이다. 그래서 유아용 변기 수백 개를 당에 기증할 터이니 당에서 이를
광화문집회에서 무상으로 나눠주면 어떠냐는 제안이다. 발상은 고마우
나 김정진 법률지원단장에게 문의하니 '금품제공'에 걸린다고 한다.

오늘 유목정당의 당수가 되어 천막당무에 들어간 박근혜는 화장실
이 없어서 근처 빌딩까지 용무를 보러갔다고 《일간스포츠》 오미정
기자는 전한다. 최초의 여자 당수 박순천이 국회에 여자 화장실이 없
어서 방광염에 걸린 적이 있다고 노년에 실토한 것이 생각난다.

1967년 제6대 국회의원 선거 당시 박순천은 전국을 누비며 유세를
했다. 야간 유세가 허용되던 당시 수은등 밑에 모인 수백여 명의 군중
앞에서 치마저고리 차림의 박순천이 쩌렁쩌렁 웅변하던 모습이 생생
하다.

"일본 육군사관학교를 나와 만주에서 독립군을 때려잡던 박정희가
이 나라의 대통령이 된 이 한심한 세상에……"

당시 초등학교 5학년생의 눈에는 박순천이야말로 유관순이었고 잔

다르크였다. 이 어린아이가 고등학생이 되어 세상물정을 알기 시작할 때 박순천은 육영수를 잃은 박정희를 지지하고 있었다. 잔 다르크를 버리고 로자 룩셈부르크를 찾기 시작한 것도 그 때부터였다.

지난주 '심야토론'의 후폭풍이 거세다

3월 25일 목요일 맑음

지난주 '심야토론'의 후폭풍이 거세다. 오늘 하루 반나절을 방송 인터뷰로 보냈다.

아침 7시 40분 SBS 라디오 '뉴스전망대' 화제의 인물 코너에서 생방송 인터뷰를 했다. '노회찬 어록'의 이모저모에 대해 묻는다.

민주노총 이석행 사무총장에게 전화하다. 공무원노조의 민주노동당 지지선언에 대한 지원 기자회견 건을 얘기했다. 민주노총, 전교조, 교수노조 등의 대응도 요청했다.

10시, 교육공약 기자회견과 공무원노조 정치선언 탄압 규탄 기자회견을 연이어 개최했다. 권영길 대표와 민주노총 이수호 위원장과 이석행 총장, 전교조 원용만 위원장이 참석했다.

민주노동당 공약은 아직도 많은 설명이 필요한 상태다. 그러나 '설명해야 하는 공약'은 이미 공약이 아니다. 평상시의 정책과 달리 선거시기의 공약은 설명할 필요 없이 바로 전달될 수 있어야 한다.

기자회견 후 방송 인터뷰가 몰려온다. YTN 김문경 기자는 총선대책과 예상의석에 대해 묻는다. 마산 MBC는 4.15 이후 방영할 민주노동당 총선 다큐멘터리를 찍고 있다.

권영길 후보의 사적인 측면에 대해 인터뷰하다.

KBS 9시뉴스팀은 탄핵정국과 민주노동당 전략에 대해 묻는다.

점심 도시락을 먹으며 기조회의를 가졌다. 지역구 후보의 서약서명이 순조롭게 진행되고 있다. 법정선거운동 기간 중 1일 홍보선전 기조를 점검했다. 기조실은 미출마지역 선거운동지침을 작성하여 오늘 중 내려보낼 예정이다.

인터넷 신문《업코리아》인터뷰다. 최근 한나라당 공동선대위원장을 맡은 박세일 교수가 주도해서 만든 것으로 알려진 신문이다.《업코리아》에서 각 정당에서 한 사람씩을 '그나마 희망하는 정치인'으로 선정했는데 민주노동당 케이스로 내가 선정되었다고 한다.

첫 질문은 '희망하는 정치인' 앞에 '그나마'라는 딱지가 붙은 이유를 아느냐는 것이다.

12시 45분, YTN에서 5당 대표 토론회를 갑자기 취소했다. 방송 시작 2시간 15분 전에 내려진 결정이다. 자초지종을 알아보았다.

츨발은 자민련이다. 김종필 대표가 불참을 통보하자 YTN은 김학원 의원 대타로 출연하는 것을 승인했다. YTN의 사려 깊지 못한 결정은 열우당에게 불참 명분을 제공했다. 그렇지 않아도 열우당은 엊그제 한나라당 새 대표로 선출되어 주목을 모으고 있는 박근혜 대표와의 대결을 피하고 싶었던 것이다. 그래서 자민련 핑계를 대고 정동영 대표가 불참을 통보했기 때문이다.

민주노동당에게 이 시점에서 5당 대표토론은 매우 중요했다. 탄핵 정국이 중반을 지나면서 민주노동당의 지지세는 회복세로 들어갔다.

회복국면에서 가속을 붙여 8퍼센트 대를 넘어서서 4월 초에 10퍼센트 대까지 가야만 한다. 그런 점에서 어처구니없는 이유로 토론회가 무산된 것은 애석한 일이 아닐 수 없다.

SBS '그것이 알고 싶다'에서 하루종일 따라다니면서 촬영하겠다고 한다. 인터뷰는 '노회찬 어록'과 총선전망에 대해서 찍었다. 다음주 방영될 예정이라 한다.

15시, 중앙선거관리위원회 임좌순 사무총장을 면담하다. 중앙선거관리위원장은 현직 대법관으로 비상근이므로 사무총장이 실질적인 책임자다. 중앙선관위는 창당 이래 가장 자주 방문한 정부기관이다. 임좌순 총장도 자주 만난 사이다. 그는 힘없는 중앙선관위가 우리나라에서 가장 힘센 세력들이 사활을 걸고 싸우는 선거에서 심판을 맡아야 하는 어려움을 자주 애기하곤 했다. 그의 정치개혁 구상은 누구보다도 민주노동당의 개혁안에 가장 가깝다.

먼저 1인 2표제에 대한 선관위의 홍보 부족을 따졌다. 정당투표제가 처음 실시되었던 2002년 지방선거 때 이 문제로 서울 선관위를 찾아가 항의집회를 한 사실을 상기시켰다. 임좌순 총장은 가수 장나라까지 투입해서 홍보하고 있으며 선거운동이 시작되면 본격적으로 홍보할 것을 약속하였다.

인터넷에서 정치관련 글을 퍼나르는 것에 대해 선관위가 경직되게 단속하는 문제도 제기했다. '노회찬 어록' 퍼나르기를 대전 선관위가 단속하고 있다고 하자 사실 확인 후 시정하겠다고 한다.

교사, 공무원 등의 개인적인 정치자금 기부행위에 대해 규제해선 안 된다는 뜻을 전했다. 임 총장은 그것이 규제대상이라는 지적에 못

믿겠다는 반응이다. 동행한 김정진 법률지원단장이 공무원복무규정에 그렇게 나와 있다고 해도 반신반의한다. 홍보국장이 관련 법규를 가져오자 그제야 난감해한다.

민주노동당이 공무원복무규정에 대해 공식 질의할 것을 제안한다. 공무원노조의 민주노동당 지지선언에 대해 노동법상 보장된 권리이며, 공무원법에 의해서 일방적으로 금지해선 안 된다는 뜻을 전했다.

17시, 기조회의를 열어 TV와 신문 광고 계획을 검토하다.

MBC 뉴스 정승혜 기자와 '노회찬 어록'에 대해 인터뷰를 하다. 타 방송사의 프로그램에서 화제가 된 것을 취재하는 것은 드문 일이라 한다.

울산 MBC 박병원 PD와 인터뷰를 하다. 울산 MBC 역시 총선 후 방송할 다큐멘터리를 찍고 있다.

19시 30분, 고양 일산을 이홍우 후보 선대본 출범식에 참석하다. 여의도에서 일산으로 가는 길에 이부영 열우당 의원으로부터 전화다. 첫마디가 미안하다는 말이다. 창원을에 열우당 후보를 내지 않으려고 애써왔는데 끝내 실패했다는 것이다. 오늘 아침 《중앙일보》 1면 톱기사로 열우당과 민주노동당의 공조를 시사하는 기사가 나오고 낮에 YTN에서 비슷한 뉴스가 보도되면서 당내 분위기가 반전되었다는 것이다. 민주노동당과 가깝다는 인상을 주면 열우당에게 해롭다는 주장이 지배적이었다고 한다.

권영길 대표에게 전화로 이부영 의원의 발언을 전하였다. 일견 권 후보를 생각해주는 마음이야 고맙지만 참으로 황당한 일이 아닐 수 없다. 돈을 꿔달라고 부탁한 일도 없는데 마치 그런 부탁이라도 받은 양 뛰어다니다가 돈을 못 구해 미안하다고 사과를 하는 경우와 마찬가지이다.

민주노동당은 열우당에서 후보가 나오더라도 지지율에는 변화가 없다. 권영길 후보는 이미 50퍼센트 지지율을 넘긴 지 오래다. 망설이다 막판에 후보를 낸 열우당에게 미안한 것은 오히려 민주노동당이다.

내일 KBS 심야토론은 김종철 대변인을
내보내기로 했다

3월 26일 금요일 맑음

아침 일찍 기상했으나 움직일 기력이 없다. 반나절 정도 쉰 것이 까마득한 옛일이다. 두 시간 가량 혼자 멍하니 앉아 있다가 늦게 출근했다. 오늘 밤 SBS 심야토론인데 저녁때까지 회의와 인터뷰 일정으로 빈틈이 없다.

《시사저널》 차형석 기자가 찾아왔다. 《시사저널》에서 다음 호에 민주노동당에 4페이지나 할애했다고 한다.

MBC '아주 특별한 아침'에서 찾아왔다. '노회찬 어록' 인터뷰다. 아나운서가 실감나느냐고 묻는다. 연예인들이 흔히 이런 질문에 답할 때처럼 "인기는 거품이다. 오르막이 있으면 내리막이 있는 법이다"고 하니 웃는다.

선대본 전체 회의를 개최하다.

캐치프레이즈를 1차 확정했다. 정책, 당 홍보, 1인 2표제 등 세 분야로 나누어 중심과 부차 캐치프레이즈를 정했다.

선대위원장과 의논하여 내일 KBS 심야토론은 김종철 대변인을 내

보내기로 했다. 수중에 있는 탄환은 몇 발밖에 없다. 한발 한발의 명중률이 높아야만 한다. 고심을 거듭한 선택이다.

MBC 뉴스 인터뷰를 하다.

평화방송과는 전화인터뷰를 했다. 원래 내일 아침 생방송으로 나가니 방송국으로 나오라는 것을 일정상 곤란하다고 하여 전화인터뷰로 대체한 것이다.

KBS2의 '세상의 아침'에서도 찾아왔다. 열우당의 창고당사 이전, 한나라당의 천막당사 이전에 대해 '촌철살인'으로 비평해 달라고 한다. 지금 여의도에서 임대료 꼬박꼬박 내어가며 버젓한 사무실을 쓰고 있는 당은 '가장 가난한 당' 민주노동당밖에 없다. 당비수입으로 꾸려내는 민주노동당의 알뜰한 살림살이도 취재해 갔다.

SBS 금요토론 '이것이 여론이다'에 참석했다. SBS가 심야 토론프로그램을 개설한 것은 최근의 일이다. 오락물 중심의 방송노선이다 보니 토론프로그램은 약하다. 준비, 진행, 사회 등 모든 면에서 KBS나 MBC보다 몇 등급 아래다. 스튜디오로 들어가는데 구성작가가 한마디 한다.

"어록 2 만들어주세요."

시청률만 의식하는 직업병이다.

토론이 끝나고 나오면서 염재호 사회자에게 한마디 했다. 그는 2002년 대선후보 방송토론 사회자로 널리 알려진 인물이다. 2002년 11월 그가 패널로 나온 한국정책학회-동아일보-KBS 공동 정책토론회에서 그를 겪은 바 있다. 한마디씩 돌려가며 얘기하는 점잖은 토론회에서 그의 역할은 빛났지만 온갖 반칙이 난무하는 자유토론은 그에게 너무 거친 환경이다.

SBS '이것이 여론이다'의 실제 토론시간은 60여 분, 두 개의 주제로 나뉠 때 한 주제당 두세 번 발언하면 끝난다. 또 중간에 토론의 맥을 끊어놓는 삽입물이 너무 빈번하다.

새벽 한 시 반 끝나고 나오니 다음 카페 몇 사람이 달려온다. 하루가 40시간 정도 되어야 한다고 생각한 적이 한두 번이 아니다. 몇 시간 후면 또 새로운 전투에 나서야 한다.

민주노동당은 민생투어를 하지 않는다

황이민 부총장이 문소리 당원 면담결과를 보고한다. 어려운 여건에도 불구하고 문소리 당원이 이번에 당을 위해 일조할 가능성이 높아지고 있다.

'퍼슨웹'에서 천정환 당원 등 몇 사람이 찾아왔다. 비례대표 경선 당시 약속한 인터뷰는 어머님 급환으로 지키지 못했다. 천정환 당원의 얼굴도 밝지 못하다. 자당께서도 중환이다. 여기서도 촌철살인 어법에 대해 묻는다. 비법이 따로 있을 수 없고 미리 준비한 것도 아니라고 말한다.

사물의 본질과 그것의 운동법칙을 알고 있는 변증법적 유물론자라면, 그리고 대중을 직접 만나 설득해본 경험이 조금이라도 있는 대중운동가 출신이라면 누구나 가능한 것이고, 지금도 곳곳에서 그렇게 대중사업을 하는 활동가들이 많다.

인터뷰 말미에 '퍼슨웹' 회원이라는 공숙영 당원이 합류했다. 물으니 공자 78대 손이라 한다. '선대본 일기' 출판 건을 제안한다. 이미 두 군데 출판사에서 비슷한 제안을 받은 바 있다고 말해주었다. 헤어진 후 꽃바구니를 들고 다시 찾아왔다. 오랜만에 보는 '샘물형'이다. 퍼낼수록 다시 솟아나서 샘터를 채우는 이 유형의 특징은 정을 퍼서 담아주기 바쁘고, 대가를 기대하지 않고, 누구에게 퍼줬는지 잘 기억하지도 않는다는 점이다.

긴급 기조회의를 소집하여 29일 행사를 점검하였다. 중요한 행사인데도 미비점이 한두 가지가 아니다. 중앙당 상근자들과 간부들이 부족한 인력과 엄청난 업무부담으로 1인 4역, 5역으로 고생하는 줄 알면서도 싫은 소리를 해댔다. 말할 자격이 있기나 한 건지 혼자 앉아 미안해한다.

청주지부 홍청숙 당원이 급하게 연락을 했다. 열우당에서 한나라당 후보의 비리를 폭로하는 자료를 TV토론용 등으로 정교하게 만들어 민주노동당에 건넨 것이다. 가증스럽고 민주노동당을 모독하는 작태가 아닐 수 없다. 중앙당 논평을 부탁한다.

김단성 후보 후원회 창립대회에 참석하다.

박근혜 새 대표가 선출된 후 한나라당 지지세가 영남지역부터 회복되고 있다. 탄핵국면이 진정세로 돌아서며 거품이 빠지고 있는 상황이 일차적 요인이고 열우당 압승론과 영남 위기론을 들고 나서서 전통적 지지기반을 재결속시키는 전술도 한몫하고 있다. 지금 한나라당과 민주당이 기다리는 것은 열우당의 실수밖에 없다.

이런 상황에서 얼굴마담 격인 박근혜 대표의 '민생투어'가 계속되고 열우당은 이를 표절이라 비판하는 3류 공방이 벌어지고 있다. '투어'의 사전적 정의는 여행, 관광 혹은 견학이다. 그러니 '민생투어'는 민생현장을 여행하고 관광하거나 혹은 견학한다는 뜻이다.

민주노동당은 '민생투어'를 하지 않는다. 왜냐면 민주노동당에게 민생현장은 바로 고향이고 또 삶의 현주소이기 때문이다. 자기 고향을 '여행'하고, 자기 마을을 '관광'하며, 자기 집을 '견학'하는 사람은 없다. '민생투어'를 한다는 것은 '민생현장'이 바로 남의 고향이고, 다른 사람들의 마을이며, 남의 집안일이기 때문이다.

그들에게 '민생투어'는 백인들의 '아프리카 투어'이고 부자들의 '소말리아 방문'이다. 그런데 그것을 누가 먼저 했느니 싸우고 있다. 식민지를 누가 먼저 발견했는지 싸우다 망한 17세기의 스페인과 포르투갈을 생각나게 하는 장면이다.

선대본 간부들에게 4월 15일까지는
아프지 말라고 지시하였다

3월 28일 일요일 맑음

새벽 1시 30분, 토론을 마친 김종철 대변인에게 전화를 했다. 본인은 아직 자신이 얼마나 잘했는지 모르고 있다. 당연한 일이다. 카메라 앞에 앉으면 어떤 때는 다음에 할 말 생각하느라고 상대방이 하는 얘기도 귀에 들어오지 않는다. 방청객이 웃었다는 사실도 나중에 녹화방송을 보고선 비로소 알기도 한다.

그의 첫 데뷔전을 '연습'이 아니라 '진검승부'로 치르게 한 것은 당으로선 도박이었다. 그러나 그는 당을 실망시키지 않았다. 이 중요한 시기에 첫 출전에서 당을 위해 큰 무공을 세운 것이다. 탄핵정국으로 초반에 주춤거리고 뒤로 빠졌던 지지세는 거의 회복되었다.

문제는 3월 12일부터 보름 남짓한 이 기간 동안 탄핵정국이 아니었다면 2~3퍼센트 올랐어야 하는 지지율을 겨우 방어하는 데 그쳤다는 것이다. 기회비용이 적지 않았다. 다른 정당과 달리 평소에 노출빈도가 극히 미미한 민주노동당은 선거 시기에 집중적으로 노출되면서 어떤 당보다도 신규 지지자 증가율이 높다.

예컨대 자민련의 경우 지지율이 1퍼센트지만 나머지 99퍼센트는 이미 반대 의사를 굳힌 상태인 것이다. 그러나 민주노동당의 경우 지지하지 않는 90퍼센트 중에서 민주노동당에 대한 명확한 자기 판단을 갖고 있는 경우는 매우 적다. 판단을 보류하거나 혹은 판단해본 사실 자체가 없는 경우가 훨씬 많다. 따라서 노출빈도가 급증하고 선택이 요구되는 선거 시기에 지지율이 급등하게 되는 것이다.

11시, 서울선관위 앞에서 인터넷 저작물에 대한 부당규제를 항의하는 기자회견이 있었다. 송경아 비례대표후보가 참석하였다.

한국의 관료조직 역시 인터넷을 사용하고 있지만 인터넷이 무엇인지 잘 모르고 있다. 정확하게 말하자면 인터넷을 두려워하고 있다. 박쥐가 빛을 두려워하듯 인터넷을 통해 뿜어져 나오는 민주주의와 참여와 창발성의 열기를 두려워하고 있다. '밀실'에 익숙한 사람은 '광장'을 두려워할 수밖에 없다. 그래서 시대가 낳은 예술작품 '병렬연결'에 선거법을 씌우고, '하얀 쪽배'를 잡아가는 '야만'이 발생하고 있다.

비례대표후보 교육에 8명이 참석했다. 피교육생 단병호 후보는 강령해설집을 찾는 등 가장 모범적인 학생이다.

17시 30분, 언론노보 좌담에 참석하다. 홍세화 선생과 함께했다.

서울 금천 최규엽 후보가 폭행당했다는 전갈이다. 21시, 병원으로 달려갔다. 환자복을 입고 입원 중인 최 후보는 지역을 누빈 사람답게 얼굴이 마르고 햇볕에 탔다. 유사종교시설 건립을 반대하는 주민들을 돕다가 공사를 강행하려는 측의 용역깡패에게 폭행당한 것이다.

남부경찰서를 방문하니 당원 30여 명이 경찰서 현관에서 대치 중이

다. 당원들은 경찰서 안으로 들어가고 당직 형사과장을 만났다. 남부
서장은 오고 있는 중이라 한다.

공직선거후보자에 대한 신변보호는 경찰의 의무이다. 폭행사태가
발생하자 경찰에 신변보호요청을 했는데도 경찰은 이를 외면했다. 그
리고 폭행한 용역깡패를 조사도 제대로 않고 석방하였다. 서울 시내
경찰서 분위기가 일신되고 있음에도 남부경찰서는 90년대 초반 분위
기라는 세평을 확인하는 자리였다. 서장을 고발하고 편파수사를 문제
삼기로 했다.

박권호 총무실장이 과로로 입원하였다. 편도선이 터져 말을 못하
는 상태다. 선대본 간부들에게 4월 15일까지는 아프지 말라고 지시
하였다.

여의도 나들목 부근은 어느새 밀려온 봄꽃 천지다. 개나리가 듬뿍
피어 있고 벌써 곳곳에서 진달래가 고개를 내밀고 있다. 3월 28일 아
침 여의도. 노란 개나리와 연분홍 진달래꽃이 지금의 열우당과 민주노
동당 지지율만큼씩 상륙해 있다.

힘내라, 진달래. 가슴도 눈시울도 연분홍이다.

총선후보 출정식이 중앙당사 위층에서 열렸다

3월 29일 월요일 맑음

아침 7시 20분, 불교방송 '아침 저널'의 생방송 인터뷰다. 민심이 곧 불심이다는 말을 아꼈다. 인터뷰를 끝내니 서비 구성작가의 전화다. 민주노동당의 선전을 바라는 마음들이 하해와 같다.

10시, 총선후보 출정식이 중앙당사 위층에서 열렸다. 수도권 중심으로 60여 명의 후보가 참석하였다. 민주노동당에서 가장 늦게 3월 27일 선출된 경기도 이천 여주의 장흥석 농민후보도 한걸음에 달려왔다. 잔칫집 분위기다. 표정은 모두 밝지만 어금니는 꽉 물고들 있다. 이들은 모두 살아서 돌아와야 한다.

몇몇 후보와 함께 기념사진을 찍었다.

KBS2 '세상의 아침'에서 총선전략 인터뷰를 하다.

기독교 방송 이희진 기자와 인터뷰를 하다.

개전일이 임박해 오고 있다.

지역 출마 후보의 전과조회 결과를 갖고 문제가 발생했다. 이미 선출된 후보인데 전과조회를 해보니 절도전과가 있다는 것이다. 해당 지구당 선거운동본부 관계자들은 구수회의를 갖고 중앙당에 보고했다. 조직실에 따르면 해당 지구당에선 이 상태로 출마하기 어렵다는 판단을 하는 것 같다. 관할 도지부 선대위원장과 통화를 했다. 절도전과는 군대가기 전 1건이 있을 뿐이며 그 후 십 년이 넘게 진보운동에 헌신해왔다고 한다.

장발장과 양산박과 장길산 얘기를 했다. 아편중독이었던 주덕까지 꺼냈다. 상습절도가 아니라면, 그리고 진보운동을 시작하기 전의 일이라면 그것이 왜 문제가 되어야 하는가? 절도행위가 옹호될 순 없지만 따지고 보면 배고프고 못사니까 절도도 하는 것 아닌가? 본인에게는 부끄러운 과거이겠지만 되풀이된 것도 아니고 그 후 진보운동에 십 년 넘게 헌신해왔다면 그것으로 명예회복된 것 아닌가? 철없던 어린 시절 한때의 잘못을 우리 동지들이 나서서 징치한다면 우리가 감싸안을 서민대중은 어디에 있는가? 전과자가 700만 명이 넘는 이 자본주의 국가에서.

후보등록과 동시에 본인이 지구당 동지들에게 솔직하게 알리는 것이 좋겠다는 의견을 내었다. 선거과정에서 문제가 된다면 지구당에서도 유권자들에게 솔직하게 그리고 떳떳하게 우리의 생각과 판단을 설명하면 될 일이다.

홍근수 목사님이 방문하셨다. 미국에 있는 뜻있는 한국인들이 미국에서 민주노동당 지지선언을 준비하고 있다는 소식을 전한다.

19시 20분, KBS 라디오 저녁 토론프로그램 '열린광장'에 출연하다. 한나라당 김성식 정책조정위원장, 민주당 장성민 선거기획단장,

열우당 김진애 공동선대위원장, 자민련 유운영 홍보위원장이 토론을 함께했다.

김성식 위원장은 민중당 출신으로 김웅 후보와 결전을 앞두고 있다. 발언할 때마다 첫 마디는 국민에 대한 사과다. 장성민 단장은 16대에 이어 17대에서도 최규엽 후보와 싸우게 되었다. 16대에선 그가 이겼으나 금품살포로 중도하차한 바 있는 여러모로 문제아이다. 김진애 위원장은 타임지가 '21세기 100인'으로 뽑은 MIT 출신 도시건축가이다. 그가 참가한 인사동 길 정비는 인사동을 아끼는 많은 사람들에게 '21세기가 잊고 싶은 도시골목 개조 사례'로 지금도 입에 오르내리고 있다. 인사동 큰 골목 양쪽에 띄엄띄엄 난감하게 놓여 있는 정육면체 댓돌들을 볼 때마다 그의 얼굴이 떠오르곤 한다. 용산에서 정연욱 후보가 그를 기다리고 있다. 유운영 위원장은 자민련의 기반은 충청도라면서 JP총재를 모시고 충청도를 누비느라 바쁘다고 한다.

사회는 정관용. 90분 동안 사회자의 솜씨가 날카롭다. 끝나고 나오는데 사회자가 묻는다. "오늘은 왜 어록 2를 말씀 안 하세요?"

중앙선거관리위원회 직원들이 비례대표후보 등록서류를 미리 검열하기 위해 나왔다. 총무실 권우석 부장의 일솜씨에 놀라고 만다. 자신들도 채 모르는 방식으로 잘 정리했다는 것이다. 그 자리에서 녹색사민당에 전화를 걸어 민주노동당 방식으로 정리하라고 지시한다.

권 부장을 가리켜 묻는다. "저 사람 그 전에 어디서 일했어요?"

"저 사람 그 전에 민주노동당에서 일했어요"라는 말이 보증수표가 될 날이 머지않다.

민주노동당의 광합성작용은 밤에 이뤄진다

3월 30일 화요일 황사로 흐림

10시, 공동선대위 발족 기자회견을 가졌다. 특히 민주노총과 전농은 어느 때보다도 적극적이다. 자신의 후보를 출마시킨 탓도 있고 처음으로 당선자가 나오는 선거이기 때문이다. 민주노총 이수호 위원장은 200만 표, 문경만 전농 의장은 150만 표를 만들겠다고 약속한다.

"내가 찍은 후보 중에 당선된 사람은 없었다"는 비극은 4월 15일자로 막을 내린다.

YTN과 인터넷 신문 《미디어 몹》의 인터뷰가 있었다. 《미디어 몹》은 인터넷 풍자 방송 프로그램 '헤딩라인 뉴스'로 유명한데 이번 탄핵 정국으로 이 프로그램이 유명해졌다고 자랑한다. 조민준 수석 에디터와 함께 인터뷰어로 김형민 씨가 왔다. 질문은 거의 《서프라이즈》 분위기다.

민주노동당의 약진을 바라면서도 한나라당에 반사이익이 돌아가지 않을까 염려하고 있다. 정당명부제를 예로 들어 설명했다. 정당투표에서 민주노동당을 찍으면 민주노동당이 되는 것이지 한나라당에게는 어떠한 반사이익도 돌아가지 않는다고 설명하자 그런 논리를 많이 유포시켜 달라고 한다.

《미디어 몹》이 인터뷰 중에 던진 질문 하나가 오랜 여운을 남긴다. 경실련 홈페이지에 좋아하는 정책을 선택하면 그에 적합한 지지정당이 나오는 맞춤형 프로그램이 있다고 한다. 열우당 지지자 한 사람이 자신이 선호하는 정책들을 선택하자 적합한 정당으로 민주노동당이 제시되었다고 한다. 《미디어 몹》은 이 사례를 들면서 민주노동당에 문제가 있는 게 아니냐는 질문을 던진다.

2002년 대통령 선거 당시 민주노동당의 지지율이 4퍼센트인데도 민주노동당 정책 지지율은 22퍼센트에 이른《중앙일보》조사도 있었다. 이 조사에는 많은 이유가 관련되어 있다. 일반적으로 추측하는 것과 달리 민주노동당의 정책은 비현실적이고 이상주의적이어서 지지율이 낮은 게 아니다. 정책은 정책대로 어느 정도 정당한 평가를 받고 있다. 문제는 이 정책을 실현할 힘과 전망이 민주노동당에 있느냐는 것이다. 그래서 4퍼센트와 22퍼센트의 차이가 생기는 것이다.

그런데 오늘《미디어 몹》이 말한 사례는 이와 또 다른 이유를 찾게 하고 있다. 이 사례는 민주노동당의 정당이미지와 정책의 차이를 말해주는 것이다.

열우당은 보수적인 정책에도 불구하고 매우 개혁적인 이미지로 유권자들에게 다가서고 있는 반면 민주노동당은 진보적이고 개혁적인 정책에도 불구하고 폐쇄적이고 답답한 이미지로 비치는 경우가 많다는 것이다.

민주노동당의 정책을 지지하는 사람들이 투표에서도 민주노동당을 선택하게 해야 한다. 당의 이미지가 당의 정책을 따라가야 하는 중요한 과제가 제기되고 있다.

14시, KBS 노동조합 대의원대회에서 짤막한 강연을 하다.

최근 KBS 노동조합이 조합원 의식조사를 한 결과에 따르면 조합원들은 정당명부 투표에서 28퍼센트가 민주노동당, 43.7퍼센트가 열린우리당을 찍겠다고 한다. 민주노총조합원만큼은 정당투표에서 민주노동당을 찍을 것이라는 낙관은 금물이다. 또 민주노동당의 예상의석에 대해서 조합원 60퍼센트는 4~6석, 35퍼센트는 7석 이상으로 전망하고 있었다.

MBC 'PD수첩'에서 찾아왔다. 선거관리위원회의 과도한 법 해석으로 개인의 표현의 자유를 침해하는 사례에 대해 묻는다. 특히 최근 '노회찬 어록' 퍼나르기를 대전 선관위가 불법으로 간주한 데 대한 의견을 묻는다. 임좌순 중앙선관위 사무총장 면담에서 시정 약속받은 바를 설명했다.

18시, 상근자 회의를 주재하다. 진보정당의 첫 원내진출을 기록하는 이번 선거에서 중앙당에 근무했다는 사실 하나만으로도 자부심을 가져야 한다고 말했다. 사실 지금 당이 이들에게 약속할 수 있는 것은 자부심밖에 없다.

20시, 13명의 손님들이 중앙당사를 방문하여 나를 찾는다. KBS '심야토론' 이후 다음에 카페를 결성하고 모인 분들이다. 다들 미리 알던 사이도 아니고 방금 전 여의나루 역에서 처음 만난 사이라고 한다. 직장인도 있고 학생도 있다. 구의동에서 아이를 데리고 부부가 함께 오기도 했다.

팬클럽이라니 낯설고 어색하다. 여의도 찬바람 맞으며 여기까지 오게 했으니 또 한 번 죄 지은 느낌이다. 팬클럽은 만남의 방식, 관계의 형식일 뿐. 중요한 것은 만남의 내용이고 더 중요한 것은 만남 그 자체이다.

스친 옷깃을 통해 확인되는 것은 인연이다. 인연을 소중히 여기고 발전시키는 것이 바로 삶이다. 인연을 이용하고 활용하는 것은 가고 싶지 않은 길이다.

23시, 보충수업 중 과로로 쓰러진 전교조 김형석 선생 빈소에 조문하다. 인근 카페에서 조희주 선생 등 전교조 관계자 20여 명이 대책회의 중이다. KBS '취재파일'에서 동행 취재를 했다.

다시 중앙당으로 돌아오니 총무실 상근자들이 내일 후보등록 관계로 철야 중이다. 철야지시가 없었는데도 밤새워 직무를 다하는 상근자들이야말로 당에 필요한 산소를 만들어내는 엽록소이다.

민주노동당의 광합성작용은 밤에 이뤄진다.

무르익는 봄도 멀지 않았다

3월 31일 수요일 맑음

08시 30분, 과천 중앙선거관리위원회에 도착했다. 심상정 후보도 이미 도착해 있다. 비례대표후보 등록서류 접수는 09시부터이다.

갑자기 한 무리가 바삐 몰려간다. 민주당 조순형 대표와 그 일행들이다. 이들은 선관위에 당 대표 인영변경신고를 하러 왔다. 후보등록 하루 전날 조순형 대표의 비상대책위와 추미애 의원의 선거대책위원회가 권력투쟁에 돌입하였다. 추미애 측이 당 대표 직인을 갖고 공천권을 행사하자 조 대표 측이 옥쇄변경에 나선 것이다.

4.15총선이 끝나면 민주당과 자민련은 독자적인 정당으로 존립할 가능성이 거의 없다. 사멸해가는 이들의 말로에서 유종의 미를 기대하는 것은 지나친 욕심인가. 이들 당의 생애가 그러했던 것처럼 마지막 순간까지 보이는 있는 것은 유종의 추(醜)이다.

11시 SBS '그것이 알고 싶다'의 윤성만 PD와 인터뷰하다. 4월 10일 방영예정분이다.

'그것이 알고 싶다'는 정치물을 잘 다루지 않지만 이번에는 연속 3

부작으로 집중 조명할 계획이란다. 최근 TV방송이 과도하다 느낄 정도로 정치문제를 많이 다루는 것은 4.15총선 탓도 있겠지만 '정치를 이대로 둘 수 없다' 는 국민적 공감대의 반영 때문이다.

시대가 영웅을 만들듯 '이대로 둘 수 없는 정치' 를 바꾸는 데 준비된 정당, 민주노동당이 있다.

16시, 여주 한국노동교육원에서 대우자동차 대의원 교육을 하다.

이번 총선은 단순히 민주노동당 국회의원 몇 사람 만드는 선거가 아니다. 지난 10여 년 간의 신자유주의 공세로 위기에 처한 노동운동의 장기적 발전전략 차원에서 이해하고 대응해야 한다는 요지로 강의를 하였다. 강의가 끝나고 이보운 대우차노조위원장, 류조환 수석부위원장, 원학운 민주노총 인천본부장 등 간부들과 환담을 나누었다. 현장분위기가 그 어느 때보다도 살아나고 있다고 한다. 마지막까지 최선을 다하자고 다짐하였다.

강의를 막 시작할 때 청주지구당 홍청숙 당원의 급보다. 청주 등 충청지역에서 MBC 여론조사가 10퍼센트를 돌파했다고 한다. 홍청숙 당원은 2002년 지방선거 때처럼 울산 다음으로 충북이 높은 지지율을 보이고 있다면서 중앙당에서 그에 걸맞은 지원을 해줄 것을 강력히 요청한다.

고수정 강원도의원의 전화다. 갑자기 고향을 묻는다. TV토론을 본 지역 주민들이 고향이 강원도 아니냐며 묻는다는 것이다. 함경도 사투리의 흔적이 남아 있는 탓이다.

오재영 조직실장을 불러 지역구 후보 등록현황을 점검하다. 등록은 대부분 순조롭다. 그러나 몇몇 지역에선 기탁금이 모자라 급전을 구하느라 마지막 순간까지 애를 태우고 있다.

SBS 토론프로그램 '이것이 여론이다'에서 계속 전화다. 이번 주는 일정 때문에 어렵다고 했는데도 막무가내식 출연요청이다. 어제 오늘 40통이 넘는 전화를 걸어왔다.

방송사가 시청률을 신경쓰는 것은 당연하지만 SBS의 경우는 병적이다. 토론프로그램을 쇼프로그램으로 보고 있는 듯하다. 여론을 선도하는 진지한 토론프로그램을 만들기보다 세간에 주목받는 인사들을 짜 맞추어 한 탕식 이벤트를 벌이려는 경향이 역력하다.

몇 차례 기조회의를 열어 금요일 SBS 토론에 나갈 후보를 정했다. 이제부터는 문명학 기조실장이 SBS와 전투 중이다.

천영세 선대위원장은 내일 있을 YTN 토론회와 MBC '100분토론'을 위해 하루종일 준비에 열중하고 있다. 국악 명창도 큰 공연을 전후해서는 보통 때보다 훨씬 좋은 목소리가 나온다. 연습을 집중적으로 하기 때문이다. 하루 두 차례 TV토론이 부담이긴 하나 심야의 '100분토론'을 위해선 더 나은 기회일 수 있다.

19시 30분, 기획조정회의를 소집하다.

민주노동당 지지율은 최근 상당부분 회복추세이다. 중앙당 선대본의 임무는 지금부터 14일, 2주일 동안 당 지지율을 3~5퍼센트 올리는 것이다. 지역후보를 지원하는 일상적 업무 외에 중앙선대본의 노력이 집중되어야 하는 것은 정당지지율을 높이는 일이다. 조직, 홍보, 기획, 인터넷, 부문 실천단 차원의 핵심과제와 집중업무를 정리하였다.

박근혜 한나라당 대표가 거여견제론을 펼친다. 이대로 가면 열우당의 의석이 200석이 넘을 것이며 '일당독재'가 염려된다는 것이다. 그의 부친은 살아생전에 늘 '북한의 남침'이 염려된다면서 '일당독재'를 강화해온 사람이다.

정동영 열우당 대표는 이번 총선이 193명의 탄핵의원을 심판하는 선거라고 맞대응한다. 그러는 사이 자신과 열우당은 '무시험'으로 국회에 진출하려는 '보결 입학'을 시도하고 있다.

내일 아침 기자회견의 기조는 거여견제의 자격이 있는 당은 진보야당 민주노동당밖에 없다는 내용으로 잡았다.

콩나물머리만한 새싹을 틔우기까지 해바라기 씨앗은 땅속에서 4주를 기다려야 한다. 그리고 세상에 고개를 내민 해바라기 새싹은 하룻밤에 10센티미터까지도 성장하면서 여름을 준비한다.

민주노동당은 땅속에서 이미 4년을 보냈다. 하룻밤에 10미터씩 성장하는 무르익는 봄도 멀지 않았다.

새벽 한 시 당사를 나서니 여의도 윤중제 벚나무 꽃망울들은 D-3 상태로 대기하고 있다.

한국정치 최대의 히트 상품

"진보정당이야말로 21세기 한국정치 최대의 히트 상품이 될 것입니다."

1997년 봄과 여름에 걸쳐 당시 민주노총 권영길 위원장을 만나 수차례 반복해서 한 말이다. 진보정당을 무슨 상품처럼 표현하는 것은 불경스런 일이었지만 그만큼 진보정당의 성공에 대한 확신이 컸던 것이다.

1992년 4월 1일 청주교도소를 만기 출소한 이래 눈을 뜨고 있는 모든 시간을 지배한 것은 '진보정당 건설'이었다. 그 해 4월 민주당 해산과 함께 진보정당은 이제 끝났다는 분위기가 퍼져나갈 때 '진보정당추진위'로 남은 동지들과 함께 새로운 항해를 떠났다.

동지는 간 데 없고 깃발만 나부끼는 '고난의 행군'이 수년 간 계속될 때는 생애의 마지막 순간까지 '진보정당 만들기'만 하다가 끝날 수 있다는 생각도 들었다. 그럼 또 어떠랴.

그러나 1997년 봄부터 모든 일은 계획대로 진행되었다. 1997년 대통령선거에 후보를 내고 이를 바탕으로 창당한다는 계획은 1999년까지 순조롭게 실현되었고, 마침내 2000년 1월 30일 '민주노동당'의 이름으로 세상에 나왔다.

민주노동당의 오늘을 아직 성공이라 부를 순 없다. 그러나 창당 4년 만에 민주노동당이 이룬 성과는 한국 정당사상 유례없는 일이기도 했다. 국회의원 20명에 100억 정도의 자금이 있어야 당을 하나 만들 수 있다는 한국정치의 통념을 깬 것은 바로 민주노동당이었다.

애당초 국회의원 한 명 없이 창당한 당은 없었다. 국회의원 한 명 없이 4년을 버티며 계속 성장한 당도 없었다. 지지율 1퍼센트에서 시작하여 자력으로 지지율을 18퍼센트 대까지 끌어올린 당도 일찍이 없었다.

민주노동당의 오늘은 바로 '정체성의 승리'이며 '전략의 승리'에 기반하고 있다. 모든 당원이 당비를 내고 자율적으로 당 활동에 참가하는 진성당원이며 모든 공직과 당직을 당원들의 직접 민주주의에 의해 선출하고 책임지는 진보정당으로서의 정체성을 견지해온 결과이다.

2002년 지방선거와 대통령선거, 그리고 2004년 총선을 승리로 이끈 것은 당원들의 자발적이고 헌신적인 참여와 주객관적 조건을 철저하게 활용한 전략운용의 결과이다.

민주노동당의 미래는 밝다. 그것은 무엇보다도 한국사회가 가난과 질병으로부터의 해방, 모든 차별로부터의 해방, 외세의존과 전쟁으로부터의 해방을 절절히 원하고 있기 때문이다.

민주노동당이 가진 것은 아직도 빈약하다. 그러나 민주노동당은 더디더라도 함께 갈 줄을 안다. 소수의 기득권이 아니라 헐벗은 다수의 사랑과 희망으로 빵과 평화를 만드는 철학을 잊지 않고 있다.

민주노동당은 마중물이다. 마른 펌프에 부어넣는 한 바가지 마중물처럼 저 지하에서 도도히 흐르는 수맥을 끌어올려 만물을 푸르게 할 것이다.